AURÉLIEN POILLEAUX

99 Filles

Roman

PREMIERE PARTIE

I

Vous avez un nouveau message de Hap-pyAlex :
12 mars 2013 – 17:04

« Meetic vous propose une offre exception-nelle. »

C'est une démarche un peu étrange, d'écrire ainsi, à une parfaite inconnue. Tu ne trouves pas ? Je ne sais rien de toi, si ça se trouve, *oOSalsaOo*, ce n'est même pas ton vrai nom ! ;) Mais j'ai envie de savoir si derrière ce joli sourire, plein de franchise et de générosité, se cache la personnalité sincère et joyeuse que j'imagine.

La plupart des mecs tentent sûrement de te séduire en te racontant leur passion pour les dîners romantiques, les balades en amoureux et les voyages au bout du monde, alors je vais t'épargner le couplet bidon.

Moi, j'ai participé à un spectacle de country en CM2. Je n'aime pas trop mettre en avant les dons que la vie m'a donnés (je suis quelqu'un de très humble), mais Mme Crevier, ma maîtresse, m'a dit à l'époque que j'avais un vrai talent pour la danse, alors ça nous fait déjà un point commun.

Nous en avons peut-être d'autres. Dis-moi : Mojito ou daiquiri ? JJG ou MP ? Mer ou montagne ? Guitare ou cornemuse ?

Au plaisir de te lire.

Alex.

Vous avez un nouveau message de oOSalsaOo :

12 mars 2013 – 23:17

« Re : Meetic vous propose une offre exceptionnelle. »

Bonjour Alex,

Tu m'as démasquée, mon vrai prénom, c'est Sonia. Oui, je sais, c'est un peu désuet aujourd'hui, mais dans les années 80, ça faisait fureur.

J'ai fait 7 ans de danse classique, ma prof ne me trouvait pas de talent particulier, mais j'ai beaucoup travaillé et aujourd'hui, je me débrouille plutôt bien. Surtout, j'aime danser. Je me suis mise depuis peu à la salsa, J'adooore… Par contre, la country, je ne connais pas trop, il faudra m'apprendre ;).

Sinon, en vrac : Mojito / JJG (y'a pas photo !) / Mer (quand elle est chaude…) ET montagne (j'aime bien l'Auvergne, c'est reposant !) / Guitare (je vais pas trop la jouer « originale » sur cette question).

Et toi ? Plutôt pigeon ou hibou ? (Ne rigole pas, j'ai mis 10 minutes à la trouver !) Cristalline ou Perrier ? Poker ou tarot ? À moitié vide ou à moitié plein ? Vite vite, réponds-moi, je ne vais pas dormir tant que je n'aurai pas les réponses !

Ah ! Sinon, une autre question : que cherches-tu ici ?

Bises.

Sonia

Vous avez un nouveau message de Hap-pyAlex :

17 mars 2013 – 21:51

« Re : Re : Meetic vous propose une offre exceptionnelle. »

Salut Sonia,

Désolé de ne pas t'avoir répondu plus tôt, je n'ai pas eu une minute à moi de tout le week-end. Donc, hibou (je n'aime pas trop les pigeons, peut-être parce qu'ils ne servent à rien. Bon, après, on peut débattre de l'utilité du hibou... longue discussion en perspective...) / Perrier (j'aime quand ça pétille) / Poker (jamais rien compris au tarot) / À moitié plein (surtout ces derniers jours !)

Tu sais, j'ai presque trente ans. Aujourd'hui, je cherche avant tous une relation simple, honnête, et si ça peut aller plus loin, ce sera formidable, mais je ne me prends pas la tête.

Tu connais le *Old Daiquiri* ? C'est un restaurant cubain dans le XVe. Le chef est un authentique Havanais. Il y a un orchestre, une grande piste de danse, en général, l'ambiance est vraiment sympa. J'ai encore tellement de questions, on pourrait aller y prendre un verre tous les deux, si ça te dis.

Bises.

So Happy Alex

PS : C'est peut-être un jour de chance, non ?

Vous avez un nouveau message de oOSalsaOo :

18 mars 2013 – 22:17

« Re : Re : Re : Meetic vous propose une offre exceptionnelle. »

Bonjour Alex,

Moi aussi, j'en suis un peu là, je cherche une personne sincère et honnête. Je ne demande pas plus pour démarrer, mais ce n'est déjà pas si simple à trouver, non ? Je laisse la vie avancer comme elle doit le faire, sans me faire de nœuds au cerveau, et tant mieux si ça marche.

Il y a beaucoup de désespérés et de dépressifs sur les sites de rencontres. Je voudrais rencontrer un homme positif, qui a encore foi en l'avenir ;)

Je ne connais pas le *Old Daiquiri*, j'aimerais beaucoup y aller ! Tu me raconteras ce que tu fais dans la vie.

Bisous
Sonia

20 Mar. 2013 20:14

Je suis là dans 10 minutes, je t'appelle quand j'arrive !

Parfait, on va arriver en même temps ! À tout de suite.

21 Mar. 2013 1:06

Merci pour cette soirée formidable, à très vite, j'espère. Je t'embrasse.

J'ai aussi passé une très belle soirée, c'est toi qui es formidable. Bonne nuit

26 Mar. 2013 11:11

Salut ! Le meilleur bar à sushi de Paris, tu te laisses tenter ?

Ouuiii !! Par contre, je suis pas trop libre ce week-end, j'aide une copine à déménager :(Tu m'en veux pas ?

Et pourquoi pas ce soir ?

D'ac pour ce soir.

Parfait, mais à une condition.

???

C'est moi qui t'invite…

Bon d'accord ! Avec plaisir. On dit quelle heure ?

20 h 30, Métro Bir Hakeim. À ce soir.

À ce soir, bisous.

Bisous… :)

27 Mar. 2013 10:02

Pfffouu, dur dur d'aller bosser, ce matin. J'espère que ce n'est pas trop dur pour toi. Les gens m'ont regardée bizarrement dans le métro, et je me suis aperçue que j'avais un gros smile… Bonne journée…

Moi aussi, je serais bien resté au lit ce matin ! Courage & Bonne journée. Bisous.

28 Mar. 2013 13:25

Salut, je pensais à toi (un peu comme toujours en ce moment). J'aimerais savoir, c'est quoi ta couleur préférée ? (non, c'est important, c'est pas juste un prétexte !)

Coucou. Selon moi, la beauté n'est pas dans les couleurs, mais dans leur harmonie.

Wahou… Tu lis Proust ?

Oui, un peu… (mince, grillé !) Sinon, je dirais le rouge et le taupe. Taupe, c'est top ! ;) Et toi ?

Mauve, peut-être, mais en ce moment, toutes les couleurs sont belles, non ?

Sonia Vidal a changé son statut en « En couple »

Nouveau message de Ptiteluciolleduciel@hotmail.fr :
23 Mai 2013 – 23:38
Objet : message urgent et confidentiel.
Mon chéri,
Je n'arrive pas à dormir, j'étais en train de penser à toi. Je n'aime pas quand je dors seule, le lit est froid, c'est nul. J'aimerais que tu sois à côté de moi.
De petites choses ont changé pour moi ces dernières semaines, des petits riens : je me surprends à sourire bêtement dans la rue, j'ai l'impression de

voir des étoiles et des oiseaux flotter autour de moi. Et quand tu me regardes, je me sens forte, j'imagine que tout est possible.

C'est allé très vite entre nous, et je ne veux pas te faire flipper avec une grande déclaration (faut pas s'emballer, mon bon monsieur !). Pour le moment, on va juste dire que je me sens vraiment bien. C'est comme s'il y avait de la magie entre nous. Et j'espère que c'est pareil pour toi.

On fait quoi cet été ? Moi, à part le mariage d'une cousine fin août, je n'ai rien prévu. Je peux prendre une semaine ou deux. Je propose un plan à base de plage, de bons restos, et puis… Hi ! Hi !

Je ne sais pas si tu es l'homme de ma vie (j'arrête, on a dit qu'on s'emballait pas !), faudra du temps pour le savoir, mais en tout cas, ce soir, tu es l'homme de mes rêves. Bonne nuit mon cœur.

Bisouxxx

26 Mai 2013 14:25

Coucou mon cœur. C'est bon, j'ai posé des jours pour la semaine prochaine. On se voit ce soir ? On pourrait aller chez toi pour changer. Bisous.

Salut chérie. OK pour ce soir. Tu sais, c'est un peu chaud avec mon coloc, on est plus tranquille chez toi. En plus, j'aime bien ton appart. À ce soir.

29 Mai 2013 00:12

Est-ce que c'est sérieux
entre nous ?

II

Pour la septième fois, Sonia fait courir le curseur de la fermeture éclair autour de son sac, dans le sens de l'ouverture. Ce coup-ci, c'est à cause du mascara. Bien entendu, la trousse de maquillage est au fond, et Sonia doit ressortir deux piles de vêtements pour l'extraire.

« Il ne faut rien attendre de tout ça, ma fille ! » répète-t-elle à la jeune femme crispée dans le miroir. Puis, les yeux fardés, elle se demande à nouveau si elle ne devrait pas choisir cette jupe qu'elle vient d'enlever. Ce serait moins confortable que le jean, mais plus féminin, plus joli.

Une heure plus tôt, Sonia chantait sous la douche. Une douce euphorie la baignait. Maintenant, l'angoisse lui comprime la poitrine. Sonia ne se fait plus d'illusions sur les hommes depuis longtemps. Elle a été l'héroïne d'une histoire d'amour à l'époque où elle poursuivait ses études littéraires. Le protagoniste s'appelait Thierry Golfier, un étudiant en médecine ambitieux. Sonia était aussi amoureuse que naïve. Elle l'admirait, même si elle n'a jamais compris comment la gastro-entérologie pouvait être une vocation. Tout en lui était pour elle source d'émerveillement. Durant cette période, Sonia fit siens les désirs banals des gens qui croient en l'avenir. Elle rêva de robe blanche et de ventre arrondi. Lorsque Thierry lui avoua son incapacité à concilier ses études et leur relation, il prit soin de bien lui expliquer que ce n'était pas de sa faute. Quelques semaines plus tard, Sonia croisa l'apprenti-médecin au bras d'une autre. Il avait finalement réussi à mieux aménager son emploi du temps. Elle attribua cet échec à une erreur de *casting* et se persuada qu'il lui suffirait de trouver *le bon* pour être heureuse. Elle remplaça Thierry, mais au fil des déceptions, elle dut se rendre à l'évidence : l'obstacle, c'était elle ; son incapacité à faire éclore une passion, à entretenir une flamme. Le bonheur conjugal est pour elle une équation insoluble. Elle est inapte à la vie en couple. C'est tout !

Forte de ce constat, Sonia tire le meilleur parti de son célibat en prenant la vie du bon côté : après tout, dormir seule, c'est avoir plus de place dans son lit ! Et puis franchement, il y a pire drame que de ne pas avoir d'enfant, non ? Au moins, elle est libre.

Sonia est jolie. Elle plaît aux hommes. Elle n'éprouve aucune difficulté à trouver des amants. Il y a des lieux pour cela. Ils viennent à elle, elle choisit. Elle l'a fait plusieurs fois, et même si chaque lendemain ressemble à une gueule de bois, ce n'est déjà pas si mal. Aujourd'hui, elle a appris à s'en contenter. Sonia admet la fatalité : l'amour est une maladie qu'elle n'attrapera plus, elle est immunisée. Sauf que, ces derniers temps, elle est se remet à y croire. Et ça l'agace.

Alex ne va plus tarder maintenant. De façon définitive, elle opte pour le jean. Encore une fois, elle se demande si elle n'a rien oublié. Elle refait mentalement le tour de ses affaires, catégorie par catégorie ; vêtements (un flash, cette petite nuisette de satin bleu devrait plaire à Alex.), sandales, crème solaire, produits de beauté, brosse à dents (Coup de stress, Sonia ouvre son sac, cherche sa trousse de toilette et s'aperçoit qu'elle a encore le goût du dentifrice dans la bouche.)... Un paréo pour s'allonger sur la plage. Un livre ? Elle ne l'ouvrira sans doute pas, mais elle ne peut pas partir sans un roman dans son sac. Elle en choisit un dans sa pile à lire, un thriller de Pierre Lemaitre.

On sonne. C'est lui. Alex porte une chemise blanche. Ses lunettes de soleil sont pendues à son col. Sonia le trouve beau. Elle se pend à son cou et l'embrasse. Elle lève un pied, comme au cinéma. Il lui dit qu'elle est très jolie dans cette petite jupe (?!!??!? Ah oui !) et lui demande si elle est prête, elle l'est. Elle ferme son sac, il lui prend des mains.

« Tu as trouvé une place facilement ?

— Oui, j'en avais réservé une devant chez toi !

— La classe... »

Alex se dirige vers un cabriolet gris garé en double file. Sonia reconnaît le logo BMW, mais elle serait bien incapable d'en dire plus sur le modèle.

« C'est ça, la *petite* voiture de location ?

— Elle te plait ?

— Oui, oui... c'est sûr !

— C'était celle-là ou une Fiat panda, mais je n'aimais pas la couleur... »

Le bagage de Sonia se retrouve bientôt serré contre celui d'Alex dans un coffre minuscule.

« Au moins, ça ne bougera pas ! »

Alex ne propose pas à Sonia de prendre le volant, c'est très bien comme ça. Elle s'installe côté passager et, au moment de mettre ses lunettes, se souvient que son mascara est resté dans la salle de bains. Elle retourne le chercher, le temps pour Alex d'entrer l'adresse de l'hôtel dans le GPS.

« C'est bon ? demande-t-il quand elle revient enfin.

— C'est bon, on peut y aller.

— Attends, j'allais oublier le plus important.

— Quoi ? »

Alex connecte une clé USB à l'autoradio et sélectionne « Le meilleur album pour partir en vacances : *Patchanka*.

— Connais pas…

— Mano Négra.

— Cool.

— Celle-là, tu dois connaître, quand même. »

Soleil
Tu me estás dando mala vida
Yo pronto me voy a escapar…

Ils démarrent. Cinquante mètres. Feu rouge. Bientôt, ils seront loin.

Si on lui demandait pourquoi elle s'est inscrite sur un site de rencontres, Sonia répondrait certainement, comme tout le monde, que *c'est à cause d'une copine*, que *c'était pour rire*. L'inavouable vérité, c'est qu'au moment d'avoir l'idée, il y a eu en elle comme un frémissement, de ceux qui poussent les parieurs ou encore les grévistes à agir. Un petit espoir fou. Elle s'est empressée de le contenir, mais il était là.

Passée la honte de s'inscrire au registre des âmes en peine, elle sentit un certain réconfort en constatant qu'elle n'était pas seule à être seule. Elle décréta tout de même que c'était juste par curiosité.

Il lui fallut plus d'une heure pour choisir une photo de profil et environ deux jours pour rédiger une annonce qui ne commence pas par « c'est difficile de parler de soi… ». Effort payant, au bout d'une semaine, elle avait reçu plus de deux cent cinquante messages.

Au début, elle apprécia de les lire, car il est toujours plaisant de se sentir désirée, même par un chauve, un obèse ou un obsédé. La plupart de ses correspondants lui apparurent cependant comme de bien tristes courtisans. Certains n'hésitant pas à pleurer leur désespoir et leurs frustrations, comme si de l'apitoiement pouvait naître une forme de séduction. D'autres affichant leur lubricité sans complexe, car *une nuit inoubliable avec un étalon, un vrai* doit sans doute être perçu par certaines filles comme une proposition attractive. Au milieu des présentations malhabiles, des tendances perverses et des libidos en feu, Sonia recueillit quelques mots sympathiques et certains compliments joliment formulés, alors elle répondit.

Elle *e-flirta* avec une poignée de garçons, sans être dupe, sans chercher à distinguer les lanternes des vessies. Tous les mêmes, des enjôleurs, aussi honnêtes dans leur présentation que la photo sur l'emballage d'un hachis parmentier industriel. Sans pouvoir l'expliquer, Sonia décida de ne pas leur accorder le bénéfice du doute. Certains échanges la firent rire, il y eut aussi des conversations touchantes. Pourtant, dans son esprit, tout ceci devait rester virtuel. Elle savait qu'elle perdait son temps, mais il lui était agréable de le perdre ainsi.

Le message d'Alex dénota d'abord par son ton. Il était moins pesant, moins pressant. Son détachement n'était pas feint et son enthousiasme ne confinait pas à la convoitise sexuelle : *j'aimerais bien discuter avec toi, mais si tu ne réponds pas, je n'en ferai pas une maladie, parce que je mène une vie normale en dehors de Meetic.* Sonia soigna sa réponse. Elle se surprit à attendre son retour.

Il lui proposa un rendez-vous. Sonia ne s'y attendait pas. Pas si vite. Elle hésita. Elle fit le tour des suppositions raisonnables, *et si ce n'était pas lui sur la photo ? Et s'il avait 65 ans ? Peut-être, avec son passé de danseur country, Alex était-il un déséquilibré texan activement recherché ?* La probabilité lui parut suffisamment faible pour prendre le risque. Elle avait envie de le prendre.

Ses discussions avec les autres tournaient autour de sujets convenus (l'amour le vrai, les voyages, le travail, le programme télé) ou de questions indiscrètes (le nombre et la durée de tes relations précédentes, tes tabous sexuels). Alex fut plus spontané, plus captivant. Leurs conversations prirent de la profondeur. Il s'intéressa à sa famille, il la fit parler de ce qu'elle aimait. Ils en vinrent à se confier l'un à l'autre, avec l'impression de se connaître depuis longtemps. Et depuis, Sonia a une intuition diamétralement opposée à tous ses principes. Elle combat ce sentiment de toutes ses forces. Elle lutte pour rester raisonnable, mais voilà, un soir, elle se relâche un peu et elle lui propose des vacances à la mer. Officiellement, il s'agit de prendre du bon temps, de profiter de l'été, mais c'est aussi un test. Un moyen de vérifier leur compatibilité.

Les symptômes reviennent : fébrilité, nervosité, la rechute n'est pas loin. Sonia ne veut pas retomber amoureuse, elle n'est pas douée. Elle se bat pour stopper cette hémorragie de sentiments naïfs, pour préserver son cœur. L'amour, se répète-t-elle, c'est comme les feux d'artifice. Même quand tu en prends plein la vue, tu finis toujours dans le noir. Elle regarde Alex. Il conduit. Il tourne la tête vers elle et lui sourit. Elle craque. *Faut vraiment que tu arrêtes avec tes métaphores débiles, ma pauvre fille…*

De petits nuages légers traversent paresseusement le ciel azuré. Alex a replié la capote de la voiture. Lorsque l'on traverse les calanques de l'Esterel, on est frappé par la façon dont le rouge des roches se jette dans le bleu vert de la Méditerranée. De jolies villas blanches aux toits de tuiles jaillissent d'une bande de pins et de palmiers, perdues au sein des reliefs escarpés. Au-dessus, des massifs volcaniques découpent des formes pointues dans le ciel. On croirait le paysage passé sous les pinceaux de Paul Cézanne.

Sonia abandonne son visage au soleil. La brise traverse l'habitacle de la voiture et lui fait parvenir des senteurs de Provence. Elle ferme les yeux et pose sa main sur la cuisse d'Alex qui, malgré la conduite, ne montre aucun signe de fatigue. La grille de l'hôtel est ouverte, livrant passage à une grande allée flanquée de palmiers. Le bâtiment en pierre est orné de volets bleu vif. Sur le côté, une grande pergola métallique supporte deux immenses gerbes de glycines au-dessus d'une terrasse en bois. Un peu à l'écart, sur un petit carré de pelouse délimité par les pins, deux chaises longues semblent dire : « on attendait plus que vous. » Le *parking* est vide. La saison n'a pas commencé, les touristes sont encore rares.

Alex s'est occupé de tout. Sonia est charmée par l'endroit. Ils se garent. Le propriétaire vient à leur rencontre. Il porte un short beige et un polo sombre. C'est un homme grand, à l'allure élancée, la peau tannée. Un homme du sud, il y a du soleil dans sa voix. Il leur demande s'ils ont fait bon voyage, se saisit de leurs bagages et les accompagne à la réception.

Il paraît évident que la femme à l'accueil est son épouse. Ses longs cheveux noirs sont tressés. Son maintien aristocratique lui donne un air de maîtresse d'école, mais lorsqu'elle leur souhaite la bienvenue, sa voix chante et la sévérité de son attitude disparaît. Elle se présente, elle s'appelle Jeanne. Leur remet une clé de 15 cm accrochée à un porte-clés en bois trop gros pour tenir dans une poche. Dessus est gravé le numéro de la chambre : 203.

« Vous allez être au calme, il n'y a que vous et un couple de retraités au rez-de-chaussée. Le bar n'est pas vraiment ouvert, mais si quelque chose vous fait envie, n'hésitez pas à nous appeler. Le petit déjeuner est servi de sept heures à dix heures. Derrière le bâtiment, il y a une piscine et derrière, c'est un hammam. On le laisse fermé pour des raisons de sécurité, mais il est à votre disposition. Si vous souhaitez l'utiliser, c'est cette clé (elle leur désigne une clé accrochée au tableau). S'il n'y a personne à l'accueil, vous vous servez, pensez simplement à bien éteindre le générateur et refermer quand vous avez fini. Si vous avez des questions, si vous voulez découvrir la région, trouver un restaurant, ou quoi que ce soit d'autre, nous sommes là, n'hésitez pas. Je vous souhaite un excellent séjour chez nous ! »

Elle termine sa phrase avec un sourire de présentatrice météo.

« Wahou ! C'est magnifique ! Je veux la même chez moi ! »

Alex est content de lui. La chambre est à la hauteur de ses espérances. La tête de lit en fer forgé figure des tiges végétales dont des feuilles auraient poussé en s'enroulant sur elles-mêmes, formant une gerbe de spirales féeriques.

Les murs en pierre de taille disparaissent sur les côtés derrière des voilages aux tons orangés. Mais cette ravissante décoration ne sert que d'accessoire au joyau de la pièce : la grande baie vitrée. Elle surplombe les massifs de pins. Au-delà, la mer s'étend à perte de vue. Le soleil se couche dans un embrasement de teintes roses et mauves. Bientôt, ce chef-d'œuvre de lumière astrale va sombrer dans les profondeurs marines, mais à cet instant magique, tout est parfait. Alex pose une main sur l'épaule de Sonia, fascinée. Elle se tourne vers lui. Il l'embrasse tendrement. Il la serre contre lui, et leur monde se rétrécit. Il n'y a plus qu'eux, ici et maintenant. Le soleil franchit paisiblement la ligne d'horizon, et la terre entière semble se taire. Sonia est émue. Quand leurs lèvres se séparent, elle a l'impression de se réveiller. Ils se regardent, étonnés tous deux de tant de fusion. Alex garde un sourire silencieux

« On va manger ? finit-il par dire doucement.

— Oui, je vais prendre une petite douche avant, si ça ne te dérange pas !

— Aucun problème, vas-y !

— Je fais vite !

— Non, prends ton temps, on est en vacances ! »

Sonia disparaît dans la salle de bains, laissant Alex seul dans la chambre. Au-dehors, les ombres s'évanouissent dans la nuit.

Ils n'ont pas eu envie de prendre la voiture après cette journée d'autoroute. Sur les conseils de Jeanne, la réceptionniste, ils ont longé la route sur quelques centaines de mètres, puis ils ont pris un petit chemin sombre, interdit à la circulation. Un escalier archaïque descend au milieu des arbres. Au bout, un petit restaurant se dresse comme une récompense.

Un Italien pure souche semble les attendre sur le seuil. Il leur propose de s'installer à la terrasse. Un autre couple dîne plus loin. Les lumières de la salle jettent une lueur à l'extérieur, et les bougies sur la table viennent compléter l'éclairage de cette scène romantique. La plage est à leurs pieds. Il fait nuit, ils distinguent à peine le sable. En revanche, ils entendent le bruit des vagues légères.

Alex a commandé une bourride du pêcheur, et Sonia une poêlée de noix de Saint-Jacques. Quand les assiettes leur sont présentées, ils sont plutôt satisfaits de leur choix.

À tout point de vue, Alex s'est montré irréprochable depuis leur rencontre. Sonia ne lui trouve que des qualités et des talents, c'en est affligeant de perdre à ce point tout sens critique. Même si elle refuse encore de l'admettre, elle commence à éprouver de tendres sentiments pour lui. Pour autant, il lui reste encore un point sur lequel s'appuyer pour que sa théorie du bonheur impossible puisse encore se vérifier. Le côté obscur d'Alex, un détail ; il s'est montré un peu énigmatique sur son job. Sonia n'a pas bien compris, elle n'a pas vraiment osé demander davantage de précisions, et ça la travaille. Elle veut attendre la fin des vacances, peut-être lui poser la question d'un air détaché sur la route du retour. D'ici là, elle n'aura qu'à remiser les idées noires dans un coin de son esprit. Il en faudrait plus pour gâcher cette semaine. Les yeux dans ses Saint-Jacques, elle décide que non. En fait.

« Il faut que je te demande un truc.

— Oui.

— Je sais que c'est bête, mais ça fait un moment déjà, j'ose pas, et…

— Non, mes pectoraux, c'est que du naturel, je ne prends aucune hormone, aucun complément alimentaire !

— En fait, je n'ai pas bien compris, ton boulot, je suis conne, hein ?

— Ah ! *Consultant en développement personnel*, c'est un peu obscur ?

— Un peu, oui…

— Tu m'as googlé ?

— Ah ! Non, je n'y ai pas pensé.

— Je suis *coach*. *Coach* en séduction.

— …

— J'apprends à des mecs en difficulté relationnelle à prendre confiance en eux et à mettre toutes les chances de leur côté dans leur recherche de l'âme sœur. »

Alex sait Sonia troublée. Il sait aussi depuis le début de leur relation qu'il ne fera pas l'économie d'une explication de texte. Le moment est venu.

« Ça consiste en quoi, précisément ? Tu enseignes des techniques pour draguer ?

— Disons que j'aide des garçons à devenir des hommes. Je les conseille dans le sport, l'alimentation, le look. Je leur apprends à s'accepter comme ils sont. Et aussi à lire et déchiffrer le comportement des femmes.

— Tu leur donnes des astuces pour se mettre des filles dans le lit… »

Les yeux dans les yeux, Alex lui sourit. Sonia s'efforce de soutenir son regard. Pour le côté détaché, c'est raté.

« Ce n'est pas du tout ça ! Hey ! Sonia. Oui, c'est vrai, j'enseigne à des types complètement paumés ce qu'ils doivent faire et ce qu'ils doivent éviter pour séduire des femmes. Bien sûr, il y a des pervers dans le lot, mais il y a aussi plein de garçons terrorisés à l'idée d'aller parler à une femme, tout simplement parce que les femmes sont belles.

« C'est déloyal !

— Au contraire, dans notre culture, c'est à l'homme de faire le premier pas. Et pour certains, c'est déjà le bout du monde. Elle est là, l'injustice. Les jolies filles comme toi, vous ne savez pas ce que c'est de crever d'envie d'aborder quelqu'un et de ne pas le faire parce qu'on n'a aucune chance. Vous ne savez pas ce que c'est vivre au milieu des décolletés, des minijupes et des sourires qui vous brisent le cœur, mais qui ne vous sont jamais destinés. Tu n'as pas idée à quel point c'est douloureux d'être transparent, de ne pas se sentir assez beau, assez musclé, assez drôle pour avoir le droit d'engager une conversation. Et rentrer chez soi le soir, seul, en repensant à toutes celles qui ne t'ont même pas regardé. »

Alex se penche vers Sonia et se met à parler plus bas.

« Regarde les deux derrière moi. Tu vois ce garçon, il se donne une allure désinvolte, mais il est amoureux, c'est flagrant. C'est ce qu'on appelle un *nice guy*, le type qui essaye toujours d'être gentil, plein d'attentions. Je te parie qu'il va payer l'addition. Et il se demande pourquoi ça ne marche pas, c'est vrai, quoi, il passe son temps à lui faire plaisir ! Son problème, c'est qu'il n'y a pas un atome de séduction dans son comportement.

« S'il me demandait conseil, je lui apprendrais à s'habiller comme un adulte. Ensuite, je lui ferais corriger son attitude, il faudrait qu'il s'affirme, qu'il pose sa voix, qu'il relève la tête, qu'il redresse les épaules, qu'il cesse de fuir les regards. Je l'aiderais à dédramatiser la situation et à prendre confiance en lui. Puis à développer une stratégie pour renverser le rapport de force que cette fille a établi. Je l'aiderais à la faire douter, à créer du mystère, je lui apprendrais pourquoi il ne doit pas répondre à ses textos dans la minute, pourquoi il doit parfois lui dire qu'il n'est pas libre le week-end, même si ce n'est pas vrai. Jusqu'à ce que la fille doute de son emprise. Et à la fin, je te garantis qu'elle serait séduite.

— Tu lui apprendrais à mentir, alors.

— Non, je lui apprendrais les règles du jeu. Tu crois vraiment qu'elle n'est pas consciente de l'avoir asservi ? Tu crois qu'elle n'en joue pas ? Elle fait semblant de ne pas se rendre compte. Elle sait qu'il est à ses pieds, alors elle fait la princesse, elle se fiche de le faire souffrir. C'est une relation complètement déséquilibrée. Moi, mon travail, c'est de rétablir un peu l'équilibre. Et je peux te promettre que s'il suit mes conseils, elle dira oui. Regarde-la. Elle attend un signe, un geste. Moi, je peux lui apprendre à envoyer ce signal. Est-ce que je transforme un pauvre type innocent en prédateur sexuel, ou est-ce que j'aide les gens à être heureux ? D'après toi ? »

D'un geste de la main, Sonia acquiesce. Elle regarde ce jeune homme derrière Alex et, en l'observant mieux, elle perçoit sa maladresse et sa nervosité.

« Comment tu vois tout ça, toi ?

— Parce que ce qu'on appelle la séduction, c'est avant tout de l'observation. Il ne s'agit pas de tour de magie. La fille ne se réveille pas dans son lit avec un type à côté d'elle en se demandant d'où il sort. Les femmes ne sont pas innocentes ! Moi, je ne suis qu'un catalyseur. Et je connais maintenant plusieurs dizaines de garçons qui sont en couple, certains sont mariés, certains ont même des enfants. Et tout ça, c'est grâce à moi ! C'est grâce à moi, Sonia ! Pour la plupart, ce sont des mecs adorables qui savent ce que c'est d'être seul, qui mesurent leur chance d'être en couple et qui font tout pour rendre leur copine heureuse. Et si ces filles savaient que j'ai filé un coup de main à leur homme, je suis sûr qu'elles me diraient toutes merci. »

Silence. Juste le bruit des vagues.

« Je sais ce que tu penses. Je n'ai pas utilisé de *méthodes*. Tu crois que je t'ai droguée ou que je t'ai lancé un sort ? Tu crois qu'il suffit de réciter des phrases par cœur, de choisir la bonne chemise et d'appuyer sur un bouton ? Non, ce n'est pas vrai. Il ne s'agit pas de méthode, il s'agit d'attitude ! Tu as remarqué que je n'étais pas timide. Je suis à l'aise avec les gens, je suis bien dans ma peau. J'ai appris à être comme ça. J'ai travaillé, j'ai corrigé tout ce que je n'aimais pas chez moi, je me suis accepté, et aujourd'hui, je sais qui je suis. Tout ça te permet de rencontrer le vrai Alex. Je ne t'ai pas abordée pour coucher avec toi, je suis venu te parler parce que tu me plaisais et aujourd'hui j'ai envie d'aller plus loin avec toi… parce que je suis amoureux…

« Je comprends que c'est un peu déroutant comme activité, mais contrairement à ce que tu penses, les gens qui viennent me voir ne sont pas malintentionnés, ce sont avant tout des gens qui souffrent et qui ont besoin d'un coup de main, c'est tout. »

Est-ce vraiment tout ? Sonia est à court d'arguments. Elle est prise au dépourvu sur des questions qu'elle ne s'est jamais posées. Elle en sait long en matière d'échecs sentimentaux et de difficultés amoureuses. Elle a goûté la déception, la frustration, et le rejet. Peut-être que le *coaching* est une solution honorable. Accepter l'idée que l'on a besoin d'aide. Sonia reste troublée, mais…

« Attends, tu viens de dire quoi ?

— Que ce sont des gens qui souffrent…?

— Non, avant ?

— Je ne me souviens plus.

— Si, allez ! »

Elle sourit. Un peu bêtement. Alex lève les yeux comme s'il se lançait dans un effort de réflexion intense.

« Ah oui ! Je crois avoir dis que j'étais amoureux de toi.

— C'est vrai ?

Ils sont tous deux redevenus sérieux. Sonia est suspendue aux lèvres d'Alex. Un élan de nervosité monte en elle. Alex la considère un instant, comme s'il pesait ses mots. Il pose sa main sur celle de Sonia.

« Je sais qu'on ne se connaît pas beaucoup, mais je commence à avoir du mal à me passer de toi. On verra avec le temps, mais oui, je crois que je commence à être accro. »

Quand le serveur leur propose des desserts, Sonia porte un sourire béat sur le visage. Tous deux aimeraient que cette soirée ne termine jamais. Après le repas, ils se promènent un peu sur la plage obscure, main dans la main. Plus tard, de retour à l'hôtel, ils s'installent dans les chaises longues et restent un long moment à contempler les étoiles. Quand enfin, ils regagnent leur chambre, ils n'ont pas envie de dormir.

Les nuits sont trop courtes, et les journées passent trop vite. Sonia et Alex approfondissent chacun leur connaissance de l'autre, au fil des matinées pleines de langueurs, des après-midi ensoleillés et des nuits sans sommeil.

Sonia est soulagée. Elle appréhendait de partir avec un homme dont elle ne sait presque rien. Elle a hésité. Dans l'absolu, elle n'aurait jamais eu le courage de partager une telle intimité à ce stade d'une relation. Mais avec Alex, elle se sent en sécurité, c'est instinctif. Elle s'est demandée s'il n'allait pas se lasser d'elle au bout de trois jours, elle a attendu le moment où ils ne sauraient plus quoi se dire et tomberaient dans un silence embarrassant. Ce moment n'est pas venu. Alex est un garçon enthousiaste, délicat. Il a presque toujours une anecdote en stock, une idée pour que le monde fonctionne mieux, une plaisanterie, une observation. Et quand ils se taisent, il n'y a aucune gêne, c'est une respiration partagée. Il la dévore des yeux, et elle se sent belle, désirée. Il l'apaise, il a gommé ses peurs. Sonia était effrayée de ne pas être à la hauteur, de décevoir, elle ne se sent plus jugée par lui. Ils font équipe. Elle est sereine, détendue. L'avenir se présente bien, il n'y a plus qu'à profiter du temps présent.

Il n'a jamais été question de passer ses journées ailleurs que sur la plage. En dehors d'une balade dans le parc de l'Esterel, Alex et Sonia découvriront les trésors historiques et les curiosités architecturales plus tard... dans quelques dizaines d'années... L'heure est au repos, à la détente. Après dîner, ils ont décidé de se rendre au casino. Une découverte pour Sonia. Alex semble également novice en la matière.

À l'entrée, une femme en tailleur bleu marine strict leur demande une pièce d'identité. Si elle fermait un bouton de plus à son chemisier, elle aurait sa place dans une parade militaire. Alex et Sonia ne sont pas fichés, alors ils peuvent entrer. C'est seulement au moment de franchir le seuil qu'ils découvrent la capacité de cette femme à sourire. Ils pénètrent alors dans un espace immense. L'enseigne lumineuse à l'extérieur a induit Sonia en erreur. Elle imaginait un lieu bruyant, éclairé comme une boîte de nuit, mais c'est exactement l'inverse. L'endroit est feutré comme le salon de mémé. Ils s'avancent sur une moquette aux motifs rouge-orangé. Tout le long du mur, des machines à sous sont alignées comme une armée de bandits prêts à vous dévaliser. De l'autre côté, des gens entourent des tables de blackjack et de roulette. Leur frénésie est relativement silencieuse. On entend distinctement le croupier prévenir que « rien ne va plus », mais personne ne s'en inquiète. Au fond, la banque. Le banquier porte un smoking, il se tient derrière un comptoir en ronce de noyer, on dirait l'habitacle d'une vieille voiture de luxe. Le guichet est assez sobre, finalement. Si la banque gagne toujours, elle n'en laisse rien paraître. Alex et Sonia se mettent d'accord : vingt euros chacun. Pas plus. Alex lui dit que s'il se prend au jeu, il est capable de ne quitter la place qu'à la fermeture, criblé de dettes. Sonia pense qu'il en rajoute, ça ne semble pas être son genre.

« Viens, il faut d'abord mettre au point notre stratégie, déterminer à qui on va donner notre argent. Est-ce qu'avant, tu es prête à boire le mojito le plus cher de ta vie ?

— OK, mais à une condition.

— Laquelle ? répond Alex en souriant.

— C'est moi qui t'invite !

— Ça roule ! »

Au bar, l'homme ne peut s'empêcher de jongler avec toutes les bouteilles qu'il touche. Il les jette dans son dos, au-dessus de sa tête... S'il prouve avec entrain son aptitude à travailler dans un cirque, il est également très habile dans la réalisation de cocktails sophistiqués : le verre est orné d'une collerette en sucre, d'une demi-tranche de citron vert et d'un agitateur lumineux.

« Tchin ! »

Sonia pensait qu'un casino ne pouvait être fréquenté que par des gens de la haute société, des notaires fumant des cigares, des femmes avec des colliers de diamants. Il n'en est rien, la plupart des visiteurs sont en *tee-shirt* et en *baskets*. Au bar, deux jeunes adultes interprètent leur version de *la guerre des étoiles* avec les agitateurs à cocktail. Le barman a déjà vu la scène cent fois, il reste poliment indifférent et continue de faire voler ses bouteilles.

Nos deux amoureux ne mettent pas longtemps à se mettre d'accord ; le bandit manchot reste le moyen le plus amusant de perdre son argent. Ils achètent les jetons. Sonia les récupère et donne sa part à Alex après lui avoir fait promettre de partager les gains éventuels.

C'est admirable, cette capacité de l'être humain à croire en sa chance en dépit de tout bon sens : une armée de zombis piochent leurs jetons dans leur gobelet en plastique, les insèrent dans la fente prévue à cet effet, tirent les leviers et regardent les rouleaux devant eux afficher les combinaisons perdantes. De temps en temps, on entend tomber quelques jetons dans les bacs en aluminium. Les zombis rangent alors les jetons dans les gobelets, et continuent le rituel, de façon mécanique, sans émotion. Et quand un gobelet est vide, une place se libère pour un autre zombi. Deux machines côte à côte sont inoccupées. Alex et Sonia s'y installent. Alex fait craquer les articulations de ses doigts puis saisit le premier jeton.

« Tu vois, avec cette pièce, je fais fortune, et j'arrête de travailler.

— Ce serait bien ! »

Alex ne relève pas l'allusion. Y en avait-il une ?

Les rouleaux se mettent à tourner : $ $ 7.

Quatre jetons tombent dans le bac.

« Ça vaut combien un jeton ?

— Cinquante centimes.

— Humm… répond Alex, dubitatif. On est donc à un euro cinquante de bénéfice… C'est un bon début. Quand on arrive à un million, on s'arrête. Il ne faut pas être trop gourmand, après, c'est des coups à tout perdre. »

Sonia n'aurait pas cru, mais elle finit par se prendre au jeu. Les pièces défilent, la machine les avale, elle les dévore, elle n'est jamais rassasiée. Sonia perd. Alex aussi, plus lentement. En France, le taux moyen de retour au joueur est environ de 85 % pour une machine à sous. Très clairement, à cet instant précis et pour ces deux machines, la statistique est bien inférieure.

« Tu devrais changer de machine, conseille Alex.

— Pourquoi ?

— Parce que celle-là ne veut pas de toi. Elle est en train de te ruiner, mais elle ne se donne pas. Ce n'est pas ta machine ! »

Sonia n'est pas convaincue, mais elle écoute son homme. Comme la machine à droite d'Alex vient de se libérer, elle s'y installe. Une femme âgée sortie de nulle part se précipite alors sur la place que Sonia vient d'abandonner. Son chapeau de flanelle orné d'une fleur blanche lui donne un air britannique. Ses mains sont sèches, osseuses et couvertes de tâches de vieillesse. Alex ne fait pas attention à elle, mais rapidement deux gyrophares rouges s'illuminent au-dessus de son appareil. Une avalanche de jetons dégringole dans le bac bientôt rempli :

$ $ $

Alex et Sonia tournent la tête, éberlués. Alex n'en revient pas. À cinquante centimes la pièce, il doit y avoir un bon millier d'euros qui viennent de sortir des entrailles du bandit. La vieille dame leur sourit. Il y a comme une excuse dans ce sourire. De la malice également. Deux assistants de clientèle viennent à sa rencontre. Elle se lève de son siège et s'écarte pour les laisser ramasser les pions qu'ils rangent dans un grand cabas noir.

« Félicitations, Mme Falcone. Souhaitez-vous prendre un verre pendant que nous comptons vos gains. C'est la maison qui vous invite, bien entendu.

— Avec plaisir, je prendrai une coupe de champagne rosé. »

L'un des deux hommes se dirige avec le cabas vers la banque, tandis que le second accompagne Mme Falcone au bar.

Alex et Sonia se regardent.

« Pourquoi tu as changé de machine ?

— C'est toi qui m'a dit de…

— Non, non, je n'ai jamais rien dit…

— Mais si ! »

Un homme a pensé que la discussion allait s'envenimer et se décide à intervenir.

« Si, monsieur, excusez-moi, mais vous lui avez dit de changer de machine. Je vous ai entendu ! »

Il voit qu'Alex n'est pas sérieux et lui rend son sourire, accompagné d'un geste de la main, comme pour se retirer de la conversation.

« Vous savez, ajoute-t-il, Mme Falcone est connue ici. C'est presque une légende. C'est la fille d'Andolino Falcone, l'industriel des textiles. Il paraît qu'elle vient dans ce casino depuis plus de cinquante ans. Un croupier m'a confié qu'elle perd au moins un million d'euros par an. Elle dit qu'elle n'a ni mari ni enfant, alors elle préfère donner son argent au casino de son vivant plutôt qu'au fisc quand elle sera morte. Pourquoi pas… »

L'homme s'en retourne à sa machine, soucieux de ne pas perdre le rythme.

Sonia imagine cette vieille millionnaire. Lorsque le casino fermera, elle le quittera, enrichie de cette somme insignifiante pour elle, si elle ne l'a pas reperdue ou offerte en guise de pourboire à quelque personnel du casino. Il y aura sûrement un chauffeur pour la ramener chez elle. Quelqu'un aura préparé son lit, lui servira une tisane ou une coupe de champagne rosé. Puis elle se couchera et, malgré sa fortune, elle sera seule. Et pendant ce temps, Alex et Sonia seront blottis l'un contre l'autre, ils se caresseront, feront l'amour. Elle n'est pas envieuse. Vraiment pas. À choisir, elle serait presque contente d'avoir perdu ce soir. Elle joue son dernier jeton, les trois rouleaux se mettent à tourner. Un dernier frisson. Un sept, un ananas et un chapeau. Pas grave…

Le lendemain après-midi, Sonia découvre un spectacle qu'elle n'avait jamais vu de sa vie ; une plage totalement déserte. Dans quelques semaines, des flots de vacanciers se déverseront ici, des centaines de serviettes de bain recouvriront le sable au point qu'on n'en verra plus la couleur, mais aujourd'hui cette petite crique à l'abandon leur appartient.

Sonia s'est allongée sur le ventre, dos nu. Bronzage. Elle a renoncé à lire. C'est trop fatigant. La caresse du soleil se marie au chant des vagues, Sonia se sent en harmonie avec elle-même, avec son corps et avec les éléments. Alex nage au loin, pour un peu, Sonia l'oublierait presque.

Alex est un garçon merveilleux, c'est une chance inespérée de l'avoir rencontré. Il est aussi un séducteur professionnel. Sonia ne sait pas vraiment ce qu'elle peut lui reprocher, il a développé des compétences, il semble bien gagner sa vie, elle comprend même l'aspect philanthropique de sa démarche. Pour autant, le trouble revient, comme un caillou dans la chaussure. Elle en revient au même : elle s'est fait manipuler. La question, c'est de déterminer si c'est grave ou pas. Les charmes qu'elle lui a trouvés sont le fruit de techniques, il les a provoqués. Est-ce que cela fait de lui un menteur ou un escroc ? Ses paroles, sans doute éprouvées avec d'autres, calculées à défaut d'être spontanées, ne peuvent-elles pas être sincères ?

Elle se sait injuste avec Alex. Il la traite comme une reine depuis le début de leur relation. S'il n'était qu'un vulgaire queutard, il serait depuis bien longtemps rentré chez lui, rassasié, prêt à passer à la suivante. Veut-il mener une vie rangée avec une seule femme ? Comment ne pas envisager la déformation professionnelle dès la première grosse paire de seins venue ?

Un voile passe sur elle, comme un nuage chargé. Sonia creuse et en vient au fond du problème : Pourquoi cet homme irrésistible, capable d'avoir toutes celles qu'il désire, se contenterait d'elle, Sonia Vidal, petite libraire, positionnée entre le pas-trop-mal et le quelconque ? Saura-t-elle le retenir lorsqu'une petite gueule d'ange en minijupe lui fera de l'œil ? Ces derniers jours, elle avait presque oublié la fatalité qui conclut les histoires d'amour.

Elle se retourne, se redresse sur ses coudes et le regarde. Toujours parfait, il effectue quelques longueurs de crawl. Sonia imagine combien de filles ont été dans ses bras, dans son lit. Il leur a peut-être susurré les mêmes mots. Dans cet hôtel ? Sur cette plage ?? (Jalousie !) Elle a eu des aventures, elle aussi, mais certainement moins que lui. Peut-être, à l'approche de la trentaine, est-il repu, assouvi, et par conséquent bien plus stable que celui qui aura vécu des années de frustration. Ses expériences, nombreuses (grrr !), seraient alors un traitement préventif à la crise de la quarantaine, un remède à l'infidélité et à l'inconstance. De ce point de vue, l'avenir avec Alex paraît aussi ensoleillé que cette plage.

Sonia s'assoit. Par réflexe, elle remet le haut de son maillot de bain, commence à nouer le lacet dans son dos, puis décide de s'en passer.

Elle ose pour la première fois. On pourrait la surprendre. Elle vérifie autour d'elle, personne. Au loin, Alex continue de nager vers le large. Sa tête disparaît et réapparaît au fil des vagues. Après tout, ne vaut-il pas mieux laisser le passé à sa place, profiter du présent et envisager l'avenir ? Alex a vécu sa vie, sans doute a-t-il profité de sa jeunesse, et avec un peu de chance, il a maintenant envie de s'engager. Avec elle. Ce serait bien. Un jour, ils pourraient habiter ensemble, peut-être même avoir des enfants. Pas tout de suite, bien sûr, ils n'en sont pas encore là, mais le moment venu, quelle jolie perspective !

Sonia entend un sifflement derrière elle. Elle se retourne brusquement, le cœur soulevé. Le bruit provient de son téléphone portable, dans son sac de plage. Sonia a imaginé un promeneur pris d'admiration pour le spectacle qu'elle propose. Il ne s'agit que d'un texto de Muriel :

« Salut Sonia, j'espère que tu as bien reçu mon faire-part, tu ne m'as pas répondu. Je compte sur toi ? De toute façon, tu n'as pas le choix, si tu ne viens pas à mon mariage, je ne t'adresse plus jamais la parole ! Lol. Bisous ma Catherinette. »

Catherinette. Les gens heureux ne se rendent-ils jamais compte du mal qu'ils font ?

Plus qu'une cousine, Muriel est une rivale. Elles sont en concurrence depuis leur plus tendre enfance. Muriel est plus jeune de cinq mois, sa naissance même est une réponse à l'époque où Sonia n'était encore qu'une heureuse nouvelle. Jacqueline, la mère de Muriel, les a toujours opposées sur tout, de leurs résultats scolaires jusqu'à l'éclat de leurs cheveux. Quand Sonia s'est mise à marcher à onze mois, Muriel, elle, a fait ses premiers pas à dix.

Muriel était une petite fille magnifique. Elle portait des robes somptueuses. À cette époque, il était impossible de passer chez Jacqueline sans se retrouver à feuilleter les albums de photos, tant la maman était fière de sa progéniture. Ils vivaient en province et nourrissaient peut-être un complexe d'infériorité par rapport à la branche parisienne de la famille, alors Jacqueline tenait toujours à en mettre plein la vue, et son arme fatale, c'était Muriel. Mais l'enfant délicate s'est curieusement enlaidie passée l'adolescence. Son visage autrefois fin et gracieux s'est bouffi, comme du fait d'une allergie qui ne passerait jamais. Jacqueline a alors subitement cessé de confronter leur beauté respective, et s'est concentré sur les atouts de sa fille. Naturellement, elle a fini par trouver le point sur lequel Sonia ne serait jamais à la hauteur : l'amour. C'est Jacqueline qui a trouvé le surnom de *Catherinette*.

Muriel est en couple depuis six ou sept ans. Avec un homme austère du nom de Toussaint. Toussaint souffre de toutes les disgrâces que peuvent occasionner le non-respect des proportions humaines. Son ventre d'obèse supporte une poitrine creuse et de maigres épaules. Sa petite bouche semble écrasée entre deux énormes joues flasques. Du col éternellement ouvert de sa chemise jaillit une jungle de poils, matière capillaire qui fait cruellement défaut à son crâne arrondi. Un grand corps que promènent de petites jambes. Malgré ces difformités que Sonia seule semble remarquer, Muriel est en couple, elle a réussi. Toussaint est ingénieur, il travaille dans le recyclage des eaux usées, un type qui peut vous parler de chasse d'eau pendant une heure. Il gagne bien sa vie, ils ont acheté un pavillon et, si vraiment Dieu n'existe pas, ils auront sûrement des enfants. Des petits Toussaint tout laids.

Sonia est dégoûtée à l'idée que Muriel et lui puissent... beuuu... Si Sainte Catherine est la patronne des jeunes filles, qui veille sur les hideux ?

Elle revoit Muriel annoncer son mariage avec sa voix de princesse Disney : « Ce sera le plus beau jour de ma viiie ! » Sonia tient sa revanche. Elle prend plaisir à écrire ce texto expliquant que non, elle ne viendra pas seule. Muriel va être folle de curiosité, elle va la harceler d'appels et de SMS. Qui c'est ? Comment il est ? Comment vous êtes-vous rencontrés ? Et quand elle verra la photo d'Apollon, elle aura sûrement un peu le cafard à retourner dans les bras trop longs de Toussaint. Sonia rédige son message en tentant de lui donner un peu de désinvolture : *voilà, je suis sur une plage déserte avec un beau gosse comme tu n'en as jamais croqué, je viendrai avec lui à ton mariage, et sincèrement, j'espère qu'on te volera la vedette sur la piste de danse, bisous.*

« Salut ma Mumu. J'espère que tu vas bien. Bien sûr que je viens, excuse-moi de ne pas t'avoir répondu plus tôt. Voilà grande nouvelle, je pense que je vais venir… accompagnée. Si ça ne dérange pas. Je suis en vacances, je t'appelle quand je rentre. Gros bisous ». Sonia éteint son téléphone et le range.

Alex s'est rapproché. Il lui parle. Sonia n'a pas écouté, mais comprend le message qui dit, en substance, « viens te baigner, elle est bonne ! ». Elle se redresse, il lui fait signe de le rejoindre. Elle lui obéit. Elle se lève et vient à sa rencontre. Il admire sa poitrine, il la désire, elle le voit. La lueur dans ses yeux lui fait penser qu'elle est belle, sexy. Elle pénètre dans l'eau et, lorsqu'elle arrive à sa hauteur, elle est mouillée jusqu'à la taille. Alex s'approche. Il fait les derniers pas. Il la mouille. Sonia crie. Elle tente de s'enfuir, il la poursuit. Il parvient à l'attraper et la fait basculer dans l'eau. La fraîcheur la saisit. C'est agréable. Elle se dégage de son étreinte. À son tour, elle lui jette de l'eau. Comme c'est un homme, il continue d'avancer vers elle. Sonia retourne vers la plage, Alex la rattrape. Il la prend dans ses bras. Il l'embrasse, avec ardeur. Il caresse son dos nu. Ses mains descendent vers ses fesses. Le désir est trop fort, elle fera ce qu'il veut.

Il se laisse tomber au sol et l'entraîne avec lui. Elle est sur lui. Les mains d'Alex effleurent ses reins. Ses hanches. Elle sent ses doigts sur son corps. Son pouce vient se glisser sous le nœud de son maillot. Alex roule et prend le dessus. Le sable mouillé sur son dos, une vague vient lui lécher les jambes. La Méditerranée est moins fougueuse que l'océan Pacifique, mais, un instant, Sonia est à Hawaï ; elle est Deborah Kerr dans *Tant qu'il y aura des hommes*. Et son Burt Lancaster à elle n'a rien à envier à l'original. Son souffle est court. Alex se relève et lui tend la main pour l'inviter à le suivre. Ils récupèrent à la va-vite les lunettes de soleil, le livre, le paréo et fourrent leurs affaires dans le sac de plage. Ils ne se disent rien, ils savent tous les deux ce qu'ils veulent.

L'hôtel est vide, la clé de leur chambre est accrochée à son clou sur le tableau, ils n'ont qu'à se servir. Plus bas, une autre clé, celle du hammam.

C'est plus grand qu'il n'y paraissait. Sur un présentoir du vestibule est posée une pile de serviettes blanches. À côté des indications de mise en route du générateur de vapeur, un panneau précise que le port du maillot de bain est obligatoire. Sonia glousse comme une adolescente. Alex manipule un interrupteur, et l'on entend un moteur se mettre en route. Il prend la main de Sonia et l'entraîne dans la salle principale. Elle est couverte de carrelage du sol au plafond. Une fine mosaïque de blanc et de marron. Des *spots* discrets jettent une lumière douce. La chaleur monte rapidement, et la salle est bientôt pleine de vapeur.

Alex s'est assis sur sa serviette. Il ferme les yeux et appuie sa tête contre le mur. Il respire doucement l'odeur d'eucalyptus. Il commence à faire chaud. Face à lui, Sonia refrène ses envies. Il faut un temps pour s'adapter à la chaleur et à l'humidité. Alex ouvre les yeux et lui sourit. Elle se lève et dénoue la serviette qui tombe à terre. Elle s'approche lentement et se place à califourchon sur lui. Ils s'embrassent. Les mains d'Alex remontent le long de ses cuisses. La chaleur continue de monter. Les doigts d'Alex arrivent à la couture de son slip, mais ils ne franchissent pas la frontière du tissu. Ils continuent de remonter et dessinent de petits cercles au niveau de ses reins. Ils courent lentement le long de sa colonne. Elle les sent s'enfoncer dans ses muscles tant l'envie est forte. Il atteint le nœud de son haut. Il tire délicatement sur l'un des fils. Elle est presque nue. Il embrasse ses seins et la presse contre lui.

Il dégage ses lèvres un instant.

« Ce n'est pas bien, ce qu'on fait.

— Je sais, le port du maillot de bain est obligatoire... »

Il y a tant de vapeur qu'on ne distingue presque plus la porte d'entrée. Quelqu'un pourrait venir. En temps normal, ça l'aurait bloquée. Là, Sonia ne comprend pas pourquoi, elle se sent stimulée. Elle ne sait plus penser, elle est animale. Dans la moiteur du hammam, ils transpirent, sa peau glisse sur celle d'Alex, elle sent ses muscles contre elle. Quelque chose bouillonne au plus profond de son ventre. Sonia s'abandonne au plaisir des caresses, excitée par l'interdit, attisée par le désir qu'elle ressent pour lui. Ils ne tiennent plus. Elle a complètement perdu toute forme de contrôle ou de retenue. Ils se débarrassent alors de ce qui reste de leurs vêtements, avec empressement. La chaleur accélère leur rythme cardiaque, rendant l'effort éreintant. La passion est si forte que Sonia en tremble. Le souffle court, ils sont en feu. Le moment où il est en elle est le plus torride, le plus érotique de son existence. Sonia n'a jamais rien vécu de comparable. Elle s'accroche de toutes ses forces à ce corps dégoulinant de sueur avec lequel elle ne fait plus qu'un, jusqu'à l'explosion, jusqu'à l'épuisement.

Demain, il faudra rentrer, mais demain n'existe pas encore, il n'y a que maintenant. Sonia a compris, elle est malade. Pourvu qu'elle ne guérisse jamais.

III

Pick Up Artist, *abrégé couramment en P.U.A. est un terme, venant de l'anglais américain, signifiant littéralement « artiste de la drague ». Il désigne un homme habile à rencontrer, attirer et séduire les femmes.*

Le terme « pick up » (ramasser, recueillir, prendre) dans ce contexte vient de l'argot américain et désigne le fait de faire connaissance avec une inconnue dans l'anticipation d'un rapport sexuel et date au moins des années 1970. Il fut notamment popularisé par le magazine Pick-Up Times *et le film semi-autobiographique* The Pick-up Artist *de James Toback.*

Le terme est associé aussi à une sous-culture masculine, la Communauté de séduction. Celle-ci est principalement américaine, basée sur le développement personnel et a gagné en popularité après la publication du livre de Neil Strauss, The Game: Penetrating the Secret Society of Pickup Artists *et l'émission de télévision* The Pick-up Artist *sur la chaîne VH1 avec* Mystery *et* Matador *deux* coachs *en séduction notoires.*

En français, le terme P.U.A. offre une alternative au terme « séducteur ». Aujourd'hui, la communauté française des Pick Up Artists *tend à se développer au travers de sites communautaires, de blogs individuels ou de sites de* coaching *français.*

Article *Pick Up Artist* de Wikipédia en français
(http://fr.wikipedia.org/wiki/Pick_Up_Artist)

Alex ouvre les yeux. Il est tôt. D'ordinaire, il consacre les dix premières minutes de sa journée à quelques exercices d'entretien. Il maintient son corps dans des positions qui ne lui demandent plus vraiment d'effort. Avant, il tremblait, il peinait à respirer, son corps n'était pas gainé, il déviait, ne lui obéissant pas complètement. Maintenant, la maîtrise est totale. Il a sculpté chacun de ses muscles à force de volonté et d'abnégation. Alex est serein, bien dans sa peau. L'adolescent maigrichon, craintif du regard de ses camarades est désormais enterré dans une fosse dont il ne sortira jamais. Alex est fier, il a vaincu la nature. Elle ne lui avait donné que le minimum, il s'est servi lui-même pour obtenir le reste.

Ce matin, Alex ne fera pas ses exercices. Il y a plus urgent : quitter cet appartement. Le soleil se lève à peine, et il est déjà l'heure pour Alex d'en faire autant. Lentement, il soulève le drap et glisse son pied hors du lit. Il se tourne doucement, mais elle le sent bouger et vient se blottir contre lui. Le bras d'Alex se retrouve alors coincé sous une masse de cheveux noirs.

Il aperçoit son visage. Sous la lumière avanta-geuse de la boîte de nuit, elle lui paraissait plus jeune. En fait, ils doivent avoir le même âge. Patiemment, il dégage son bras. L'homme veut partir avant que la femme ne se réveille. C'est la règle. Sa règle.

Habituellement, Après un *close* avec une O.N.S. [*One Night Stand* ou coup d'un soir], Alex se sent assouvi, victorieux. Quatre ans plus tôt, cette situation relevait du fantasme, il en avait la boule au ventre, la gorge sèche. Depuis, il a multiplié les expériences. L'extase des premières fois a disparu au profit d'une plus grande assurance, d'un taux de réussite beaucoup plus important, mais le *game* lui a toujours apporté un plaisir incomparable. Cette fille à côté de lui se situe dans une bonne moyenne. Pourtant, Alex a trouvé cette nuit presque insipide, vaine. Il a agi de façon mécanique, par automatisme. Il n'a pas vraiment ressenti d'excitation. Il a été impeccable, galant, attentionné, un bon amant. Lorsqu'il l'a fait venir, il a senti ses muscles se contracter, son étreinte est devenue plus forte, ses doigts se sont enfoncés dans son dos. Sa respiration était haletante, elle a gémi. Elle n'a pas simulé, c'était puissant. Alex l'a accompagnée, c'était bien, mais il a été distrait, l'esprit ailleurs. Il faudra y réfléchir plus tard, pour le moment, il faut partir. Alex arrive au moment le plus délicat ; il doit passer son poignet sous la nuque de… comment s'appelle-t-elle, déjà ? Sa main bien à plat se faufile comme un serpent, avec lenteur, sans à-coups. Angélique, quelque chose comme ça. C'est son prénom. Elle se tourne dans l'autre sens, et Alex est soudain libéré. Il apprécierait une douche, un café, mais la priorité, c'est de se barrer. Il saisit ses vêtements sur une chaise et quitte la chambre sans un regard. Au moment de refermer la porte, il entend comme un mouvement. Elle s'agite, peut-être est-elle en train de s'éveiller, il préfère ne pas vérifier. Si c'est le cas, elle a déjà compris, autant éviter les mots. Dans le couloir, Alex retrouve ses chaussures. Il les mettra sur le palier, quand il aura quitté l'appartement. Sa main est sur la poignée lorsqu'il entend des bruits de pas derrière lui. Il se retourne et tombe nez à nez avec un petit garçon. Alex est incapable de lui donner un âge… entre 2 et 5 ans.

Ça lui revient ; quand ils sont rentrés, la veille, Angélique lui a demandé d'attendre un instant dans le hall. Puis il a vu sortir une jeune fille, sûrement la baby-sitter.

« Comment tu t'appelles ? »

Comment faire comprendre le principe du chuchotement à un enfant ?

« Alex. Et toi ? murmure Alex.

— Pourquoi tu parles comme ça ?

— Parce que ta maman, elle dort. Et toi, tu t'appelles comment ?

— Gabriel. Est-ce que *ze peux* mes dessins *amimés* et mon biberon ?

— Heu… oui. »

L'enfant fait alors demi-tour et s'en va vers le salon, confiant. Tandis qu'il s'allonge sur le canapé, les yeux encore plein de sommeils, il entend la porte se refermer.

Le premier métro arrive. Dans son ventre, les plus téméraires reviennent de soirée, un peu bourrés pour la plupart. Certains sont restés en boîte jusqu'à la fermeture, d'autres ont attendu parce qu'ils n'avaient pas les moyens de se payer un taxi. Alex aime cette ambiance. Il se sent vivant, parmi les siens. Le mois de juillet commence sous le soleil, l'été sera beau.

Alex s'assoit en face d'une femme somnolente. Elle semble aussi fatiguée que les autres, mais elle ne revient pas de soirée. Elle va travailler. Elle va nettoyer des bureaux, vider les poubelles remplies par d'autres. Elle est sans doute montée dans les premiers arrêts de la ligne, au nord, vers Saint-Denis. Elle tient un téléphone portable dont elle regarde le dos. Elle y a collé une photo de sa famille et semble y chercher du réconfort, un peu de force pour compenser l'épuisement et l'ennui. Alex lui sourit. Un sourire compatissant, amical, qui dit en substance, « je te souhaite quand même une bonne journée. »

Alex est mal, il a des scrupules. Il a l'impression d'avoir sali Sonia, de l'avoir trompée. *Non, en fait, c'est précisément le mot, je l'ai trompée*. Ils sont ensemble depuis plus de trois mois, et jamais il n'était resté fidèle aussi longtemps. Il n'avait pas éprouvé le besoin d'aller voir ailleurs jusque-là. Il voulait passer le week-end avec elle, mais elle n'était pas disponible. Alex a craqué. Seul chez lui, il a senti l'angoisse monter, alors il est sorti. Il a erré jusque dans une boîte où ils étaient allés danser tous les deux. Il y avait cette fille qui lui a souri, alors ses instincts ont repris le dessus. C'était bien, mais il se sent mal. Alex ne recommencera pas, il n'en a même pas envie. C'est étrange, avec les autres, il n'en a jamais rien eu à faire. Toutes les filles avec qui il est resté ne serait-ce que quelques semaines, il les a trompées allègrement, sans hésitation et sans remords. Alors pourquoi est-ce différent avec Sonia ? Un jour, elle a voulu savoir si c'était *sérieux* entre eux. Il se souvient avoir dit qu'il l'espérait. Au fond, il se demandait ce que ça pouvait bien signifier. Cette aventure d'une nuit ne lui a rien apporté, il aurait préféré être avec Sonia. Peut-être est-ce un début de réponse.

Dans la cuisine, le moteur de la cafetière électrique ronronne.

« Salut Nico !

— Salut mec. La nuit a été courte ?

— Non, à vrai dire, elle m'a paru plutôt longue. Et toi ?

— Courte. Très courte. »

Aucun des deux n'en dira plus. C'est une convention tacite entre eux. Chacun sait ce que l'autre a fait de sa soirée. Il est déjà onze heures. Nicolas est en caleçon. Alex pioche un prince dans le paquet de gâteaux sur la table. Puis un kiwi dans la corbeille à fruits. Il installe une capsule de café dans la machine, court, fort. Nicolas est le moins réveillé des deux, mais c'est lui le plus bavard :

« Au fait, y'a pas un type qui t'a appelé de ma part, un Virgile ? ».

— Si. Je le vois à seize heures.

— Alors ce mec-là, tu peux l'appeler Jacques Pote !

— Pourquoi, il part de si loin ?

— Tu verras ! Bon, après, ce qui est chiant, c'est de lui dire au bout de six mois que tu ne constates pas de progrès et qu'il vaut mieux arrêter. Moi, les causes perdues, ça me saoule, mais je sais que tu as besoin d'argent, alors… cadeau !

— Pourquoi il ne progresserait pas ?

— Ah ! Ah ! T'es vraiment un *beginner* !

— Il n'y a que le pognon qui t'intéresse, toi !

— Non, les filles aussi.

— Tu ne crois pas du tout en ce que tu fais ?

— Absolument pas. Purement vénal, mec.

— T'es con.

— Tu sors ce soir ?

— Je vais manger chez mon frère.

— Ce n'est plus le dimanche midi qu'on reçoit chez ton frangin ? »

Alex n'estime pas nécessaire de donner une réponse à ces provocations. La longue discussion sur le grand-frère-qui-vit-comme-s'il-avait-déjà-soixante-ans ne le stimule pas aujourd'hui. D'autant que, dans le fond, il n'a jamais vraiment trouvé les arguments pour défendre Damien. Il boit son café d'un trait. Il l'aime brûlant, violent, comme une agression.

Sous la douche, Alex utilise un shampooing antipelliculaire anti-démangeaisons. Puis, comme c'est samedi, il pose un masque capillaire à base d'argile verte. Ses cheveux sont un peu gras, l'argile absorbe les excès de sébum.

Ensuite, il se rase — il préfère se raser après sa douche. Délicatement, d'un geste précis, assuré. Alex inspecte longuement l'homme dans le miroir. Il applique une crème après rasage anti-teint terne. Il n'est pas vraiment convaincu par ses vertus prétendument énergisantes, mais elle donne de l'éclat à la peau, et comme elle est enrichie en *Aloe vera*, elle calme le feu du rasage. Il se contemple. Il est presque satisfait, mais ne se trouve pas très bonne mine. Un coup de *roll-on* anti-cernes. Il place ensuite une noisette de dentifrice blanchissant sur la tête de sa brosse à dents électrique, et, trois minutes plus tard, son sourire est éclatant, son haleine, super fraîche !

Faire face à son *dressing* est toujours une grande source d'interrogation pour Alex. Il faut tenir compte de la mode, de son humeur et de la météo, ce n'est pas évident. Alex se décide pour un jean indigo et ses *desert boots* Red Wings. Une chemise cintrée blanche et un gilet en coton. Un look assez décontracté qui lui permettra de donner sa première leçon à Virgile. Un peu de gel dans les cheveux, car rien ne doit être laissé au hasard. Alex est prêt.

IV

Alex s'installe à la terrasse — à Paris, c'est le nom que l'on donne à une table posée sur un trottoir. Il est arrivé le premier, il arrive toujours le premier. Il commande un café, observe les gens autour de lui. L'été est solidement installé, et les tenues sont légères. C'est agréable. Il capte le regard d'une petite brune qui lui rend son sourire. Elle est célibataire, Alex les reconnaît au premier coup d'œil. Il perçoit son hésitation. En d'autres circonstances, il se serait levé et l'aurait abordée. Il lui aurait proposé de s'asseoir à sa table. Mais il attend son client, il est là pour travailler et rien ne doit le détourner. Sans y penser, il la classe « HB8 ». HB, c'est pour *Hot Babe*, et le chiffre qui suit, c'est une note sur 10. Elle a un visage magnifique, un cul superbe. Mais ses hanches ne sont pas assez dessinées, ses seins trop petits. Et puis son teint est trop blanc, elle devrait faire des U.V., elle a l'air un peu malade. De toute façon, Alex n'est pas impressionnable. Dans son système de notation, il y a très peu de HB10. Olivia était une HB10, sa première HB10. Il n'avait pas pensé à elle depuis des mois. Cette fille était vraiment sympa. En d'autres circonstances, peut-être auraient-ils pu rester ensemble. La fille d'hier, Angélique, c'était une HB7. Quand il a rempli sa fiche sur son tableur Excel, il a longuement hésité. 6 ou 7 ? Il lui a mis 7 parce qu'elle avait un sourire coquin. Comme toujours, il a noté les circonstances de la rencontre et quelques détails sur la nuit passée. Il n'a pas récupéré son numéro. Il ne l'aurait pas rappelée.

La plupart du temps, Alex essaye de repérer son client dans le décor. Il observe avec attention les comportements des hommes autour de lui. Il finit souvent par trouver le timide qui se plante dans l'entrée du bar et gêne le passage du serveur tandis qu'il cherche son téléphone dans ses poches. Parfois, Alex le voit venir de plus loin. Générale-ment, ce n'est pas le look qui trahit, car la grande majorité des hommes sont mal habillés. C'est plutôt la démarche hésitante, le regard un peu perdu, et le doute qui transpire dans l'attitude. Au premier rendez-vous, la plupart des clients arrivent en se demandant s'ils ont bien fait de faire appel à un *coach*. Alex n'a aucun problème avec ça, il est avant-gardiste, il sait que le temps lui donnera raison. Dans cinq ans, tout le monde trouvera normal de consulter un *coach* pour trouver l'amour. Un peu comme pour les sites de rencontres. Avant le premier rendez-vous, le client se demande toujours s'il ne s'agit pas d'une escroquerie, s'il obtiendra des résultats.

Deux grands profils se dégagent. Il y a d'un côté le timide. Le timide est tellement mal dans sa peau que ça lui paraît plus compliqué d'aborder une fille que de braquer une banque. Il manque de confiance en lui, il sait d'avance qu'il échouera, alors il n'essaye même pas. À l'autre extrémité, il y a le tocard. Le tocard, c'est celui qui n'a aucune hésitation, qui souffre de l'excès inverse, du trop de confiance. Le gars attend au coin du McDo et siffle les filles pour les inviter à partager ses *nuggets*. En général, le type se prend deux cents vents dans la journée. Son enthousiasme n'est pas entamé, il recommence le samedi suivant. Un jour, son manque d'efficacité lui saute aux yeux. Qu'il s'agisse du timide ou du tocard, c'est toujours un garçon qui souffre, qui ne sait pas comment vaincre la solitude. Les filles se moquent du premier et trouvent que le second est lourd. Dans un cas comme dans l'autre, personne n'est heureux.

On peut discuter sans fin de l'égalité des sexes. La vérité, c'est qu'il n'y a pas d'égalité des sexes. L'homme a la force pour lui, il croit gouverner. L'homme est plus matérialiste, plus avide de puissance et de grandeur, mais le plus grand pouvoir sur cette Terre a toujours été la beauté des femmes. Les armées et les remparts peuvent défendre les empires des plus redoutables assaillants, mais contre les charmes féminins, rien ne saurait protéger le cœur d'un homme, aussi puissant soit-il. Le rôle d'Alex consiste à rétablir l'équilibre des forces. Donner aux hommes les armes pour rendre le combat équitable.

Il a reconnu Virgile d'aussi loin qu'il était possible. Un record de repérage ! Définitivement, il appartient à la première catégorie. Un timide qui feint la nonchalance, mais dont le corps hurle : « ne me regardez pas ». Le jeune homme, un roux avec un gros casque audio sur les oreilles, promène son mal-être sans détermination. Un jogging en coton ample et sans forme pour cacher sa maigreur. Ses chaussures de randonnées sont certainement confortables, mais elles lui donnent l'allure d'un clown. Comme la HB8 de tout à l'heure, Virgile est pâle, terriblement pâle. Pour être aussi blanc, il ne suffit pas de rester chez soi, il faut fuir la lumière pendant des mois.

Virgile ne regarde pas autour de lui. Il dépasse Alex et s'avance jusqu'à la porte du café. Alex l'interpelle, et l'autre semble étonné, presque gêné qu'un peu d'attention se porte sur sa personne. Il revient sur ses pas et s'approche de son *coach*. Il lui tend la main et lui lance ce sourire qu'Alex connaît si bien. Celui qui dit « Tu es ma dernière chance ».

« Bonjour Virgile, ça va ? Tu as trouvé facilement ? On peut se tutoyer ?

— Oui... »

Un seul « oui » pour les trois questions. De toute façon, les deux premières n'ont aucun intérêt et la troisième n'en était pas vraiment une.

« Alors dis-moi tout, Virgile.

— Tout quoi ?

— Ce que tu es venu chercher ? Pourquoi tu es là, ce que tu attends de moi...

— Et bien, voilà, ça ne marche pas trop pour moi, avec les filles, alors... »

Alex n'est pas dupe, la désinvolture de Virgile est totalement simulée.

« D'accord... Où se situe ton problème ? Tu n'oses pas aborder les filles ou elles te rejettent ? À quelle étape as-tu l'impression d'échouer ? »

Alex connaît déjà les réponses. Le type face à lui ressemble à un adolescent breton qui aurait emprunté les vêtements de sport de son grand frère, un garçon dont il entend à peine la voix et dont il n'a pas encore réussi à croiser le regard. Il repense à ce que lui a dit Nicolas : « Jackpot ». Ce garçon a vraiment besoin d'aide.

« Je ne sais pas. J'ai l'impression d'être transparent, en fait. Quand une fille me plait, je commence par me dire que je n'ai aucune chance, que je ne la mérite pas. Tu vois, l'autre jour, il y en avait une dans le métro. Je l'observais, bêtement je suppose. Elle m'a vu, elle m'a fixé pendant une seconde, moi, je lui ai souri. Elle a tourné la tête vers la vitre, et mis sa main devant sa bouche pour cacher un rire. Tu vois, comme si...

— Oui, je vois, je vois, coupe Alex sentant approcher les larmes de son interlocuteur.

— J'aimerais juste... avoir une chance.

— Est-ce que tu es motivé ?

— Pardon ?

— Est-ce que tu es motivé ? C'est très important pour moi de savoir à quel point tu es motivé ?

— Oui, je le suis, vraiment, dit Virgile en relevant enfin la tête.

— C'est parfait. Tu vas l'avoir ta chance, je te le promets. Mais je me dois d'être parfaitement honnête avec toi. Il y a du travail. Tu vas devoir apprendre beaucoup, tu vas devoir bosser, te remettre en question, il va falloir te forcer à faire des choses que tu évites d'habitude. Ça va être dur et long, mais si tu as de la volonté et que tu suis mes conseils, tu peux devenir un vrai tombeur. Le premier point sur lequel tu peux avoir des résultats rapides, c'est ton look. Tu vois, j'ai fait exprès de ne rien te dire au téléphone, pour que tu viennes sans te poser de questions sur ta tenue vestimentaire. Que penses-tu de ta façon de t'habiller ?

— Je n'en pense rien, je m'habille avec mes fringues, c'est tout.

— Et bien c'est le premier problème qu'on va résoudre. Ton pull, tu vas le jeter à la poubelle et tu vas t'acheter des vêtements d'adulte. Excuse-moi de le dire comme ça : tu vas devoir tout prendre à zéro. Enlève ton pull !

— Pardon ?

— Enlève ton pull, on est en été, il fait 28° à l'ombre, tu n'as pas besoin d'un pull ! »

Virgile s'exécute et laisse apparaître un *tee-shirt* souvenir d'une avant-première de *Star Wars*, réédition 1997. Virgile comprend la moue réprobatrice d'Alex.

« Moi, les fringues, ça me parle pas.

— D'accord, mais si tu n'as pas une apparence attirante, comment veux-tu intéresser les autres ? C'est injuste que les filles te jugent sur ta façon de t'habiller, mais c'est comme ça. Franchement, on va te trouver un jean, une chemise et des chaussures, tu vas voir, le regard des autres va changer.

— Il faut que je m'achète un jean alors.

— Il faut que tu brûles tout ton *dressing* et que tu fasses les boutiques comme si tu n'avais rien à te mettre sur le dos. Je vais t'aider, t'inquiète pas. On fera les magasins à la prochaine séance. Il y a aussi deux trois trucs faciles qui vont changer ta vie. Premier point, l'hygiène. Ne le prends pas mal, mais tu vois tes mains, tu te ronges les ongles, et ceux que tu n'as pas rongés, ils sont noirs, comme si tu avais gratté de la terre. Les filles, ça les fait purement et simplement fuir ! Il faut que tu te fasses couper les cheveux, je connais un bon coiffeur dans la rue juste derrière, je vais te donner l'adresse. Il va falloir que tu te rases aussi, parce que la barbe ne te va pas, tu as le visage trop fin, et ta barbe n'est pas assez fournie.

— Ouais, mais j'ai un menton tout moche qui va en avant, ça le cache.

— Non, au contraire, la barbe ajoute du volume vers l'avant. Ton menton est prononcé, mais ce n'est pas laid, il ne faut pas le *cacher*. Il faut faire en sorte que ton visage soit le plus harmonieux possible.

— Ouais, c'est pas gagné, quoi.

— Ah non, ce n'est pas gagné, ça va demander des efforts. Tes lunettes, on dirait Harry Potter, il va falloir en changer !

— Mais, ce *sont* les lunettes officielles d'Harry Potter ! »

Fier, Virgile retire ses lunettes et montre à Alex le sigle sur la branche.

« D'accord, mais toi, tu n'as pas de baguette magique pour rendre les filles amoureuses, alors ce serait pas mal d'essayer les lentilles ! Moi, je vais te donner des conseils, après, tu vas avoir un travail important sur toi. Il va falloir que tu t'acceptes comme tu es, avec tes qualités et tes faiblesses, que tu apprennes à ne plus te considérer comme une victime, mais comme un mâle dominant. Je te promets que tu peux devenir un séducteur. »

Sur le chemin du retour, Virgile est amer. Les propos d'Alex sont difficiles à entendre parce qu'ils sont vrais. En quelques instants, le *coach* a livré un constat implacable. Virgile doit tout changer. Son apparence, ses vêtements, son image. Mais surtout son attitude. Il est temps pour lui de s'ouvrir, de se confronter au monde extérieur. Le salon de coiffure a été une expérience éprouvante. Virgile s'est rendu à l'adresse indiquée par Alex. Il a dit qu'il venait de sa part, la fille a souri. Elle a sans doute compris qu'il était un client, qu'il était désespéré. Il a baissé les yeux et s'est senti humilié. La coiffeuse était superbe, il l'a trouvée vraiment jolie. Elle portait un top noir avec le nom du salon de coiffure sur les seins. Virgile a relu ce nom tellement de fois qu'il ne l'oubliera jamais. Pendant le shampooing, elle lui a massé le crâne, et Virgile a trouvé cela si érotique qu'il en a été gêné. Elle lui a dit de se détendre, mais il a été incapable d'apprécier ce moment, de peur de... *peur de quoi ?* C'est ça qui est incroyable, il ne sait même pas ! Peur de ne pas être à la hauteur ? Il vient se faire couper les cheveux, comment pourrait-il être en dessous des attentes de cette fille ? Peur qu'elle le trouve repoussant, qu'elle soit écœurée de le toucher ? Que son contact la répugne ? Elle lui a dit qu'il avait de beaux cheveux. Sur le coup, il s'est senti flatté, mais comme il ne peut pas se contenter de ressentir ce plaisir, il s'est demandé à quand remontait la dernière fois qu'une femme lui avait fait un compliment. Il n'a pas trouvé la réponse.

La coiffeuse ne lui a pas demandé de détail sur la coupe. C'est sûr, elle savait ce que cela signifie de venir « de la part d'Alex Fostine ». Elle a coupé court, il a vu les mèches tomber sur ses genoux, se répandre par terre. La fille a tourné autour de lui pendant vingt minutes, multipliant les contacts physiques. Plusieurs fois, elle a touché son crâne avec ses seins. Virgile a aimé cette expérience, mais c'est surtout l'embarras qui a dominé. Au moment de pousser la porte, il a soufflé un au revoir timide et ce n'est que sur le trottoir, redevenu anonyme qu'il a été rassuré.

Virgile retourne subitement dans son monde. Maman l'attend dans l'entrée. Elle le sermonne et lui demande où il était passé. Il est en retard, il avait dit qu'il rentrerait vers 18 heures, il est 19 heures passées. Au bout de quelques phrases hurlées, Virgile perd son sourire. Et baisse la tête.

V

La fleuriste est mignonne. Elle s'appelle Jessie. Surtout, elle compose de très jolis bouquets. À chaque fois, elle offre à Alex des sourires ambigus. Il ne la drague pas, parce que le magasin est à côté de chez lui, c'est pratique. S'il couchait avec Jessie, il lui faudrait se fournir ailleurs. Alors il se contente de lui rendre ses sourires. Il prend un bouquet de roses, Justine aime les roses. Quand elle lui ouvrira la porte, elle dira que c'est gentil, qu'il ne fallait pas !

C'est Damien qui ouvre.

« Merci mon grand, fallait pas !

— Tu as cru que c'était pour toi ?

— Pourquoi ? Tu offres des fleurs à ma femme, toi ? Entre. »

Ils se font la bise. Alex n'aime pas trop, c'est d'ailleurs le seul homme qu'il embrasse, mais bon, c'est son frère, il ne peut pas lui serrer la main, ce serait bizarre.

Justine finit d'arranger la table et vient le saluer. Une odeur de viande cuite au vin blanc flotte dans la pièce. Justine évite le regard d'Alex, elle a un petit sourire en coin et, à bien y regarder, Damien a également une mine de conspirateur. Il règne une

étrange gaieté, comme un air d'anniversaire
surprise. Alex fait comme s'il n'avait rien remarqué.
Damien et Justine sont ensemble depuis une
éternité. Une annonce va suivre. Et quoique ce soit,
elle va certainement tomber très bientôt, parce que
si Justine semble pouvoir se contenir encore
quelques instants, Damien est sur le point
d'exploser. Ils sont ridicules à faire comme si rien.
Ridicules, mais heureux.

« Allez ! Tchin !

— hummm fameux ton cocktail, Alex. Ça
s'appelle comment tu m'as dit ?

— Tu te fous de moi ? C'est un mojito, tu n'es
jamais sorti de chez toi ou quoi ? »

Damien ne relève pas. Il échange un regard
avec Justine.

« Bon, vous me mettez au parfum ou on continue de parler d'autres choses ? »

La demande fait rire Justine.

« Vas-y, dis-lui ! »

Alex s'amuse de constater une fois de plus que
son frère a besoin de l'aval de sa supérieure
hiérarchique.

« Bon, et bien voilà... je vais être... exposé ! »

Alex a un mouvement d'arrêt, il prend une seconde pour bien assimiler l'information.

« C'est génial, ou ça ?

— Chez Annick de Suave, c'est dans le XVIIᵉ.

— Ah ! Je suis content pour toi ! C'est quand ?

— Le vernissage, c'est le 28 juillet.

— C'est super rapide !

— Oui, j'avais eu un bon contact avec Annick
au début de l'année, elle m'avait dit qu'elle aimait
bien mon travail, mais qu'elle avait un *planning*
vraiment surchargé. Et là, elle m'a rappelé, il y a
deux semaines, pour me dire qu'elle avait un

désistement. Je sais pas si tu connais, Freddy Clive ?

— Si, bien sûr, LE Freddy Clive… non, jamais entendu parlé.

— C'est un photographe de mode, il devait exposer chez Annick, mais ses photos ont été achetées par un milliardaire mexicain — un truc complètement dingue. Freddy Clive s'est décommandé, et Annick m'a demandé si je pouvais lui sauver le coup.

— Génial. Le 28 juillet alors ?

— Ouais.

— Allez, à table », les coupe soudain Justine, en apportant son traditionnel rôti de porc.

Alex termine son verre en imaginant déjà les conséquences que cet événement pourrait avoir sur la vie de son frère :

« Tu vas quitter ton boulot ? Te consacrer pleinement à la peinture ?

— On n'en est pas encore là ! Pour l'instant, je vais continuer à porter mon petit déguisement de comptable, rien ne presse. Du coup, j'espère que tu n'auras plus honte de moi !

— Pourquoi tu dis ça ?

— Je ne sais pas, peut-être que tu finiras par nous présenter… comment s'appelle-t-elle déjà ? Aide-moi mamour.

— Sonia je crois », répond mamour la bouche pleine.

Alex encaisse.

« Comment tu as entendu parler de Sonia ?

— Elle a mis qu'elle était en couple avec toi sur Facebook, alors je l'ai demandée comme amie !

— Bon, bah tu la connais déjà, alors ! Vous n'avez pas besoin de moi pour vous rencontrer !

— Vous êtes ensemble depuis longtemps ? »

En posant cette question, Justine feint le détachement. Alex sait qu'elle brûle de connaître la réponse.

— Non, ça fait (il prend un temps pour calculer) un peu plus de trois mois !

— C'est bien, on est content pour toi ! »

Les paroles de Damien sont bienveillantes, mais Alex est exaspéré par ce ton paternaliste, et puis ce *on*, cette façon de s'associer toujours à sa femme pour exprimer une opinion ou un sentiment…

« Du coup, tu vas mieux en ce moment ? ajoute prudemment Damien.

— Oui… »

Comme à chaque évocation du sujet, un silence gêné finit par s'installer. Il ne dure pas longtemps parce que Justine est devenue reine dans l'art du changement de conversation. Elle lui demande s'il a lu le dernier livre de Stephen King, elle sait qu'il aime bien. Non, il ne l'a pas lu, alors elle se transforme en commerciale de l'auteur et lui présente l'intrigue du roman en question, persuadée qu'il l'achètera dès qu'il passera devant une librairie.

Alex garde pour lui les précisions concernant son niveau de bien-être. C'est vrai, il n'a plus pris d'antidépresseurs depuis plusieurs mois, mais il sait aussi qu'il peut replonger du jour au lendemain, c'est déjà arrivé. Il est dans le chariot, bien attaché à son siège. Que ça monte ou que ça descende, quelle que soit la pente, il restera solidaire des rails, mais son moral descend parfois si vite et si bas, qu'il se demande s'il reverra la lumière. Parfois, un détail insignifiant peut le plonger au fond de l'abîme. Comme ce simple prénom, que personne ne prononce en sa présence, mais qu'il retrouve parfois au détour d'un film ou d'une rencontre. *Mélanie*. Aujourd'hui, il est assez haut, alors il profite du point de vue. Il revient à la conversation. Il n'a rien compris au dernier roman de Stephen King. Tant pis, il lira le résumé sur Amazon. Ou mieux, il demandera à Sonia. Après tout, c'est son métier.

VI

Trois filles sont à la table d'un restaurant. De loin, on dirait les instigatrices d'un complot. De près aussi, en fait. Ce soir, Sonia va présenter Alex à ses deux plus précieuses amies. Leur validation est essentielle, alors elle a un peu mal au ventre. Alex va les charmer, mais il y a toujours une petite anxiété à attendre les résultats d'un examen, même lorsque l'on est persuadé de le réussir haut la main. Face à elle, deux jeunes femmes attendent avec excitation de rencontrer l'homme idéal version Sonia.

Patricia est en couple depuis très longtemps. Pour elle, on se débarrasse du célibat en même temps que de l'acné. Les engrenages de sa vie sentimentale se sont emboîtés parfaitement, constituant une mécanique complète et fluide. Patricia se demande comment on peut être encore seule à l'approche de la trentaine. Et quand on lui répond que tout le monde n'a pas eu sa chance, elle acquiesce d'un sourire entendu, sans trop y croire.

Un serveur arrive et leur demande si elles veulent un apéritif. A-t-il observé qu'elles en avaient besoin ou les pousse-t-il simplement à la consommation ?

« On fait quoi, on l'attend ?

— Non, il nous rattrapera. Moi, je vais prendre un Martini blanc décrète Sonia.

— Oh ! Moi aussi, tiens, dit Patricia.

— Un demi pression pour moi » ajoute la troisième comparse.

Sonia laisse le serveur s'éloigner un peu.

« Tu as une touche, ma vieille !

— Oh ! Arrête ! Avec ses U.V. et ses dents trop blanches, on dirait Jean-Marc Morandini ! »

Patricia n'a rien remarqué.

Alex est en retard. Cinq minutes tout au plus. Après tout, ce n'est pas un rendez-vous formel, il n'y a pas de pointeuse. Mais ce délai alimente chez Sonia un malaise irrationnel. Elle est impatiente de le voir arriver, de le présenter, elle a hâte de passer une bonne soirée. Pour le moment, elle est tourmentée, elle se sent en danger. Alors elle pense à lui, et ça lui donne de la force. Il est beau, il a de l'humour, il est à l'aise en société. Tout va bien se passer, les copines seront séduites, il ne peut pas en être autrement. Elle pense à Alex, et pour un peu, elle verrait presque apparaître une farandole de petits cupidons autour de sa tête. C'est pour ça qu'elle est stressée, elle l'aime.

« Dis-moi, Sonia, qu'est-ce qui te fait penser que c'est sérieux avec Alex ?

— Je ne sais pas, c'est juste un pressentiment, il a l'air d'avoir les mêmes attentes que moi, et, comment dire ? Il y a comme une évidence entre nous, on se comprend…

— Regarde son sourire, interrompt Patricia, elle est *love*, c'est tout !

— Mouais, je demande à voir.

— Moi, j'espère que c'est le bon, je te le souhaite en tout cas !

— Je crois surtout que tous les mecs sont pa-
reils, certains arrivent mieux que d'autres à nous
faire croire qu'ils s'intéressent aux sentiments, mais
au final, ils ne pensent qu'à faire plaisir à leur petit
appendice. Exemple ; samedi dernier, je ne
l'invente pas ! Mes collègues insistent pour sortir. Je
fais garder Gabriel, on se fait un repas sympa.
Après, les filles veulent aller en boîte. On va au
V.I.P. Moins d'une heure plus tard, un beau mec
vient danser à côté de moi, il commence à entamer
la conversation. Super séduisant, sympa, un vrai
pro ! On a passé la soirée ensemble, je lui ai trouvé
un petit truc en plus, c'est vrai. Alors je le ramène
chez moi — chose que je ne fais jamais depuis que
j'ai Gabriel. Résultat, le mec a passé la soirée à faire
semblant de s'intéresser à ma vie, et finalement, il
s'est enfui aux aurores. Il a eu ce qu'il voulait, alors
il s'est barré. Les hommes sont comme ça.

— Tu te trompes, Angélique, répond Sonia.
Certains ne sont pas comme ça. Ah, justement, voilà
Alex. C'est lui à l'entrée. Alors, vous en pensez
quoi ? »

Patricia le trouve mignon, plutôt classe. Angélique a soudain l'impression que les pieds de sa
chaise sont en mousse et qu'on vient de lui mettre
la tête dans un four à micro-onde. Personne ne fait
attention à elle, alors elle parvient à se lever, et
quitte la table d'un bond.

Alex s'avance dans leur direction. Le numéro
de charme a déjà commencé. La tête haute, la
démarche souple, il s'approche d'un pas assuré.
Sonia se sent fébrile. Pourtant, à ce stade, elle pense
encore que la soirée va bien se passer.

Alex commence par s'inquiéter de l'ampleur de
son retard et fournit l'excuse générique du « petit
travail à finir ». Sonia se lève et l'embrasse avec

retenue. Son cœur s'emballe. C'est ainsi, dès qu'elle le voit, elle perd le contrôle de ses émotions, il la fait vibrer.

« Patricia, voici Alex. Alex… Patricia. »

Alex fait la bise à Patricia et se dit enchanté. Il la classe HB5. Une femme dirait de Patricia qu'elle est un peu ronde, mais qu'elle est gracieuse, qu'elle dégage de l'harmonie et du charme. Alex la trouve simplement un peu *fat*. Il déteste. Patricia est à l'aise avec son corps, elle s'assume. Alex l'a tout de suite repéré. Elle a l'assurance de celles qui se savent aimées, elle est en couple même si elle ne porte pas d'alliance. Ses cheveux sont courts, teints d'un blond cendré qui lui rajoute dix ans. Ils semblent jaillir du haut de son crâne, comme ses poupons à coiffer des années quatre-vingt. La laque alourdit sa coiffure qui ressemble à un geyser figé. En revanche, elle paraît sympathique et d'un tempérament jovial.

Alex prend place à côté de sa belle. Une petite caresse discrète sur la cuisse. Sonia pose un instant sa main sur celle d'Alex tout en excusant sa seconde amie subitement disparue. Elle est impressionnée. Alex est un roc de sérénité, rien ne semble pouvoir le déstabiliser. Sonia est fière.

Silence. Échanges de sourires. Sonia prend soudain conscience de sa béatitude un peu niaise. C'est à elle de faire le lien. Mais avant qu'elle ait trouvé un sujet de conversation, Alex est déjà lancé :

Dans ce genre de situation, pour éviter que la gêne ne s'installe, il faut balancer des banalités. Alex le fait très bien. Il s'adresse à Patricia, il l'inclut dans la discussion, ce sont des points facilement marqués, c'est important. Tout y passe, du menu du restaurant jusqu'à leur emploi du temps de la journée. Aujourd'hui, les trois filles ont fait du *shopping*. Bien. Patricia est assistante dans un cabinet dentaire, alors Alex invente une anecdote avec un dentiste.

Alex sait simuler la confiance, il n'a jamais l'air perdu. À cet instant, il se sent réellement bien. Pas besoin de faire semblant. D'ailleurs, il se rend compte qu'il est en train de tout faire pour charmer Patricia. Il la veut conquise. Ce soir ou demain, Sonia demandera à ses amies ce qu'elles pensent de lui. C'est une étape incontournable dans leur relation.

Et tout à coup, il se demande si Sonia n'a pas raison : Et si c'était *sérieux* entre eux, au final ? Et si c'était elle qui lui fera oublier Mélanie ? Alex s'égare, il perd le fil de la discussion. Quelques secondes. Il n'a pas fait attention au retour d'Angélique. Il ne l'a pas entendue s'excuser en montrant son téléphone portable, prétextant un appel, et il n'a pas remarqué que Sonia vient de lui demander si tout va bien.

Alors quand il tourne la tête vers elle, juste en face de lui, c'est comme une gifle. Que fait-elle ici ? Comment s'appelle-t-elle, déjà ?

« Alex, je te présente Angélique. Angélique… Alex. »

Ils s'embrassent et se prétendent tous deux enchantés. Angélique s'assoit. Elle garde la tête baissée. Sa frange masque ses yeux. Elle s'essuie un œil. Patricia lui demande si elle est sûre que ça va et obtient confirmation qu'Angélique n'a pas envie d'en dire plus.

Certaines relations meurent lentement. Ce qui sépare ronge ce qui rassemblait de façon insidieuse. Les sentiments se flétrissent, les rancœurs grandissent comme des tumeurs. On souffre, on s'accroche, mais on finit par comprendre qu'il va y avoir une fin. Alors on se fait à l'idée, le deuil précède la mort. La séparation se fait petit à petit, inéluctable et, le moment venu, on l'accueille avec un certain soulagement. D'autres histoires ressemblent à des accidents de voiture. Le camion au croisement aurait dû s'arrêter. Quand vous prenez conscience qu'il va vous percuter, il est déjà trop tard. Et dire qu'un instant plus tôt, vous pensiez avoir un quelconque contrôle sur votre vie ! Alex vient de comprendre que son histoire avec Sonia va se terminer selon la seconde formule. C'est fini, il ne maîtrise plus rien. Il ne s'en sortira pas. Il reste quelques secondes. Il la regarde, elle est magnifique. C'est trop con !

« Alors, Alex, tu fais quoi dans la vie ? » demande Patricia, toujours aussi gaie.

Alex répond qu'il est *coach*.

« Ah oui ! C'est bien, c'est à la mode, les *coachs*. Tu es spécialisé dans quoi ?

— Sport, développement personnel… »

Sonia est contente, la soirée se passe bien. La glace est rompue. Patricia a bien accroché. Angélique paraît absente et soucieuse, elle a certainement de bonnes raisons. Quant à Alex, il est égal à lui-même, parfait. Morandini leur apporte leurs assiettes, jusque-là, tout va bien.

Angélique fait le tour des options : inventer une excuse, un impératif. Partir. Demain, elle pourra expliquer à Sonia qui est réellement Alex. Ne sera-t-il pas trop tard ? Sinon, elle peut prendre son assiette, lui balancer dans la figure, lui planter sa fourchette dans l'œil et lui demander si ça fait mal. Mais elle risque de passer pour une hystérique.

De son côté, Alex explore également le champ de ses possibilités. La meilleure consiste à fuir. Est-ce du courage ou de la lâcheté ? Peu importe, il s'agit de préserver sa dignité. Est-ce du courage de rester en mer à l'annonce d'une tempête ? D'un autre côté, Sonia ne mérite pas ça. C'est tellement stupide comme situation.

Sonia relève la tête de son assiette. Elle flotte sur son petit nuage. Son homme la regarde, il a une expression curieuse. Elle perçoit un doute, une hésitation, et elle est frappée par la fragilité de la vie.

« Et vous vous êtes rencontrés comment ? » interroge une Patricia décidée à tout savoir.

Sonia hésite. Alex assume pour eux deux :

« On a discuté sur un site de rencontres.

— C'est pas vrai ! C'est marrant, tu vois, j'étais persuadée qu'Internet, c'était uniquement pour les... tu vois ce que je veux dire, les histoires d'une nuit...

— Moi aussi, ajoute Angélique, j'aurais dit qu'il n'y avait que des menteurs et des obsédés sur Internet.

— Tu as déjà essayé ? demande Patricia qui semble découvrir l'existence d'un monde parallèle.

— Non, pas directement, c'est juste un *a priori*. Moi, les vicelards, je les ramasse plutôt en boîte de nuit... »

Patricia ne relève pas l'étalage que son amie fait de son train de vie « débauché ». C'est entre elles une source de conflit. Elle se tourne vers Sonia.

« Et donc, ça fait trois mois ?

— À peu près. »

Angélique siffle, admirative.

« Trois mois ? C'est tout ? On a l'impression que ça fait beaucoup plus. Je ne sais pas, dans votre comportement, on dirait un vieux couple.

— Ah ! Bon ? S'étonne Sonia.

— Oui, c'est vrai, il y a une complicité entre vous, enchérit Patricia.

— Oui, de la complicité… » conclut Angélique.

Sonia perçoit l'électricité ambiante, mais elle n'en comprend pas l'origine. Alex s'est rembruni. Quant à Angélique, elle n'a pas touché à son assiette, elle fait carrément la gueule. Ça l'énerve.

« Il y a un problème Angélique ?

« Oui. Je crois que je ne vais pas pouvoir faire semblant plus longtemps », répond-elle en direction d'Alex.

Pour la première fois, elle garde la tête haute. Alex croise son regard. Il y voit de la haine. Le moment est venu. Alex pose sa fourchette. Il garde un instant ses mains à plat sur la table, de chaque côté de son assiette.

« Bon. »

Il se lève.

« Sonia, il faut que je te parle deux minutes. Viens. »

Sonia est étonnée par la gravité du ton employé. Elle cherche une réponse auprès de ses deux copines. Patricia n'a rien calculé, et Angélique ne lâche pas Alex du regard.

Sonia se dégage de la banquette et accompagne Alex jusque sur le trottoir — la terrasse. Il commence par l'embrasser, et jamais un baiser ne l'avait à ce point touché. Patricia observe la scène. Elle voit soudain Sonia qui manque de s'effondrer sur elle-même. Une gifle. Alex s'en va. Sonia part dans la direction opposée.

« Qu'est-ce qui se passe ?

— Il se passe que les mecs sont tous les mêmes », répond Angélique.

Alex marche. Longtemps. Il déambule, la tête en vrac. Il se perd dans les rues illuminées de Paris. La circulation, les gens, toute cette animation qu'il aime d'habitude devient une agitation agressive. Pour autant, rentrer chez lui est la dernière de ses envies. Alors il vagabonde. Il a été pris en faute. Il se sent minable, comme avant, dans son autre vie. Avant qu'il apprenne à se barricader. Il pensait sa carapace solide, elle est fissurée. Après Mélanie, il s'était juré de tout mettre en œuvre pour que plus personne ne puisse le briser à nouveau. Ne pas s'attacher, ne pas tomber amoureux, ne jamais dépendre. Mélanie est sortie de sa vie depuis cinq ans. Certains jours, il ne pense pas à elle. Ces dernières semaines, elle s'était un peu éloignée. Son souvenir s'était adouci.

Alex a connu beaucoup de filles ces dernières années. Mais ni le temps ni la multiplication de ces rencontres ne l'ont guéri de Mélanie. Avant de devenir un redoutable séducteur, Alex a grandi sous les traits d'un jeune homme mal dans sa peau. Il a abordé ses rapports avec les filles comme on se justifie d'un retard, s'excusant de n'être que lui. Ses complexes se sont développés. Il a obtenu son baccalauréat avant d'obtenir son premier flirt. Arrivé à la fac de droit, il a espéré un nouveau départ, mais les filles sentent l'inexpérience, le malaise qui vous suit comme une ombre maigre. Alors Alex a poursuivi ses études dans la solitude et l'amertume. Et puis un jour, alors que la résignation l'avait gagné, l'amour s'est présenté à lui comme on trouve un cadeau sous le sapin de Noël. Ce fut facile, naturel, évident. Mélanie lui semblait destinée. Neuf mois plus tard, ils habitaient ensemble.

Cette période fut heureuse pour Alex. Il déserta les amphithéâtres pour vivre pleinement cette passion et rata son année dans la plus totale indifférence. Mélanie était sa première. L'harmonie dans leur couple était si grande qu'Alex l'imaginait son unique. Trois années passèrent. Du bonheur brut, produit à l'échelle industrielle. Alex ne vit pas venir les ombres, aveuglé par l'amour.

Un jour d'été, après une journée de merde passée dans un magasin de bricolage — un job étudiant aussi passionnant que bien payé —, Alex était fatigué. Ce soir-là, ils ne se sont pas vraiment disputés, il n'a pas élevé la voix, simplement, il ne l'a pas comprise. Il s'en rappelle, ça le hante. Il a rejoué tant de fois cette scène dans ses rêves, il a tout réécrit, les dialogues, le climax, mais rien ne peut changer. Elle est partie, elle l'a quitté. Abandonné. Il ne saura jamais pourquoi et pensera toute sa vie que c'est de sa faute. Malgré l'absence, elle est toujours là, comme une tache de sang sur un mur blanc.

Sonia avait un talent pour apaiser l'esprit tourmenté d'Alex. Leurs vacances ont été une parenthèse de douceur, un moment à part où le bonheur semblait à portée de main. Il sait qu'il doit laisser le passé à sa place et apprendre à vivre avec ses fantômes. Sa main dans celle de Sonia, il pensait enfin y parvenir.

L'avenir, c'était Sonia. Alex se sent idiot, comme un type qui n'a pas vu le panneau « attention peinture fraîche » avant de s'asseoir sur le banc.

Il est une heure trente passé. Alex est seul. Ça le frappe en plein visage, il est seul. Sans y penser, il se dirige vers une station de métro. Avec un peu de chance, il peut attraper la dernière rame. Le samedi soir, le métro est toujours chargé de jolies filles. Surtout l'été. Et à cette heure-là, beaucoup rentrent seules. Alex s'installe sur un siège pliable. En face de lui, une jeune femme, vingt-cinq ans maxi. Elle revient de soirée. HB8,5. La plupart des P.U.A. ne s'embêtent pas à mettre une virgule, mais Alex aime la précision. Le séducteur sort un calepin et un stylo de sa poche. Il se met à dessiner avec application, en jetant ostensiblement des regards à la fille. Elle ne tarde pas à repérer son manège et se montre intriguée. Alex feint de découvrir qu'elle l'observe.

« Quoi ? demande-t-il d'un air sérieux.

— Rien.

— C'est mon stylo, c'est ça ? J'ai l'air gros avec ce stylo.

— Non ! (Elle fronce les sourcils, essayant de trouver un sens à ce qu'elle vient d'entendre.) Vous êtes en train de me dessiner ?

— Oui. »

Elle est surprise, mais n'ajoute rien. Alex se délecte de l'ambiguïté ainsi créée. Au bout de quelques secondes, il lui demande :

« Vous voulez voir ?

— Oui.

— D'accord, je suis assez content de moi, je dois dire. »

Alex vient s'asseoir à côté d'elle. Le portrait déclenche chez son modèle un fou rire sincère. Il a dessiné un bonhomme en fil de fer avec de grands cheveux. Niveau CP.

« C'est quoi ton prénom.

— Juliette. »

Alex ajoute le prénom sous le dessin.

« Tu te rends compte, une fois, un critique a osé me dire que je n'avais pas de talent ! »

La fille s'amuse, elle rit franchement.

« Ce type n'y connaissait rien, tu as beaucoup de talent ! Ça crève les yeux.

— Ah, c'est gentil. Tiens, j'aimerais te remercier. »

Il s'en retourne à son calepin, prend une page vierge et se remet à dessiner. Juliette se penche pour voir ce qu'il fait, mais Alex se tourne et cache son dessin avec son épaule.

« Tiens, c'est pour toi.

Il a déchiré la page et la lui tend. Dessus, l'image d'une fleur enfantine.

« C'est une rose bleue, c'est très rare.

— Merci. »

Le métro ralentit.

« C'est mon arrêt », dit-elle.

Alex perçoit la petite pointe de regret quand elle se lève. Il continue d'afficher un sourire soigneusement travaillé. Il maîtrise la situation.

« Si c'est ton arrêt, il faut que tu descendes. Tu as sûrement un petit ami ou un chat qui t'attend, faut pas être en retard. »

Le métro s'arrête. Elle appuie sur le bouton et les portes s'ouvrent. Ce garçon l'intrigue. Elle sait qu'elle est belle, elle sait pourquoi il l'aborde et ce qu'il veut.

Si elle descend, Alex aura certainement l'occasion d'aborder une autre fille avant d'arriver chez lui, mais elle lui plaît. Ce serait dommage. Elle quitte la rame et se retrouve sur le quai. Elle se retourne vers lui. Le signal sonore annonce la fermeture des portes.

« Sinon, mon chat peut attendre un peu, je peux t'offrir un verre ? Pour te remercier, pour la rose. »

Alex descend du métro sans précipitation et évite de peu les portières. Il regarde la fille. Elle a pris un petit coup de chaud, il voit le rose sur ses joues. Elle vient de prendre une décision instinctive, et elle ne sait pas où ça va la mener. Il faut la rassurer. Alex lui sourit. Il paraît si détendu que c'en est communicatif.

Il est tôt. Chez elle. Alex sait qu'elle est sa 95e conquête. Il ne se souvient pas de son prénom. Le premier qui lui vient à l'esprit, c'est Mél… Tiens, non, c'est Sonia. Il ne gardera pas un souvenir fracassant de cette rencontre. Le moment le plus désagréable est venu. Deux possibilités : la première consiste à s'en aller maintenant. Ce n'est pas élégant, mais c'est l'option la plus simple. La seconde, ce serait d'attendre. Bientôt, elle se réveillera. Elle s'étirera langoureusement et se serrera contre lui. Peut-être feront-ils encore l'amour, mais déjà hier soir, la performance de la demoiselle n'était pas extraordinaire. Puis il y aura ce moment où elle envisagera de le revoir. Il jouera le jeu pendant le petit déjeuner. Ensuite, il pourra partir quand elle prendra sa douche. Et s'il n'y a pas de douche, il faudra lui expliquer la vérité, la remercier pour la soirée, au risque de lui faire croire qu'il la prend pour une pute. Ou bien, inventer un prétexte, partir rapidement, donner un faux numéro…

Elle est nue. La couette est chaude. Elle se retourne, encore toute à ses rêves. Elle tâte à côté d'elle. Il est parti.
« Connard ! »

VII

« Tu penses que je devrais faire quoi ?

— J'ai peur de comprendre…

— À propos d'Alex !

— Oui, je sais de quoi tu parles. Ce que tu devrais faire, c'est brûler les affaires qu'il a laissées chez toi, l'inscrire à une centaine de *newsletters* du genre La Redoute ou Yves Rocher, ah, et tu connais le *revenge porn* ?

— C'est quoi ?

— Ça consiste à te venger de ton ex en publiant des photos de lui à poil sur Internet.

— Je n'ai pas ce genre de photos. Et puis c'est horrible !

— Non, ce qui est horrible, c'est de t'avoir pris pour une conne comme il l'a fait. Ce gars-là est un prédateur, et la seule chose à faire, c'est de l'oublier maintenant. »

Sonia et Angélique suivent le boulevard Haussmann. Elle viennent de dépasser le Printemps et se dirigent vers les *Galeries Lafayette* avec la ferme intention de ne pas rentrer chez elles sans un sac à main ou une paire de chaussures. Sonia est encore sous le choc. Elle bout de l'intérieur, son corps lui paraît rempli d'acide, mais chaque mouvement lui donne la sensation de porter une armure. Un cocktail de rage, de lassitude, d'hormones chlorhydriques et de larmes sulfuriques. Elle a envie de hurler et de dormir en même temps. Aussi quelques emplettes futiles sont une source de consolation jugée appropriée aux circonstances. Le ciel s'est assombri, et l'orage finira par tomber avant la nuit. L'air devient lourd. Sonia jurerait avoir vu un éclair. Mentalement, elle ajoute Alex à son trombinoscope sentimental, une mosaïque de déceptions et de colère. Il tiendra une bonne place dans son mur des cons, parce que cette fois, elle y a vraiment cru !

Des pneus crissent. Une voiture vient de surgir d'un *parking*, rue Charras. Le pare-choc s'est arrêté à dix centimètres des jambes de Sonia qui, de peur, est tombée par terre. Le conducteur sort de son véhicule, pensant l'avoir percutée. Quelques personnes s'arrêtent, tournent la tête, commencent à former un cercle autour de la scène. Sonia se lève et pointe les paumes en direction du chauffard pour indiquer qu'elle n'a rien. Angélique tape sur le capot de la voiture, furieuse, elle incendie le pilote, lui dit qu'il pourrait faire attention quand même, qu'on n'a pas idée de rouler aussi vite en sortant d'un *parking* ! L'homme bat en retraite dans sa voiture et attend que la tempête se calme. Une fois les deux filles sur le trottoir, il s'engage en trombe sur le boulevard sans demander son reste alors qu'Angélique continue de l'insulter vertement.

Le chauffard hors de portée, les deux filles remarquent une enseigne lumineuse à laquelle elles n'avaient jamais prêté attention : *Voodoo Shop : Dolls, spell, and magic*. Une flèche mauve clignote. Angélique découvre ce petit magasin entre *H&M* et *Lafayette Hommes*. Cette flèche l'hypnotise, elle lui parle. Angélique est intriguée. Sonia se contente de la suivre sans poser de questions.

Dans la vitrine, encadrée de néons colorés, de petites poupées en bois flottent avec indolence dans de grands nuages de cotons blancs. Elles sont espacées les unes des autres et forment une composition à la symétrie bien étudiée. Le côté gauche est orange et la lumière vire au mauve sur la droite. *Mignon* est le premier qualificatif que cette devanture inspire à Angélique. Mais de près, ce n'est pas exactement mignon. Les poupées ont des yeux de morts, en croix. On jurerait qu'elles serrent les dents, qu'elles souffrent. Un mélange curieux. De la sorcellerie façon *Ikea*. *Saw* version Walt Disney, c'est un peu déroutant.

Sans se consulter, Sonia et Angélique se décident à entrer. La porte en verre fait sonner une petite clochette, comme dans une simple boulangerie. Face à elles, une grande pièce presque vide. La lumière chaude évoque un coucher de soleil au bord de la mer. Quelques objets sont placés sur des présentoirs en plexiglas espacés. Cela donne l'impression qu'il n'y a rien à vendre dans cette boutique aux allures de galerie. Ici un corbeau empaillé dont le bec a été peint en rouge, là le corps d'un serpent enroulé comme une corde de chanvre ou encore un masque africain mis en valeur comme un sac à main de luxe.

Sur le mur de droite, une photo grandeur nature de ce qui semble être un rituel. Un homme noir dont le nez est traversé d'un long ossement tient au-dessus de sa tête une bougie allumée. Ses yeux sont révulsés, et il semble être en transe. À ses pieds, un adolescent effrayé. Dans le magasin, l'odeur d'encens est entêtante. Angélique pense reconnaître du jasmin.

Le plus étonnant, c'est qu'il n'y a personne pour accueillir d'éventuels clients.

Dans un coin sombre au fond de la pièce, un rideau noir masque une petite porte. Angélique s'avance, comme envoûtée.

« On ne devrait peut-être pas faire ça, si ?

— On ne fait rien de mal ! »

Les deux filles franchissent la porte, elles sont obligées de se baisser légèrement. Elles descendent trois marches en pierre et piétinent, sans y faire attention, un pentacle dessiné à la craie. Elles se retrouvent dans une salle bien plus petite et mal éclairée. Il s'agirait presque d'un couloir dont les murs de terre séchée sont recouverts de marchandises crasseuses. Des étagères s'empilent les unes sur les autres, contenant des crânes d'animaux, des fioles de liquides. Tout un tas d'objets sales aux formes inquiétantes, des amulettes, des talismans. À mi-hauteur, posées sur une vieille table couverte de journaux antiques, des jattes en bois contiennent des ingrédients de couleurs différentes ; des poudres, des œufs, des larves, des insectes... Au-dessus, des queues d'animaux suspendues comme des saucissons. Angélique est fascinée comme un gosse dans un grenier. Sonia tente de lui prendre le bras, mais elle se dégage de sa prise.

« On y va ! C'est flippant ici.

— Tu crois à ces trucs-là, toi ?

— Heu, tu m'aurais demandé sur le trottoir, je t'aurais dit non. Là, je me sentirais mieux au rayon parfumerie des Galeries, si tu vois ce que je veux dire.

— Ça sert à quoi tout ça, tu crois, à jeter des sortilèges ?

— Je ne suis pas certaine de vouloir en savoir plus.

— Tu as les jetons ! C'est que tu y crois un peu quand même ! Tu penses qu'on peut provoquer l'amour, la santé, la richesse ? Ce serait drôle si on pouvait jeter des sorts, tu imagines ? Tu croises un gars mignon, et hop ! Il est amoureux de toi. Et inversement, quand tu détestes quelqu'un, Hop ! Il perd son boulot. Hop ! Il est malade... »

« Que faites-vous ici ? »

Sonia a failli toucher le plafond tant elle a sursauté. Angélique a frôlé la crise cardiaque. Une femme noire, vêtue de noir, vient de sortir de la pénombre. Très grande et très mince, elle se tient voûtée et s'avance vers les deux filles. Sa figure est un masque de rides profondes, comme constitué d'un millier de bouches dépourvues de lèvres. Ses yeux ressemblent à deux lunes pleines. Sonia et Angélique sont pétrifiées. La bouche de la vieille femme s'élargit généreusement, découvrant une dentition faite de minuscules pointes blanches aiguisées. Les deux filles aimeraient formuler des excuses, mais rien ne sort, puis elles finissent par comprendre qu'on leur sourit.

« Ne soyez pas effrayées, mes petites. Qu'êtes-vous venues faire ici ?

— On est entré dans le magasin, on a été un peu curieuses, on est désolées, finit par bafouiller Angélique.

— Non, vous ne comprenez pas ma question. Vous êtes venues ici dans un but précis, lequel ?

— Pas du tout, c'est un hasard, on...

— Vous croyez au hasard, comme c'est astucieux.

— Astucieux ? Comment ça ? demande Angélique.

— Le hasard est un artifice destiné à rendre la vie plus simple. Vous supprimez le sens de vos actions en vous disant que la chance vous a amenées quelque part, mais la vérité, c'est qu'il n'y a aucun hasard, il n'y a que des forces et des volontés. »

Sonia prend enfin la parole :

« Que voulez-vous dire ? On se promène, on a cru que c'était une boutique, on a voulu jeter un œil, rien de plus.

— Il y a des endroits plus attirants dans le quartier. Personne ne vient ici faire du lèche-vitrine.

— Vous avez raison, nous nous sommes égarées, on va...

— Je ne le pense pas. Au contraire, vous cherchez des réponses, et vous pensez les trouver dans ce lieu. Vous semblez profondément troublée, jeune fille.

— Pour tout vous dire, vous m'avez fait peur.

— Non, vous êtes rongée, il y a un poids sur votre cœur, mais ce n'est pas moi... »

Sonia se sent transpercée par les yeux de cette femme. Un poids sur son cœur ? Elle associe cette notion à Alex. Une forme de chaleur nait alors de son ventre et se propage. Une sensation puissante, des sentiments contenus qui se libèrent. Une force monte en elle. Son esprit lui paraît éclairé, ses pensées limpides. Elle est débarrassée de l'armure. La vieille femme l'observe dans un silence et une immobilité de statue. Sonia aimerait qu'Alex soit devant elle. Elle aimerait lui dire ce qu'elle pense de son comportement. Elle comprend. Les images du hammam ou de la plage sont de (très) bons moments qu'elle doit désormais archiver. Alex appartient au passé, il faut tourner la page. Il lui reste de la révolte, de la colère. Elle n'a jamais ressenti ça. Pour un peu, elle voudrait poser ses mains autour de son cou, appuyer ses pouces sur sa pomme d'Adam et l'enfoncer jusqu'à ce qu'elle ressorte dans sa nuque.

« C'est bien, laissez votre corps s'exprimer… »

Angélique se situe entre panique et consternation. C'est comme si cette espèce de sorcière venait de prendre le contrôle de Sonia. Son amie serre les poings si forts que ses mains tremblent, ses ongles s'enfoncent dans ses paumes. Une goutte de sang finit par couler sur le sol poussiéreux. Le corps de Sonia se convulse. À Angélique la stupeur, à Sonia les tremblements. Angélique veut saisir son amie, la tirer au-dehors, mais la vieille femme leur bloque le passage. À cet instant, elle donnerait tout ce qu'elle possède pour se téléporter à la caisse des *Galeries Lafayette*.

« Parlez-moi d'Alexandre. »

Sonia ouvre les yeux, elle est bouche bée. Des larmes coulent le long de ses joues.

« Parlez sans crainte. Rien n'arrive par hasard. »

La nuit est tombée. Les lumières des vitrines permettent aux deux filles de recouvrer pleinement leur conscience. Elles suivent le boulevard Haussmann. Elles dépassent les Galeries sans leur prêter attention. Elles ne semblent même pas savoir où elles vont. Silencieuses, elles se posent la même question : était-ce réel ? Arrivée à hauteur du métro *Bonne nouvelle*, Sonia s'arrête. Sa main porte un sac en papier noir. Elle lève les yeux sur Angélique qui considère également le sac comme si elles venaient de le trouver dans la rue. Elles se regardent, reprennent ensemble leurs esprits et explosent en cœur d'un rire nerveux.

« Je crois que j'ai eu la trouille de ma vie !

— Sérieusement, tu crois que ça peut marcher ? demande Angélique.

— Bien sûr que non.

— Arrête ! Tu y as cru, sinon, tu n'aurais pas acheté ces trucs !

— J'ai acheté *ces trucs*, comme tu dis, pour que nos ossements ne finissent pas en poudre dans un bocal de son arrière-boutique.

— Pourquoi tu ne veux pas le reconnaître ? Tu lui as raconté toute ton histoire, à ce moment-là, tu y as cru, quand même, avoue !

— Ouais, peut-être, un peu… »

Dans le sac, une petite poupée vaudoue, des accessoires, des ingrédients. Sonia sait précisément ce qu'elle doit en faire.

VIII

« Bon, Virgile, on va commencer par t'acheter un jean. Comme je te l'ai dit, le budget, c'est cent euros. Ne mets pas plus pour commencer, mais c'est important d'avoir un *basic* de qualité, parce que tu vas pouvoir le mettre avec tout.

— D'accord.

— D'habitude, c'est mieux de venir le samedi après-midi : il y a plein de monde, tu peux aborder des filles. Tu demandes son avis à l'une sur une fringue. Tu fais croire à une autre que tu la prends pour une vendeuse. Ça marche toujours.

— Sérieux ?

— Bien sûr. Si déjà tu es en train de t'acheter un vêtement qui a de la gueule, tu es plus intéressant que 90 % des mecs. Franchement, la plupart des hommes ne savent pas s'habiller. Ils ne comprennent rien à la mode et ne s'en rendent même pas compte. Ils se réfugient derrière des marques rassurantes, mais au final, ils n'ont pas de look. En plus, les fringues, c'est un sujet parfait pour une première conversation, tu peux aussi faire un compliment à la fille sur ce qu'elle achète, ça paraît naturel. Bref, on n'en est pas encore là. »

Alex s'enfonce dans l'allée principale du magasin. Virgile le suit, admiratif, envieux, heureux à l'idée qu'un jour, il ne sera plus cet affreux *needy*. L'achat de ce jean est un premier pas sur le chemin qui le mènera à se débarrasser de ce fardeau devenu intolérable, sa virginité. Heureusement, Alex ne lui a pas demandé à quand remontait sa « dernière fois », combien de fois il l'avait fait, ou ce genre de questions embarrassantes. Virgile aurait répondu honnêtement, mais il se serait senti encore plus minable. Alex a sûrement deviné. Au moins, on reste dans la zone du tacite, du non-dit. Tant mieux.

« Tu préfères une coupe droite ou ajustée ?

— C'est quoi la différence ?

— Ajusté, c'est plus moulant.

— Et ça ?

— Non, c'est trop large, ce sont les skateurs et les bûcherons canadiens qui portent ce genre de pantalons.

— D'accord. Alors on va dire droit. Ajusté, je ne le sens pas trop.

— Le plus important, c'est que tu te sentes bien dedans. Tu vas voir, un jean, au début, ça serre, ça moule, on se sent à l'étroit, mais c'est important de choisir une taille en dessous, parce que le jean va se détendre. Tiens. Essaye celui-là. Je pense qu'il est bien : Brut, c'est la couleur de base. Pas délavé, pas de fausses traces d'usure. Tu vois, la toile est brillante, il n'est pas terne. Et la trame est régulière. Il faut observer les petits points blancs. Plus ils sont réguliers, plus le jean est de qualité. Celui-là, il est vraiment bien. Tu as vu : cent deux euros. Va l'essayer. »

Virgile s'exécute. Il s'enferme dans la cabine d'essayage, veille à ce que le rideau forme un joint parfaitement étanche avec chacune des parois. Alex s'assoit sur un pouf. Une rousse serrée dans une jupe noire range les vêtements que les clients n'ont pas achetés. Alex l'observe. Elle le voit, leurs yeux se croisent, mais elle l'ignore et retourne à sa tâche. Pas grave. Après deux longues minutes, Virgile ouvre le rideau.

« Fais voir. »

D'un geste professionnel, Alex forme un crochet avec son doigt et tire le pantalon au niveau du bouton de braguette.

« Non, il est trop grand, il faut une taille en dessous.

— Trop grand ? Tu es sûr ?

— Oui. Tiens, va voir la vendeuse, et tu lui demandes du 36. »

Alex ne bouge pas. Virgile est un peu intimidé, mais il relève le *challenge* de bon cœur.

« Pardon, madame. Est-ce que vous auriez le même pantalon en 36, s'il vous plait »

— Si vous voulez, mais je pense que celui-là est à votre taille. »

Virgile est décontenancé. Il s'apprête à rebrousser chemin. La vendeuse lui adresse un sourire froid qui ressemble davantage à un simple plissement des yeux. Alex se déplace.

« Non, il faut vraiment un 36, mademoiselle. Vous voyez bien qu'il est lâche. Quand il marche, les poches arrière dessinent deux plis sur l'extérieur.

— Comme vous voulez. »

La rousse abdique. Elle n'a pas l'intention de se battre, mais elle est agacée. Elle s'en va vers la remise. En chemin, elle s'arrête à hauteur des caisses désertes et adresse un petit mot à sa collègue. Celle-ci tourne un œil discret en direction de Virgile et un petit rire silencieux lui secoue les épaules une seconde. Virgile ne s'en est pas rendu compte. La rousse revient un instant plus tard. Elle tend le jean à Virgile. Elle a retrouvé sa politesse de surface.

« Voilà. »

Lorsque Virgile ressort de la cabine, il n'est pas convaincu. Alex est enthousiaste, et son client est tellement loin d'un monde dans lequel il aurait des repères qu'il se laisse guider. La vendeuse les salue aimablement. Alex s'arrête un instant à sa hauteur.

« Vous ferez attention, votre mascara coule un peu. »

Tandis que Virgile paye, Alex s'amuse à observer la rousse s'examiner devant un grand miroir. Elle a compris rapidement, et tourne un regard mécontent vers Alex qui lui donne en retour un large sourire.

IX

« J'ai fait un sac avec tes affaires, tu passeras le prendre à la librairie ou je le jette ? »

Alex aurait préféré un message plus engageant, mais il est tout de même content de recevoir un signe de Sonia. Elle n'a pas répondu à ses appels. Elle ne veut pas lui parler. C'est sans doute normal. Alex répond qu'il peut passer dans l'après-midi. Sonia lui renvoie « OK ». Rien de plus.

Arrivé devant la boutique, Alex ralentit, il ne s'arrête pas. Son cœur bat à tout rompre. Il se sent mal, peut-être devrait-il retourner voir le docteur Laribeaud, qu'il lui prescrive une petite cure d'Anafranil, le temps de se reprendre en main, mais il n'a pas envie de redevenir dépendant. Il dépasse la vitrine et aperçoit Sonia. Elle lui fait dos, elle range quelques livres dans un rayon. Alex a besoin de cinq petites minutes, il fait le tour. Il prend la première à droite. Quatre fois. Lentement. Il marche lentement. Il se retrouve à nouveau devant la librairie. Il aimerait refaire un tour. Il aimerait ne pas y aller. Ne pas subir cette épreuve, se cacher, fuir. Venir faire face à cette femme, juste pour une chemise et un rasoir. Comme il s'en fout. Mais il a envie de la voir, besoin qu'elle lui parle, et tant pis si c'est pour l'insulter. Il la revoit sur cette plage du Sud. Comme son sourire lui manque.

Elle l'a remarqué, et son visage s'est soudain figé dans une expression de tristesse. Il n'a plus le choix. Il entre. Un client paie ses achats et quitte le magasin. Ils sont seuls.

« Salut ! »

Il essaye de sourire, de faire bonne figure, mais à cet instant, il lui serait plus facile de monter un escalier sur les mains. Sonia ne tente même pas de cacher sa gêne.

« Bonjour Alex.

— Tu vas bien ?

— Non. »

Elle reste derrière son comptoir et en sort un sac-poubelle presque vide. Elle le lui tend. Il s'avance. Elle ne le regarde pas, elle ne veut pas le voir. Il ne prend pas le sac.

« Est-ce qu'on peut…

— Non, Alex, vraiment pas… je… préfère que tu partes.

— Je suis désolé, Sonia.

— Surtout pas, Alex ! Ne commence pas à me dire ce genre de choses.

— Si, c'est important pour moi de te dire que je regrette, parce que…

— Arrête ! dit-elle. Tu ne regrettes rien, on s'en fout d'ailleurs, de ce que tu regrettes ou pas. Tu es adulte, tu savais ce que tu faisais, et tu as choisi de le faire. Maintenant, c'est trop tard ! Alors prends tes affaires et va-t'en !

— Je sais que c'est trop tard. »

Elle le fixe. Alex se sent transpercé. Mis à nu, comme un gamin fautif recevant une réprimande sévère. Une larme tombe de son œil gauche, elle ne l'essuie pas.

« Je m'en fous de ces affaires, je ne suis pas venu pour les récupérer.

— Tu es un garçon égoïste Alex. Tu es venu uniquement pour toi, pour ton ego. Quand tu vas ressortir, tu te sentiras bien parce que tu m'auras fait des excuses, tu pourras passer à la fille suivante. Ça fait partie de ce que tu enseignes ?

— Tu crois que je me sens bien, là ? Tu crois que j'imaginais être le bienvenu ? Je savais bien que tu n'accepterais pas mes excuses, mais je suis quand même venu te les présenter parce que tu les mérites, et parce que tu comptes beaucoup pour moi.

— J'ai bien entendu tes excuses Alex. Maintenant, j'aimerais que tu partes. »

Alex marque un temps. Il la considère une dernière fois, quelques secondes.

« Alors au revoir… J'espère que… »

Il ne trouve pas les mots. Elle ne répond pas, elle n'y arrive pas. Il se retourne et quitte sa vie. La gorge serrée, elle attend qu'il ait disparu de sa vue. Elle pleure. Elle tourne le verrou de la porte vitrée et se réfugie dans l'arrière-boutique, où personne ne peut la voir. Et encore une fois, elle se laisse aller aux larmes. Sur le comptoir, le sac-poubelle est toujours là.

Alex rentre chez lui, le cœur lourd. La dernière amarre vient d'être larguée, plus rien ne l'attache à Sonia. Il arrive chez lui. Nico n'est pas là. Alex est seul, entre la pénombre et le silence.

Comme la plupart des gens qui ne savent pas comment s'occuper à un moment de leur journée, Alex allume son ordinateur et consulte sa page Facebook. Il se rend machinalement sur la liste de ses amis. Plus de sept cents. Il cherche Sonia, mais il ne la trouve pas, elle s'est retirée.

Alex a reçu une invitation à un événement :

Patrick Bruel en a rêvé, nous, nous allons le faire !

Il y a dix ans, nous devenions bacheliers. Certains se lançaient dans la vie active, d'autres dans de grandes études (spéciale dédicace à Pierre-Yves, le plus diplômé d'entre nous !). Certaines sont devenues des stars (big up Jennifer !) tandis que d'autres ambitionnaient simplement d'être heureux dans la vie. Alors je vous propose de nous retrouver samedi 24 août pour fêter ça. Rendez-vous à la Grenouille jaune, vers 19h30, on se racontera ce qu'on a fait de ces années, et on verra si on est devenus des grands hommes.

Il y a une boîte latino juste à côté du restau, alors pour ceux qui seront motivés, la soirée pourra se terminer sur des rythmes de salsa endiablés !

Répondez-moi vite, faut que je réserve.

Véro.

S'inscrire - Peut-être - Décliner
S'inscrire.

Alex est presque étonné d'avoir été invité. Aucun de ses anciens camarades de promotion ne figure parmi ses amis. Même pas ses amis Facebook. À cette époque, il n'avait pas d'amis. On l'a probablement invité dans un souci d'exhaustivité, pas pour savoir ce qu'il est devenu.

Jennifer viendra-t-elle ? C'est peu probable. Elle a mieux à faire. Alex aimerait la revoir ! Il tape son nom sur Google, et des centaines de photos ne tardent pas à envahir son écran. Le plus souvent, elle prend des poses lascives, aguicheuses. Selon le magazine Forbes, son contrat avec Wonderbra rapporte à Jennifer Alban plus de six millions de dollars par an. Entre les défilés, les *shootings* et les soirées *jet-set*, Jennifer passe son temps à Londres, New York, Dubaï et Moscou. Paris n'est qu'une capitale à ses pieds parmi d'autres, comme Prague ou Tokyo. Elle possède une villa en Suisse, à Bâle, dans la rue de Roger Federer.

Et dire qu'ils étaient ensemble au lycée, qu'elle était assise à côté de lui en cours de philosophie, qu'ils ont été amis et qu'ils auraient pu être davantage. Que se serait-il passé si Alex n'avait pas laissé filer sa chance, s'il avait eu le courage de lui dire ses sentiments ?

X

Ce n'était vraiment pas prémédité, c'est juste un heureux concours de circonstances : lorsqu'il se présente au vernissage de l'exposition de son frère, Alex a consulté son fichier Excel, son compteur est arrêté à quatre-vingt-dix-neuf. 99 filles, cela signifie qu'il va pouvoir chercher la centième dans une galerie huppée du XVIIe. Le hasard a parfois le sens du *timing*, car Alex a envie de marquer le coup. Il lui faut une HB10, et ce vernissage est un terrain de chasse idéal. Une femme *parfaite* : les hommes cribleront son corps de regards luxurieux, mais ils baisseront les yeux à son passage, inhibés par sa trop grande beauté. Alex lui parlera, et c'est avec lui qu'elle partira, laissant les autres mâles à leurs rêves de dépravation inaccomplis, frustrés et stupides.

L'exposition se tient sur deux étages. Au rez-de-chaussée, quelques panneaux amovibles découpent la salle et la rendent plus grande. Au fond, l'indispensable cocktail. Verres, bouteilles, verrines, petits fours, les stars de la soirée sont prêtes. Quatre vastes fauteuils composent un petit salon pour accueillir les visiteurs les plus âgés ou les plus fatigués. Ces sièges sont marron dans un univers où tout est blanc. Un escalier métallique en colimaçon permet d'accéder à la vaste mezzanine.

À l'étage, Alex contemple les œuvres de Damien avec un intérêt mêlé de fierté. Il croit bien plus au talent de son frère que son frère lui-même. Damien est un garçon discret, bien ancré dans toutes les conventions sociales que l'on peut imaginer pour un homme de vingt-sept ans : Il a acheté un appartement, et l'on a du mal à imaginer qu'avec une surface aussi modeste, il se soit endetté pour vingt-quatre années. Il a rencontré une femme, il s'est marié, et maintenant, il surfe sur la routine. Le tableau est incomplet, il manque un enfant. C'est un sujet délicat, Alex l'évite. Damien est comptable, il porte un costume gris et des lunettes. Et comme son costume est de la même couleur que sa vie, ça lui permet de se fondre dedans, et de ne pas se faire remarquer. Mais lorsqu'il prend ses pinceaux, il y a de la couleur tout à coup, de la révolte. Une expression.

Alex aime beaucoup ce tableau, il s'agit d'une représentation de la Cène dans laquelle Jésus et les apôtres sont des femmes. Et toutes sont nues. À gauche du personnage central se tient un homme, nu également. Et au lieu de toutes faire la gueule comme si l'une d'entre elles était sur le point de se faire crucifier, elles ont l'air de bien se marrer. Sur la table, au lieu du pain et du vin, sont disposés des objets de consommation en plastique, on se croirait dans une réunion Tupperware. Cette œuvre s'intitule « un monde plus beau ». Elle est mise en vente mille quatre cents euros, et Alex envisage de l'acheter. Damien est plus accaparé qu'un marié, mais il parvient à se libérer un instant.

« J'étais sûr de te trouver là !

— Je suis vraiment fier de toi, le frangin.

— Tu as vu, la galerie est pleine, c'est génial. Merci d'être venu, ça compte vraiment pour moi.

— J'ai une question, il faut que je sache.

— Dis-moi, mais vite, je dois déjà repartir.

— Toutes ces filles existent ?

— Oui

— Et elles ont posé pour toi ?

— Oui

— Et tu ne t'en es tapé aucune…

— T'es con !

— Oui, c'est ça, c'est moi qui suis con…

— Allez, faut que je te laisse. »

Alex laisse son frère repartir dans la fosse aux serpents. La plupart des invités n'ont absolument rien à faire des tableaux, ils sont là pour se montrer, pour profiter du champagne. Et alors qu'il n'y pense plus depuis déjà plusieurs minutes, il la voit. Elle porte une robe noire, satinée, incroyablement légère. Rien en dessous. Son décolleté donne le vertige. Cette femme est un séisme. À son passage, les discussions s'arrêtent, les regards se tournent. Elle feint de les ignorer. Alex se montre discret, méthodique, il veut établir un rapport de force équitable avec elle. Pourtant, il ne voit plus qu'elle, comme un carré rouge dans une composition de Mondrian. De son côté, elle ne l'a pas encore remarqué. Son corps voluptueux ondule avec une élégance licencieuse. Légère et gracieuse, entourée mais seule, la centième vient d'arriver.

Alex ne se précipite pas. Il a pris la mesure de ses concurrents potentiels, il y a virtuellement deux mâles dominants. Il peut les mettre hors jeu.

Elle discute avec un garçon. Alex le trouve ridicule, et tout dans l'attitude de la fille semble démontrer qu'elle s'ennuie, mais le garçon ne sait pas interpréter le langage de ce corps qu'il dévore des yeux. Alex le respecte, parce qu'il faut en avoir pour risquer d'aborder une fille pareille. Alex croise enfin son regard. 1, 2, 3. L'*eye contact* est établi. Le concurrent touche le coude de la fille, il l'attire vers « Un monde plus beau ». C'est à ce moment qu'Alex entre en action. Il saisit deux coupes de champagne et s'approche d'elle. Elle est magnifique. Un instant, il s'arrête et se retrouve dans la peau du jeune homme timide et impressionnable qu'il a été autrefois. Il n'avait plus eu ce petit doute depuis si longtemps. Tout à coup, il se demande ce qu'il va lui dire. La mécanique s'est enrayée, mais elle repart aussitôt. Alex prend une respiration. *Ce n'est qu'un jeu.* Il se place entre la belle est son prétendant. Le concurrent commet sa première erreur. Il s'écarte légèrement, pensant qu'Alex veut admirer la toile. Alex s'enfonce dans la brèche.

« Il fait vraiment chaud, n'est-ce pas ? »

La fille se tourne vers lui. Alex tient ses verres à hauteur de la poitrine.

« Oui, c'est vrai. Je vous remercie, c'est gentil. »

Elle tend la main pour prendre l'un des verres. Alex a un mouvement de recul.

« Heu, pardon, c'est à moi.

— Oh ! Excusez-moi, comme vous avez deux flûtes, j'ai pensé que…

— Non, vous savez ce que c'est un vernissage. La plupart des gens se jettent sur le champagne, et au bout de dix minutes, il n'y a plus rien à boire. Je me suis fait suffisamment avoir, maintenant, je prends mes précautions.

— D'accord.

— Bon, allez, je vous l'offre, mais si dans une heure je suis déshydraté, vous me devrez un verre »

Elle est amusée. Elle accepte la coupe. Ils trinquent.

« Annick a toujours eu bon goût, je trouve cet artiste formidable.

— Oui, j'aime beaucoup. Vous connaissez Annick ? demande-t-elle.

— Bien sûr… (Puis regardant le tableau) Vous pensez que le monde aurait été meilleur si Jésus avait été une femme ?

— Vaste débat, elle n'aurait certainement pas résolu tous les problèmes de l'humanité.

— J'aurais peut-être été plus assidu au catéchisme. »

Alex se tourne enfin vers le garçon qui, s'il n'ose intervenir, conserve courageusement sa position.

« Oh ! Pardon, je ne t'avais pas vu. Vous êtes ensemble ? »

Le garçon bafouille. Un *beginner* trop impétueux. C'est elle qui répond.

« Non. »

Elle n'ajoute rien, ne prend pas sa défense. Alex se retourne vers elle, le garçon n'a plus qu'à disparaître, il l'a sûrement compris. Alex éprouve un peu de compassion, mais le sentiment est fugace parce que, en effet, le monde n'est pas aussi beau qu'on pourrait l'espérer.

« Moi, c'est Virginie.

— Enchanté, Virginie. Je m'appelle Alex. »

XI

Elles ont vérifié trois fois sur Internet. Patricia est allée à la Maison de la presse pour feuilleter le programme tv — sans toutefois l'acheter, faut pas exagérer ! Et c'est confirmé : la grande rétrospective de *l'Amour est dans le pré*, c'est bien ce soir. Pourquoi un samedi ? Allez savoir. Habituellement, les filles commentent l'émission entres elles en s'échangeant des textos, mais pour l'occasion, Sonia a invité Patricia et Angélique. La première apporte une quiche, la seconde des *cup cake*, et Sonia fera une salade.

Ainsi se retrouvent-elles toutes les trois sur ce grand canapé blanc, face à une table basse recouverte de victuailles. Et lorsque James Blunt entame le générique, l'excitation est déjà à son comble, et tous leurs problèmes ont disparu en même temps que la première moitié de la bouteille de rhum. Angélique a préparé des daiquiris, Sonia a eu une pensée pour Alex. Elle s'est revu, le temps d'un flash, dans ce bar cubain avec lui. Et puis Karine Lemarchand est allée à la rencontre de Pierre-Émile, ce viticulteur de 36 ans qui vit dans le Morbihan. Pour rire, les filles l'ont surnommé « chicot », et

Alex est retourné à sa place, dans la noirceur d'un souvenir en sursis.

L'émission revient sur les moments forts des huit saisons. Les filles revoient avec plaisir tous les protagonistes de la série. Les inadaptés, les normaux, les grotesques, les flippants, certains sont ridicules, d'autres profondément touchants. Alors elles alternent les rires et les émotions, et la bouteille de rhum n'y survit pas.

Vers minuit, après avoir copieusement débriefé l'émission et s'être refait entre elles un *best of* du *best of*, c'est finalement Patricia la première à mettre le pied dans la flaque. Sonia le savait, elle ne s'attendait pas à passer une soirée consacrée aux pérégrinations amoureuses de dizaines d'agriculteurs sans qu'à un moment ne soient abordés ses propres états d'âme. Patricia, la sereine, la casée, imagine bien que ce n'est drôle d'être seule, mais elle ne fait pas l'effort d'imaginer à quel point ça peut faire mal. Alors elle fonce :

« Et toi, tu en es où ? »

Sonia fait d'abord semblant de ne pas comprendre la question :

« À quel niveau ?

— Et bien, avec Alex ! »

En apparence, Sonia demeure impassible tandis qu'elle reçoit cette gifle. En fait, c'est même plutôt un gros coup de poing dans l'estomac.

« Alex, c'est fini…

— C'est sans appel ?

— Mais tu es sérieuse ? intervient Angélique. Allez, plus une goutte d'alcool pour cette fille ! Ce mec est un queutard, il tire sur tout ce qui bouge, que veux-tu qu'elle fasse avec lui ?

— Je ne sais pas, tu avais l'air de tenir à lui, il a peut-être juste commis une erreur de parcours…

— Une erreur de parcours ? J'hallucine ! Si en rentrant chez toi tu découvres Jérôme dans le pieu de ta voisine, tu fais quoi ?

— Ce serait bizarre, notre voisine a soixante-quatorze ans, alors…

— Peu importe, tu lui péterais les dents.

— Sans doute, mais après, j'essayerais de comprendre pourquoi il a fait ça.

— Ouiii, mais c'est différent, Jérôme, tu le connais depuis le XXe siècle ! Sonia et Alex, ils se sont fréquentés trois mois.

— Presque quatre ! corrige Sonia.

— Franchement, Patricia, tu déconnes. Comment peux-tu parler d'une erreur de parcours ? Il n'y a même pas eu de parcours ! »

Sonia trouve la réalité légèrement travestie. Elle avait quand même l'impression de s'être engagée sur un chemin, et d'avoir fait quelques pas avec Alex. Patricia n'a plus de réponse. Elle n'a pas envie de se faire plus longtemps l'avocat du pervers.

« Et alors, tu lui as jeté son sort ? demande Angélique.

— Quel sort ? » rebondit Patricia, contente de voir la conversation dévier un peu.

« Non, j'ai pas fait !

— Pourquoi ? Faut le faire !

— De quoi vous parlez les filles ? »

Angélique et Sonia racontent à Patricia la sortie shopping, la voiture sortie en trombe du *parking*, la vitrine design de ce petit *voodoo shop*, l'arrière-boutique, la vieille femme ridée qui a failli les faire mourir de peur, la discussion au sujet d'Alex, et le sortilège qu'elle leur a finalement vendu. Sonia retrouve le sac dans son buffet. Elle en retire une petite poupée qui ressemble à un jouet pour enfant oublié dans un grenier. Elle est constituée de pièces de tissus disparates, cousues entre elles avec du fil de chanvre. La tête est faite de glaise.

« C'est marrant, ça lui ressemble vraiment.

— C'est la coupe de cheveux.

— Elle m'a demandé comment il était habillé la dernière fois que je l'ai vu pour choisir les tissus. »

Une fois briefée, Patricia se montre enthousiaste.

« Tu dois faire quoi ? »

Angélique se saisit d'un papier dans le fond du sac, le déplie, l'étudie consciencieusement et le montre à Patricia.

« Il faut dessiner cette forme par terre avec du sel.

— Tu en as Sonia ?

— Je vais voir, j'espère qu'il en reste assez. »

Sonia trouve dans sa cuisine un sachet de gros sel aux trois quarts vide. Patricia le prend et verse un tas sur le plancher.

« Oh ! ça va en foutre partout entre les lattes du parquet ! » ronchonne Sonia.

« Tu as des bougies ? demande Angélique.

— Pourquoi, il n'y a pas besoin de bougies !

— C'est pour l'ambiance ! T'es pas *fun* !

— D'accord, je vais en chercher. »

Pendant ce temps, Patricia continue de tracer la forme à l'aide d'une spatule en silicone. Il s'agit d'un triangle dont les pointes se prolongent en formant de petites spirales elliptiques. Au milieu de chaque côté, un rond dont jaillit une flèche orientée vers l'extérieur.

Sur la table basse, Sonia dispose plusieurs bougies chauffe-plat dans des photophores en céramique blancs. Elle éteint la lumière.

« Bon ! Maintenant, il faut mélanger les trucs qu'elle nous a donnés.

— C'est quoi ? demande Patricia, qui tremble de curiosité.

— Franchement, il vaut mieux ne pas savoir, lui répond Sonia.

— La poudre blanche, ce sont des ossements humains qui ont été broyés.

— C'est vrai ? »

Angélique sourit, et Patricia n'en saura jamais plus. Au final, elle se range à l'avis de Sonia : il vaut mieux ne pas savoir !

Il y a des herbes, comme de l'origan.

« Sonia, il faut que tu ajoutes quelque chose qui appartient à Alex : un cheveu, un ongle…

— Bien sûr, j'adore conserver les rognures d'ongles de mes mecs, tu me connais !

— Allez ! Sinon, ça ne marchera pas.

— Il faut démonter la bonde de ta douche, il y aura sûrement des cheveux !

— Si on trouve des cheveux, ça risque d'être plutôt les miens, tu imagines si le sort me tombe dessus. Ah, j'ai peut-être une idée ! »

Sonia s'éclipse. Elle revient avec un sac-poubelle dont elle sort un pot de gel coiffant. Elle dévisse précautionneusement le couvercle et trouve, coincée dans la rainure, une petite fibre capillaire d'environ deux centimètres.

« Ça devrait aller.

— Maintenant, il faut mettre ça dans du coton, avec cinq grains de gros sel, le tremper dans une coupe de vin avec les autres ingrédients, malaxer, et placer la petite boule dans le ventre de la poupée. Ensuite, il faudra lui recoudre le ventre, commande Angélique.

— Du blanc ou du rouge ?

— Comment ?

— Le vin.

— Du rouge, je pense.

— Il me reste un vieux fond de bouteille que je gardais pour faire de la cuisine. Du Pisse-dru. Ça le fait ?

— Je pense que ce sera parfait. »

Sonia s'exécute. Elle verse le Pisse-dru dans une coupe à glace. Angélique, autoproclamée maîtresse de cérémonie vérifie scrupuleusement chaque étape du rituel sur le papier de la sorcière.

« Il faudrait une photo.

— Je n'en ai pas.

— Tu n'as même pas une photo d'identité, rien ?

— J'ai juste des photos de vacances sur mon portable.

— Très bien, alors affiche la photo et met le portable à côté de la poupée.

— Celle-là, ça ira ?

— Fais voir. Oui, zoome le plus possible pour avoir un gros plan de sa tête de con. Voilà, pose-le là. C'est bon ? Maintenant, la poupée est placée au milieu du triangle. Il faut commencer par la baptiser. Tu dois mettre un peu de sang sur ton doigt, dessiner une croix sur son front et répéter trois fois, tu es Alex... c'est quoi son nom ?

— Alex Fostine.

— Tu es Alex Fostine, né le... si tu dis sa date de naissance, ça fonctionne encore mieux pour établir la connexion. »

Sonia se lève pour chercher une aiguille de couture. Elle la stérilise en la plaçant un instant au-dessus d'une flamme de bougie. Les trois filles sont assises en tailleur autour de la poupée enfermée dans sa prison de sel.

Sonia pique son doigt et le presse. Une petite goutte de sang grossit le long de son index. Elle forme la croix sur la tête de terre de la poupée.

« Tu es Alexandre Fostine, né le 24 avril 1984. »

Un silence pesant plombe la pièce qui paraît d'un coup s'être assombrie. Derrière la fenêtre, la lune est pleine. L'atmosphère semble s'être rafraîchie. Patricia ne dit rien, pour ne par interférer dans le rituel, mais elle remarque la chair de poule sur le bras d'Angélique.

« Tu es Alexandre Fostine, né le 24 avril 1984. Tu es Alexandre Fostine, né le 24 avril 1984… Voilà. Il est baptisé ! »

Les trois filles fixent la poupée, comme si elles s'attendaient à la voir prendre vie.

« C'est fini ? demande Patricia.

— Non, répond Angélique en consultant ses notes. Il faut prendre les poils de porc et les placer dans une coupelle avec le morceau d'écorce de noyer, et il faut les brûler et mettre la poupée au-dessus pour qu'elle absorbe la fumée.

— Et ça sert à quoi ? demande Patricia qui a perdu son sourire.

— Ça fait que M. Alex va prendre une apparence qui correspondra mieux à ce qu'il est réellement.

— Avec des poils de porc ?

— Ben, c'est un porc, il va ressembler à un porc ! Logique ! »

Angélique se délecte.

« Il faut y croire, Sonia. Tu y crois ?

— Je ne sais pas. Dans tous les cas, ça me soulage, ça permet d'exorciser la colère.

— C'est de la vengeance, tu t'abaisses à son niveau ! intervient Patricia.

— Mais c'est pour rigoler ! réplique Angélique. Maintenant, il faut faire un choix. On peut faire de ce rituel un sortilège initiatique : si on formule une épreuve pendant que on met la poupée au-dessus de la fumée, les effets du sort disparaîtront quand Alex aura réussi l'épreuve. En gros, on peut l'obliger à faire ce qu'on veut. Qui a une idée ?

Patricia : L'obliger à aller vivre en Corée du Nord.

Angélique : L'obliger à embrasser le cul d'un chien tous les matins.

— Non, si c'est initiatique, il faut que ce soit constructif ! dit Sonia.

— L'obliger à respecter les femmes !

— Il faut que ce soit concret.

— On n'a qu'à l'obliger à rester abstinent !

— Non, Angélique, il faut l'obliger, pas l'empêcher !

— Alors on peut l'obliger à demander pardon à toutes les filles qu'il a trompées.

— Mieux, il va falloir qu'il obtienne un baiser de toutes les filles qu'il a trompées !

— Mais, c'est impossible !

— Et bah c'est ça qui est marrant, non ?

— Ça veut dire que moi aussi, je vais devoir l'embrasser ! dit Sonia.

— Ça veut dire que c'est toi qui décideras quand le sort s'arrêtera !

— De toute façon, ça n'existe pas la magie, c'est juste pour rire !

— Tu en es certaine ? Allez, vas-y, il faut lire ce passage, en bas de la page. Et tu rajoutes l'histoire des baisers à la fin.

Sonia exécute soigneusement la procédure et récite la tâche qui libérera Alex.

« Cette fois, c'est fini ?

— Presque, il reste juste à planter cette aiguille dans le ventre de la poupée. »

Alex se trouve dans le salon de Virginie. Sa première impression a été la bonne : comme son décolleté le laissait supposer, cette fille n'avait pas envie de rentrer seule. Alex lui a fait visiter la galerie, il a commenté les toiles avec humour, en prenant soin de ne pas transformer la visite en cours d'histoire de l'Art. Elle s'est tout de suite montrée très ouverte. Il a parlé d'une voix autoritaire, affirmée, il a surveillé son débit. Il l'a mise au défi, lui a fait croire qu'elle aurait à le conquérir. Elle a relevé le défi. Au bout d'une heure, ils sont sortis, et Alex n'a même pas eu à lui rappeler sa promesse. C'est elle qui a proposé un verre. Damien avait fait commander un taxi pour son frère, et ils n'ont pas eu à attendre comme les autres. Dans le taxi, elle lui a proposé de le boire chez elle, le verre promis. Ils se sont embrassés.

Quand ils sont entrés chez elle, elle a calmé un peu le jeu, elle a servi du vin rouge. Elle ne lui a pas demandé ce qu'il voulait. Elle s'est éclipsée un instant, et Alex sirote en savourant d'avance le bon moment qu'il va passer. Ses yeux s'attardent sur la décoration, mais il est incapable de l'analyser ou de la juger puisque son cerveau est désormais en *stand-by*. Un autre organe a pris le contrôle de son corps, et celui-là se fout pas mal de la couleur du papier peint. La belle se fait attendre, et Alex contient son impatience. Il maîtrise parfaitement la situation. Il a bu la moitié de son verre. Avec la coupe de champagne, il reste dans une zone de confort. Alex ne boit jamais plus de deux verres, parce qu'il n'y a rien de moins séduisant qu'un mec bourré.

Les flammes des bougies dansent. Elles ondulent de gauche à droite, leur mouvement est hypnotique et sensuel. Une douleur violente transperce le ventre d'Alex. Comme si un clou le perforait, un clou de la taille d'une barre de métro.

XII

Bip ! Bip ! Bip ! Bip !

C'est agaçant. Ce réveil mérite de passer par la fenêtre. Alex s'extrait difficilement d'un sommeil profond. Il n'a pas assez dormi, ou du moins, il ne s'est pas assez reposé. Ses yeux restent clos. Le plus petit mouvement va demander un répit.

Bip ! Bip ! Bip ! Bip !

Mettre de l'ordre dans son esprit lui paraît une tâche ardue dont il n'est pas pressé de s'acquitter. Elle s'appelle Virginie, c'est une HB10, mais elle a un réveil de merde qui sonne le dimanche matin. Il ne pourra pas partir pendant son sommeil. Il n'a pas envie de se lever tout de suite. Ils prendront un petit déjeuner ensemble. Cette fille est incroyable au lit. Elle est une véritable… en fait, Alex ne se souvient pas de la nuit passée.

Bip ! Bip ! Bip !

Il se rappelle être parti avec elle. Dans son dernier souvenir, ils se roulaient de grosses pelles à l'arrière du taxi.

Bip ! BIP ! BIIIP !

Plus rien ne sera agréable tant que le réveil ne sera pas réduit au silence. Alex ouvre les yeux. Il découvre le décor de sa chambre d'hôpital. Il est allongé dans un lit étroit. Le son est émis par un électrocardioscope. Alex retire la pince sur son index et arrache les électrodes sur sa poitrine. Le résultat est pire, puisque l'appareil lance désormais une alarme continue. Stridente. Alex a mal à la tête. Il se sent nauséeux.

Une infirmière entre dans sa chambre et éteint la machine. Quand elle se penche, Alex aperçoit la dentelle de son soutien-gorge.

« On se rappelle ce qui s'est passé, M. Fostine ? »

Elle parle trop fort. Sa voix haut perchée casse immédiatement le charme de sa silhouette.

« Pour être franc, je ne sais pas comment j'ai pu atterrir ici…

— Vraiment ? »

Elle prend plaisir à cette situation désagréable. Une sadique.

« Eh bien, ce sont les pompiers qui vous ont amené, vous étiez par terre, dans la rue.

— Vraiment ? »

Trou noir absolu.

« Vous avez bu ? Un peu trop !

— Non !

— Mais si ! Vous pouvez rentrer chez vous si vous vous sentez mieux. Et j'espère que vous ferez plus attention la prochaine fois ! »

Alex essaye de se remémorer les événements. Il ne s'est pas saoulé, il en est certain. Pas volontairement, en tout cas.

— Mes vêtements, où ils sont ?

— Ah oui, vos vêtements… Comment dire, ils ne sont plus en état. On les a mis dans un sac. Si j'étais vous, je les jetterais directement à la poubelle. Vous n'avez pas un ami ou de la famille pour vous en apporter d'autres ?

— Je vais me débrouiller, je vous remercie. »

Alex ne préfère pas appeler Damien parce que cela alimenterait pour dix ans les discussions sur son niveau de débauche : « je me souviens, la fois où je suis venu te chercher à l'hôpital, tu n'étais pas fier... ». Il décide de se rabattre sur Nicolas. Il risque d'en entendre parler un long moment quand même, mais avec son colocataire, ils se comprennent. C'est Nicolas qui l'a initié au savoir des *Pickup Artists*. Nicolas lui a montré le chemin vers la confiance et l'assurance. Il lui a fait découvrir la formidable communauté en ligne et lui a donné ses premières leçons de drague. Alex se sent plus proche de lui que de Damien. Ils ont plus d'affinités.

Par petits flashs, Alex recompose sa soirée. Dans son esprit, quelques images surgissent de la pénombre comme sous l'effet d'une lumière stroboscopique. Il se souvient être monté chez cette fille. Mais il ne se rappelle pas où le taxi les a déposés. Elle lui a servi un verre de vin. Un seul, il ne l'a pas terminé. La douleur. Immense. Une idée revient de façon très précise : l'impression de sombrer, la sensation d'être impuissant devant l'imminence de la mort. Alex a cru mourir. Après, ses pensées deviennent vraiment embrouillées. Il étouffait, il manquait d'air. Sortir. Ouvrir la porte. Se cramponner à la rampe.

Nicolas arrive en fin de matinée. Il lui apporte le jean et la chemise tant attendus, accompagnés de son hilarité moqueuse.

« Tu t'es fait casser la gueule ?

— Non, je ne sais pas, un malaise.

— Coma éthylique ?

— Non, un malaise, je te dis.

— Et tes fringues, ils sont ou ?

— Peu importe, on y va ?

— En tout cas, tu as une super sale gueule… »

Arrivé chez lui, Alex se laisse tomber dans son lit. Son ventre est en ébullition, et sa tête semble coincée dans un casque trop petit. Il s'endort immédiatement.

XIII

Toc. Toc.

« Salut mec, tu dors depuis vingt-quatre heures. Je venais voir si tu étais toujours en vie, mais tant pis, je récupérerai ton blouson Sandro une autre fois. Le facteur a déposé un colis pour toi, je l'ai mis dans la cuisine. Tu feras gaffe, ça à l'air d'être de la bouffe, genre du fromage, enfin ça pue un peu, quoi. Bon, faut que je file, j'ai un client ce matin. À plus »

La porte se referme. Alex n'a pas sorti la tête de son oreiller. Il n'a pas répondu. Il lui aurait fallu plus de temps. Il émerge, lentement. Ce matin, il ne fera pas ses exercices. Pas le courage. Ses réveils sont rarement aussi laborieux, mais il se souvient ; il a été malade. C'est très confus dans son esprit, il faudrait dormir encore un peu pour s'éclaircir les idées, mais Alex a une telle envie de pisser qu'il finit par se lever.

Il baille, les yeux encore fermés. Lorsqu'il se croise dans le miroir de la salle de bains, le choc lui envoie une telle dose d'adrénaline qu'il est désormais tout à fait éveillé : son torse est recouvert d'une invraisemblable toison brune. De longs poils frisés recouvrent sa poitrine. De la sorte il ne voit même plus sa peau. Son visage est couvert d'acné. De gros boutons blancs forment de petits reliefs sur des plaques de rougeur. D'énormes *spots* comme il n'en avait pas eu depuis plus de dix ans. Dans la panique, Alex les éclate. Il sait qu'il ne devrait pas — il faut les sécher —, mais il ne réfléchit pas. Il s'empare d'une paire de ciseaux, coupe les poils. Il ne peut pas atteindre ceux dans son dos. Alex est gagné par l'angoisse. C'est un mauvais rêve, il a besoin d'un café.

Sur la table de la cuisine, un paquet peu engageant lui est destiné. Le carton a manifestement passé une journée sous la pluie. Une vieille cordelette retient l'emballage. Alex la découpe. Le battant supérieur du carton lui reste dans les mains. L'odeur d'un vieux cassoulet se dégage du colis. La boîte est remplie de *chips* en polystyrène. Alex la fait basculer et verse le contenu sur la table. Depuis qu'il a appris à écouter son instinct et à s'y fier, Alex ne s'est quasiment jamais trompé. Et là, son instinct lui dit que quelque chose est en train de lui tomber sur le coin de la figure, et que ça va lui faire très mal. Son appréhension monte au fil de ce flot de *chips* vertes. Il y distingue un objet marron, crade. L'odeur est vraiment infecte. Une poupée vaudou. Alex frémit. On dirait un véritable crâne humain qu'un sorcier aurait fait réduire. Le corps semble composé d'os de poulet, de terre et de tissus moisis. La figurine s'apparente à un mini cadavre en putréfaction. L'aiguille plantée dans son ventre est ornée d'une perle en bois noir. Dans le fond de l'emballage, une lettre manuscrite.

Salut pauvre type,

Tu mènes une existence misérable, tirant fierté de la multiplicité de tes conquêtes, mais tu n'as jamais apporté autour de toi que triste vide et amère déception. Tu n'as vu en toutes ces femmes que des corps que tu as salis de tes fantasmes assouvis. Pour ton irrespect et ton arrogance, je te juge et te condamne. Tu porteras désormais sur ton visage et sur ton corps les hideuses difformités de ton cœur et de ton âme. Puisqu'en animal tu t'es comporté, un animal tu vas devenir. Tu es un jouet entre mes mains, comme ces filles l'ont été entre tes bras. Aucun médicament ne te guérira de mon châtiment. Tu redeviendras celui que tu étais lorsque ces femmes souillées de ton abjecte lubricité, trompées et humiliées par tes mensonges t'accorderont leur pardon. Lorsque chacune t'aura donné un baiser pour te prouver sa clémence, tu seras libéré.

Bien à toi

Alex est un homme cartésien. Il ne croit en rien de ce qui relève de la magie. Il considère longuement l'affreuse poupée, dubitatif. Une voix au fond de lui le met en garde, « ne touche pas à l'aiguille ». Il hésite un long moment, sans comprendre le besoin qu'il éprouve de libérer cette poupée de chiffon. Il se décide, tire l'aiguille d'un coup sec. L'analogie de son geste avec la crampe violente et profonde qu'il ressent à ce moment le fait basculer dans un monde peuplé de spectres et de démons. Un monde insoupçonné. Dans sa bouche, un goût de terreur, comme s'il venait de lécher une barre de fer rouillée. Alex s'écroule.

Nicolas rentre en fin d'après-midi. Le soleil est encore haut, mais l'appartement est plongé dans une surprenante pénombre. Alex se trouve dans le salon, son ordinateur sur les genoux. Il semble dormir. Nicolas traverse le salon et s'approche de la fenêtre pour l'ouvrir.

« Hey ! C'est quoi cette puanteur, tu as acheté un poney ?

— Ne touche à rien s'il te plait.

— Qu'est-ce qui se passe ?

— Tiens, lis ça. »

Alex tend la lettre, Nicolas s'en saisit puis recule jusque dans le couloir pour avoir suffisamment de lumière.

« Excuse-moi, mec, je ne comprends rien à... »

Alex a allumé une lampe. Il est torse nu. Son nez ressemble à une énorme verrue au milieu d'un océan de sébum.

« Merde alors ! J'ai raté un épisode. »

Dix minutes plus tard.

« Donc, attends, si j'ai bien compris, tu es allé au vernissage de l'expo de ton frangin, tu as *closé* une HB10, tu es allé chez elle, et là, elle t'a...

— Jeté un sort.

— Jeté un sort ? Comment elle a fait ?

— Je ne sais pas, je me suis réveillé à l'hôpital !

— D'accord, mais tu la connaissais cette meuf ?

— Non ! Je ne sais même plus comment elle s'appelait.

— Pourquoi elle t'aurait jeté un sort ?

— Je ne sais pas. Il faut que je la retrouve, mais je ne me souviens absolument pas de l'adresse.

— T'es malade ? Franchement, si cette meuf a le pouvoir de te faire pousser la tonsure de Chewbacca dans la nuit, il ne faut peut-être pas aller te battre avec elle. Elle va te massacrer. (Nicolas lève la tête au ciel) Madame, si vous m'entendez, je ne connais pas ce garçon couvert d'acné, je n'ai rien à voir avec lui !

— Tu veux que je fasse quoi ?

— Mais rien ! Sérieusement, flippe pas trop, mec. À mon avis, c'est juste une mauvaise blague. Elle t'a fait boire un truc bizarre, tu vas digérer, ça va se remettre tout seul. Tu ne crois quand même pas à ces histoires de sortilèges ?

— Regarde-moi, je suis bien obligé d'y croire maintenant ! »

Pour la première fois, Nicolas envisage la situation sous un autre angle que celui de la plaisanterie. Il observe le visage défait d'Alex et éprouve une sincère compassion pour lui. Il prend la mesure de son désarroi et de l'aide dont il a besoin. Il reprend la lettre et la relit dans un silence religieux.

« D'accord, alors en admettant que ce soit sérieux, et que cette fille ait une raison valable de faire tout ça, elle voudrait que les femmes que tu as trompées te pardonnent et te donnent un baiser pour prouver leur clémence. C'est impossible de toutes les retrouver !

— Non, c'est pas un problème, j'ai un fichier sur mon ordi. Le problème, c'est que… que ce sont mes ex, et une ex, par définition, ne donne pas des baisers cléments !

— Tu as un fichier sur ton ordi ? C'est-à-dire ? Tu notes toutes les filles que tu te tapes ?

— Au début, je ne faisais pas de fiches, mais quand ça s'est accéléré, j'en ai eu besoin pour m'y retrouver, explique Alex.

— Menteur, c'est juste pour ton ego. Et il y en a combien ?

— Là, j'en suis à quatre-vingt-dix-neuf.

— Hey ! Félicitations, encore une et tu seras un homme !

— Je ne suis pas un bourrin, moi. Tu en es à combien toi ?

— Oh ! Moi, je ne compte pas.

— Combien ? insiste Alex.

— Un peu plus de quatre cents, je ne sais pas exactement. Bon, ce qui est sûr, c'est que tu peux retirer les O.N.S. [coup d'un soir, rappelez-vous !]. Celles-là, tu ne leur dois rien. Tu dois te faire pardonner pour celles que tu as trompées, regarde : « trompées et humiliées ». Celles que tu as sautées juste un coup, tu ne leur as pas fait de promesses. OK, c'était pas élégant de te barrer pendant qu'elles prenaient leur douche le lendemain matin, mais c'est la vie.

— Tu crois ?

— J'espère pour toi, parce que sinon, ça risque d'être un peu compliqué !

— Parce que pour le moment, tu trouves que c'est simple ?

— Sinon, des vraies L.T.R. [*Long Term Relationship*, relation longue], tu en as combien ? »

Alex regarde dans son ordi.

« Oh, mais sérieux ? Tu as besoin de regarder dans ton ordi pour savoir avec qui tu es sorti ? C'est grave !

— Ça va, je me mélange un peu les prénoms, c'est tout, j'ai la tête en vrac. Voilà, il y en a cinq : Géraldine, Olivia, Tatiana, Vanessa, Sonia. La première, c'est Géraldine.

— Pourquoi sa fiche est vide.

— Je l'ai faite après. Je ne savais pas trop ce que je pouvais dire, alors j'ai rien mis dans sa fiche.

— Pourquoi tu as fait une fiche ?

— Pour mettre son numéro, pour pouvoir l'effacer de mon portable. T'es content ?

— T'es vraiment bizarre comme mec. »

Sans s'en rendre compte, Alex a attrapé une mèche de poils à hauteur de son torse et il l'enroule autour de son index.

« Non, ce n'est pas possible, je ne peux pas le faire ! Je les imagine une par une, ce n'est pas cinq baisers que je vais attraper, ce sont cinq paires de baffes ! Tu sais comment sont les femmes !

— Ça va être compliqué ton histoire… »

XIV

Alex se lève. Pour un peu, il serait presque de bonne humeur. Un regain d'énergie, peut-être un sursaut d'orgueil, son esprit combatif a repris le dessus. Ses exercices matinaux lui paraissent plus durs qu'à l'habitude. Une semaine de relâche, ce n'est pas gratuit. Pas grave, Alex s'applique. Il a décidé de ne pas se laisser abattre. Il va trouver une solution pour se sortir du pétrin, il n'est pas homme à manquer de ressources.

Vient pour lui le moment d'affronter le miroir. Les nouvelles sont plutôt bonnes. Le traitement commence à faire son effet et semble avoir raison de ce que le dermatologue a considéré comme un *dérèglement hormonal passager*. « Rien d'inquiétant, M. Fostine ! » Alex aimerait bien le voir à sa place. Mais peut-être que le dermatologue mène une existence paisible. Il n'est certainement pas tombé sur une folle qui pense venger la condition féminine en jetant des sorts à des pauvres types comme lui. Quelle conne ! Franchement, elle n'a rien de mieux à faire ?

Son visage ressemble de nouveau à un visage. Il subsiste quelques rougeurs, en rien comparables au paysage lunaire de la semaine dernière. En revanche, Alex se trouve un air fatigué. Il a l'impression d'avoir pris dix ans, et ce n'est que le début. Tout son travail sur lui est déjà en train de disparaître. La séduction ne repose pas sur la beauté, la clé est la confiance en soi. Mais l'assurance d'Alex n'est pas naturelle, il l'a fabriquée de toutes pièces. Sera-elle compatible avec cette gueule de beauf ? Il a réfléchi tout au long de cette semaine de quarantaine. Il n'a pas sorti un orteil de son appartement, si ce n'est pour se rendre à la consultation du dermatologue. Il a annulé ses rendez-vous, il s'est terré, il s'est morfondu, et il pense avoir fait le tour de la situation. Il n'ira pas draguer ses ex, c'est impensable. Pour une raison qu'il ignore, les filles prennent les sentiments trop au sérieux, elles se vexent facilement et sont rancunières.

Alex a rencontré de nombreuses femmes. Souvent pour une seule nuit. Il n'est pas responsable si certaines se sont mises à croire en l'Amour. Au pire a-t-il parfois été indélicat dans sa façon de partir au petit matin, de donner un faux numéro ou de ne pas répondre à un soixantième texto suppliant. Il n'y a rien à se reprocher pour tout cela, ça ne compte pas. La démonstration de Nicolas est valable, toutes les O.N.S. peuvent être retirées de la liste. Mais il reste cinq filles qu'Alex a incontestablement trompées. Il a imaginé pouvoir développer une relation longue avec chacune d'elles. En d'autres circonstances, il pourrait être sur une plage avec Sonia. Peut-être, en ce moment même seraient-ils en train d'évoquer la recherche d'un appartement commun. Alex en serait capable. Il l'a déjà fait. Quand il lui a dit rechercher une relation sérieuse, il était sincère. Seulement voilà, il y a des pulsions qu'il ne sait combattre, des angoisses impossibles à éteindre. Alex s'est trop longtemps nourri de frustrations et de regrets, il ne veut plus de cette vie-là. Apporte-t-il vraiment le mal autour de lui ? Il fait simplement ce qu'il peut pour vivre sa vie. Ce qui est certain, c'est qu'aucune de ces cinq relations ne s'est terminée dans la cordialité.

Nicolas en est persuadé, il s'agit d'un empoisonnement : *Cette Virginie — Alex a retrouvé son nom — t'a fait boire une saloperie. Rien de plus. Les effets vont s'estomper, tout va rentrer dans l'ordre.* Alex n'y croit pas. Il est tenté d'y croire, il en a envie parce que ce serait plus simple, mais au fond de lui, il sait que ce n'est pas ça. Il se souvient du moment où il a retiré l'aiguille de la poupée. De sa douleur. Il n'avait jamais rien ressenti de semblable. Il ne parviendra jamais à obtenir le pardon des cinq. Il doit trouver une autre solution.

XV

Ses mains et ses pieds le démangent. Alex ressent des picotements, comme des fourmis. Ses doigts sont raides, il ne peut pas les plier jusqu'au bout. Il peut tout de même utiliser un clavier. Au moment de taper « Marabout Paris », il a l'impression de faire une bêtise. Il n'en parle même pas à Nicolas, parce que celui-ci va s'employer à le dissuader. Alex étudie scrupuleusement les domaines de compétences des uns et des autres : *Retour de l'être aimé, chance, emploi, réussite aux examens.* Chacun rivalise d'arguments implacables : *réussi où les autres ont échoué, avec la puissance de Wanafou, seul marabout détenteur de cette puissance, Résout tous les problèmes, même les plus difficiles, reconnu mondialement.* Ils sont tous *maxi gold.*

Alex hésite, il a besoin d'en savoir plus. Il n'a rien trouvé sur Internet correspondant à ses symptômes. Il se décide et prend rendez-vous avec M. Mabouto, 35 ans d'expérience.

M. Mabouto reçoit dans son appartement, au douzième étage d'un H.L.M. d'Aubervilliers, au nord de Paris. Alex est un peu déçu, il s'attendait à une pièce obscure, peuplée de corbeaux empaillés, de crânes. Il imaginait des murs en terre, de grandes tentures représentant la mort, des colliers de plume, et même une boule de cristal. Au lieu de ça, l'endroit ressemble au cabinet d'un kiné. Il y a un jeu de cartes sur le bureau et une collection de livres ésotériques dans une bibliothèque sur le côté. Un *poster* représente un paysage d'Afrique.

« Que puis-je faire pour vous ? »

L'accent de M. Mabouto est bien moins prononcé qu'Alex l'avait imaginé. Finalement, ça manque presque un peu de folklore. Alex se demande si le type en face de lui ne devrait pas deviner seul la raison de sa venue, mais il ne tente pas l'affront.

« Je pense être victime d'un maléfice, on m'a envoyé ça, et depuis, on va dire que j'ai des petits soucis de santé. »

En parlant, Alex a sorti de son sac la poupée, ainsi que l'aiguille. M. Mabouto observe un long moment, sans rien dire. Il prend un air grave, et Alex voit déjà le charlatan se profiler. Pour autant, ce marabout est la seule branche à laquelle il peut s'accrocher avant de tomber de l'arbre.

« Elle avait un aspect plus…humain quand je l'ai vue la première fois. Enfin, c'est la vision que j'en ai eue.

— Vous savez, on ne voit pas toujours le monde tel qu'il est réellement. On vous a envoyé cette dagyde comme un avertissement. Vous avez enlevé l'aiguille. La perle au bout vous indique la magie utilisée contre vous. Il s'agit de magie noire, c'est la plus maléfique, c'est celle que l'on utilise pour faire du mal, pour faire souffrir. »

En disant cela, M. Mabouto dépiaute la poupée. Il ouvre le tissu moisi, en retire les morceaux un par un. Alex perçoit les relents de pourriture. M. Mabouto continue son ouvrage de façon silencieuse. Le corps de la poupée est fait d'une sorte de boue séchée rougeâtre. M. Mabouto la place dans un plateau doré et, à l'aide d'un couteau bec d'oiseau, il coupe ce qui constitue le ventre de la statuette. L'intérieur ressemble à une boulette vomie par un chat. Un mélange de fibres, de croquettes putréfiées. M. Mabouto la pose sur le côté, il observe. Il se met à fredonner. Puis il finit par relever la tête, comme s'il avait résolu son problème.

« La personne a invoqué Bélial. »

Alex se demande si M. Mabouto a l'impression de l'avoir aidé. L'autre n'ajoute rien.

« Et alors ? C'est une bonne nouvelle ?

— Non, c'est mauvais, c'est très mauvais. Bélial est le roi des incubes. Ce sont des démons qui prennent corps humain pour abuser des femmes pendant leur sommeil. Bélial est un démon puissant, il incarne le vice, il était adoré par les habitants de Sodome. C'est un pervers, on fait rarement appel à lui.

— Et vous pouvez m'aider ? »

M. Mabouto écarte de ses doigts la petite boule. Il en extrait un cheveu.

« La personne qui vous a fait ça vous a connu. Vous avez passé du temps avec elle. Vous la connaissez. Il faut la convaincre, c'est elle qui peut briser le sort. Moi, je peux utiliser la magie blanche, pour vous donner de la force, pour réduire la puissance du maléfice, mais je ne peux pas me battre contre Bélial. La personne est très puissante. Il faut la convaincre.

— Bon, en admettant que je puisse la retrouver, comment voulez-vous que je l'oblige à rompre le maléfice ? Je ne la connais pas, et je ne sais pas pourquoi elle m'en veut.

— Le mage qui vous a jeté ce sort ne veut pas vous faire mourir, sinon, vous ne seriez pas ici devant moi, vous seriez déjà dans le froid de la terre. Ce sort est une épreuve que vous devez endurer. Le mage vous donnera des indications, il vous dira ce que vous devez faire.

— Je sais déjà ce qu'elle veut. Je ne peux pas le faire, c'est impossible.

— C'est sans doute difficile, mais ce n'est pas impossible, sinon, tout ceci n'aurait pas de sens.

— Parce que vous y trouvez du sens, vous ?

— Bien sûr. »

M. Mabouto, qui est aussi noir qu'on peut l'être, dévoile ses dents blanches. Il n'est pas amusé, il ne se moque pas, il encourage.

« Déchaussez-vous.

— Pardon ?

— Enlevez vos chaussures, je vais prendre un de vos ongles. Je vais vous préparer une décoction. Elle n'équilibrera pas les forces, elle vous aidera à réduire les effets du sortilège. L'élixir va vous coûter deux cent cinquante euros, c'est vous qui décidez.

— D'accord.

— Alors déchaussez-vous. »

Alex s'exécute. À sa grande stupeur, ses ongles présentent un joli nuancier de jaunes et de gris.

« Certains ingrédients me manquent. Je vais devoir les faire venir du Togo. Ça risque de prendre quelques jours.

— Au Togo ? Mais que peut-il y avoir au Togo que vous ne trouvez pas à Paris ?

— Ah ! Oui, vous croyez que l'on trouve tout à Paris. Comme vous êtes ignorant ! J'ai grandi à Lomé, dans un quartier qui s'appelle Akodésséwa. Il y a là-bas un marché des féticheurs, et je peux vous assurer que certains produits n'existent que là-bas. Heureusement pour vous, un de mes cousins vient à Paris dans trois jours. Je vais lui faire une liste, et lui, il me rapportera ce qu'il me faut.

— Trois jours ! Qu'est-ce que je vais faire pendant trois jours ?

— Ne sortez pas, restez chez vous. Évitez la lumière, et réfléchissez à la façon dont vous allez vous y prendre pour accomplir votre tâche. Vous savez, dit M. Mabouto, on n'échappe pas à son destin. »

XVI

Trois jours sont passés. M. Mabouto devait donner de ses nouvelles rapidement, mais Alex n'en a reçu aucune. Il se retient à chaque instant de lui téléphoner. Il a retiré les deux cent cinquante euros. L'argent est là, dans une petite enveloppe blanche. Mabouto n'est peut-être pas un escroc. Il va le contacter. Très bientôt.

Alex mesure l'urgence. Son physique se détériore. Il a beau s'être rasé, son corps est entièrement couvert d'un duvet ras et épais. Ses oreilles se sont décollées, c'est à peine perceptible, lui seul le voit, mais il a l'impression que l'on ne voit que ça. Ses doigts lui font mal, il sent des raideurs dans ses articulations. Il ne peut pas sortir ainsi. Alors il se terre chez lui, attendant l'appel de son sauveur. Il ne croit pas en l'efficacité de cet élixir, mais il ne croit pas non plus aux sortilèges vaudous, pas plus qu'à la magie noire.

Alex tourne en rond, et ressasse les événements de ces derniers jours, sans parvenir à en extraire la logique. Il s'est allongé sur son lit, les bras en croix. Faire le vide. Son corps lui paraît pris d'une respiration qui n'est pas la sienne. Le vide est affolant. Il ferme les yeux. Des silhouettes noires se forment. Elles dansent. Leurs corps se mélangent tandis qu'elles se rapprochent de lui. Elles valsent en venant à sa rencontre. Alex commence à distinguer des visages, mais les silhouettes échangent leur visage. Mélanie, Jennifer, Sonia, les autres. Les femmes qu'il a désirées lui font face. Elles ont perdu leur grâce et leur beauté, elles gesticulent, elles grimacent. Ses conquêtes et ses échecs tourbillonnent et se confondent. Et quelles que soient les relations passées, elles semblent se rassembler pour lui signifier que chacune s'est éloignée de lui. Il les a toutes perdues. Il ne faudrait plus y penser.

Sur Facebook, six personnes se sont inscrites à l'événement Bac+10. Tout le monde trouve l'idée formidable. Alex n'a été ami avec aucun des six. Il n'a pas envie de les revoir, sauf pour prendre une revanche, montrer à tous ce qu'est devenu le petit Alex. Il donnera l'illusion d'être heureux, comme il sait donner l'illusion d'être bien dans ses pompes. Tout le monde y croira. Et après ?

Jennifer ne s'est pas manifestée. Quelqu'un a-t-il réussi à lui faire parvenir l'invitation ? Si elle avait une page Facebook, elle recevrait des milliers d'invitations chaque jour. Dimitri a envoyé une demande pour devenir ami avec Alex. Si ce n'est pas le comble ! Alex accepte. Sa première idée à l'évocation de Dimitri, c'est l'envie qu'il avait de lui passer la tête dans un broyeur à bois, comme Steve Buscemi dans *Fargo*.

Dimitri, c'était le beau gosse, il faisait craquer les filles. Grand, musclé, sourire ravageur. En cours d'E.P.S., on se l'arrachait dès qu'il fallait constituer une équipe. Et dans les autres matières, s'il ne brillait pas par l'excellence de ses résultats, il s'illustrait par l'impertinence de ses remarques. Quel abruti ! Dimitri, tous les mecs normaux le détestaient. Il avait toutes les filles à ses pieds. Son agenda était rempli de cœurs et de déclarations brûlantes. Il a même retrouvé un string dans son sac, une fois. En terminale, il avait déjà couché avec plusieurs filles. Alex se demande tout à coup s'il l'a rattrapé. Sans doute.

Dimitri voulait Jennifer, et il le lui avait fait comprendre à de nombreuses reprises. Il assumait ses désirs et savait les exprimer avec une audace et un naturel exaspérants. Jennifer le rejetait, mais, au fond, elle avait envie de lui.

Alex se plonge dans cette période. Avec le recul, les mots lui manquent pour exprimer à quel point il était minable. Il rêvait d'elle jour et nuit, mais se liquéfiait dès qu'elle posait une main sur son épaule.

Alex vient d'avoir dix-huit ans. Il est encore puceau. La chambre de Jennifer est son unique connexion avec l'intimité féminine. Il est assis sur le lit. Un grand lit double avec une couette blanche, très épaisse et très douce. Alex caresse le tissu. Jennifer est dans la salle de bains. Elle lui a proposé de venir chez lui après les cours, pour réviser un peu. Ils sont seuls dans la maison.

« Faut que tu m'aides, je n'ai rien compris à l'exercice sur les fonctions différentielles.

— Ce n'est pas compliqué, je vais te montrer.

— J'arrive. »

Jennifer propose de s'installer à son bureau. Il fait chaud, ce jour-là. Alex se souvient parfaitement de la moiteur. Elle lui dit qu'elle doit se changer et lui demande de ne pas se retourner. Et lui, stupide, obéit. Il ne se retourne pas. Il entend son jean glisser le long de ses cuisses. Il perçoit les boutons du chemisier qu'elle fait sauter un par un. Il sent la fièvre, le bouillonnement, les tremblements. Un cyclone secoue son crâne. Pourquoi joue-t-il les nonchalants ? Pourquoi fait-il comme si cette situation était normale ? Quand Jennifer finit par s'installer à côté de lui, elle porte une minijupe noire et un bustier blanc. Elle a déjà, à cette époque, ce corps qui fera bientôt sa gloire et sa fortune. Alex remarque immédiatement qu'elle ne porte plus de soutien-gorge. Mais comme il est le dernier des empotés, il commence à lui expliquer les fonctions différentielles. Elle n'écoute pas. Elle enroule une mèche de cheveux autour de son doigt. La leçon dure quelques minutes. Elle s'impatiente.

« Que penses-tu de Dimitri ? »

La tête penchée, elle s'est tournée vers lui et scrute ses réactions. Alex se défausse, comme à son habitude.

« Pourquoi tu me demandes ça ?

— Parce qu'il n'arrête pas de me draguer.

— C'est normal !

— Ah bon, pourquoi ?

— Il drague toutes les filles avec qui il n'a pas encore couché… »

Jennifer n'estime pas nécessaire d'aller plus loin. Alors ils se remettent aux équations différentielles. Quelques semaines plus tard, ils obtiennent tous les deux leur baccalauréat. Alex ne sait pas trop ce qu'il va faire de sa vie, alors il décide de s'inscrire à une faculté de droit. Jennifer va aller à l'École nationale supérieure des arts décoratifs. Elle souhaite devenir styliste.

Ce soir-là, une grande fête est organisée chez Vanina, comme la conclusion d'une époque qui, pour certains, a été heureuse et laissera de jolis souvenirs. Alex est invité. Ce soir, il va devoir parler à Jennifer. Ce soir, il va devoir lui avouer ses sentiments. *Avouer*. Pour lui, il s'agit réellement d'une confession. Sa mère l'a déposé vers vingt et une heures. Mais Alex n'est pas allé chez Vanina. Il a erré dans les rues avoisinantes. Il a marché, il s'est répété ce qu'il va lui dire. Il a redit cent fois les mots dans sa tête. Il sent les tensions dans ses mâchoires et ses épaules. Le poids de ces mots si importants. Il éprouve pour Jennifer un sentiment encore plus puissant que l'amour : la peur. Il a peur d'elle, peur de sa réaction. À bien y réfléchir, ce n'est pas d'elle qu'il a peur, en fait, c'est de lui-même. De quel droit peut-il s'imaginer répondre à ce qu'elle attend ? Comment lui, Alex Fostine, pourrait-il être à la hauteur ? À sa hauteur à elle ?

La nuit finit par tomber. Alex n'en peut plus de marcher dans cet état de nerf. Il n'a rien avalé de la journée. Son estomac est noué. Il se replonge dans les méandres de cette année qui s'achève, pesant soigneusement le pour et le contre dans chacun des gestes et des attentions qu'elle a eus pour lui, mesurant ses chances de réussite, passant au crible tant d'évènements contradictoires. Voit-elle en lui un simple ami ? Ses mains, les jolies mains de Jennifer, elles tremblaient quand il lui expliquait ces conneries d'équations. Tremblaient-elles pour lui ?

Alex aimerait reculer, feindre de n'avoir rien remarqué. Aller se coucher, remettre à demain. Il ne peut pas. Demain commence une autre vie. Demain va les séparer, et s'il veut qu'il en soit autrement, il doit agir maintenant. Alors il rebrousse chemin. Il ne sait pas vraiment où il est, mais il finit par retrouver la maison de Vanina. Il sonne. Le portail s'ouvre. Alex perçoit la musique et les lueurs festives. Il salue distraitement quelques personnes. Il la cherche. Une boule à facettes projette mille éclats d'une lumière rose. Un slow. Alex aperçoit Jennifer, à l'autre bout de la salle. Il s'approche d'elle, mais un autre surgit. Dimitri. Elle ose lui sourire. Elle prend la main de Dimitri et se laisse entraîner au milieu des autres couples. Il se colle contre elle. Il pose une main au bas de son dos et la serre dans ses bras. Elle laisse reposer sa joue contre son épaule d'athlète. Il écarte une mèche de cheveux de son visage. Alex est furieux mais impuissant. Il observe leur danse. À ce moment-là se produit ce qu'il redoutait le plus au monde : il croise le regard de Jennifer. Un regard plein d'orgueil. Elle n'a eu aucune réaction, aucun mouvement. Son regard s'est posé sur lui et l'a foudroyé.

Sa sonnette tire Alex de ses souvenirs. Il ouvre. Devant lui se tient M. Mabouto. Dans la pénombre du couloir, on le distingue à peine. M. Mabouto lui remet un flacon.

« Le produit que je vous remets est particulièrement toxique. Vous devez boire trois gouttes par jour. Jamais plus. Au début, vous pouvez le diluer dans un verre d'eau. Jamais plus de trois gouttes, ce serait très dangereux ! Cela va atténuer les effets du sortilège, mais c'est à vous d'accomplir votre tâche afin de vous libérer. Cet élixir vous aidera, il ne vous guérira pas. Ce n'est pas la peine de fuir votre destin. On a un proverbe au Togo, qui dit « quand on a le dos qui démange, on ne gratte pas le bras. » Faites ce que vous avez à faire, et dépêchez-vous. Avec cette fiole, vous avez trois mois devant vous. Quand le flacon sera vide, je ne pourrai plus rien pour vous. »

Alex se retourne vers le guéridon derrière lui pour prendre l'enveloppe, mais elle n'est plus là.

Elle n'est pas par terre, non plus. À l'entrée, M. Mabouto est déjà parti.

Alex s'assoit dans la cuisine. Face à lui, la fiole jaunâtre ressemble à un échantillon d'urine. Il s'est servi un verre d'eau. Il dévisse lentement le bouchon du flacon. Celui-ci se termine par une pipette avec laquelle Alex prélève un peu de liquide. Il fait couler trois gouttes dans le verre, soucieux de ne pas dépasser la prescription. L'eau ne se trouble pas. Il agite une cuillère pour bien mélanger. Il porte le verre à sa bouche. Il en boit le contenu, d'un trait. Ça n'a aucun goût, aucune saveur. Une chaleur désagréable le saisit à la gorge et coule le long de son œsophage, jusque dans son estomac. Alex tousse. Il se lève, fébrile. La cuisine est sombre. Trop sombre, il a besoin de lumière. Sa peau le brûle, ses mains sont comme broyées. Il titube jusqu'à la salle de bains, glisse, s'effondre. Quand il se relève, son visage est impeccable. Il retire sa chemise, son pantalon. Son corps est aussi lisse que les jambes d'un cycliste. Il revit. Ses doigts ne sont plus engourdis. Il a retrouvé un état normal. Mais pour combien de temps ?

DEUXIEME PARTIE

I

Samedi 10 août 2013. Comme chaque année à cette période, Paris a échangé ses travailleurs et ses résidents contre des touristes. Conséquence, les visages sont moins gris, plus ouverts. La circulation automobile est à son minimum. Et comme il n'y a pas un nuage à l'horizon, la ville est splendide. C'est pour des journées comme celle-là que l'on supporte des hivers entiers.

Alex s'est décidé. Il va affronter chacune de ses ex. Avec un peu de préparation, un discours bien rodé, une bonne dose de tchatche, s'il arrive à bien placer les accents de la sincérité, elles seront forcées de trouver sa démarche courageuse. Géraldine sera peut-être la plus facile. Leur liaison remonte à plus de deux ans, et le temps a fait son travail. Ils sont restés ensemble huit mois. Elle était sympa, mais un peu trop casanière. Trop sérieuse aussi.

Alex commençait seulement à bien maîtriser les techniques de séduction à l'américaine. Grâce aux conseils de Nicolas, il avait atteint le niveau de *Pick up Artist*, mais n'envisageait pas encore de devenir lui-même *coach*.

Mélanie interférait encore dans ses pensées, brouillant ses sentiments. Il avait besoin de

s'amuser. Besoin de faire son deuil. Après avoir vu
sa vie s'effondrer, après avoir stagné dans une
survie comateuse, prisonnier des décombres, il
continuait de creuser le tunnel pour regagner la
surface. Géraldine, de son côté, menait une existence sereine et recherchait déjà le père de ses
futurs enfants. Elle rêvait d'acheter une maison et
un monospace. Alex n'a jamais partagé ces envies,
mais il était sous le charme de la belle, alors il se fit
passer pour celui qu'elle voulait. Bien entendu, le
piment de cette relation s'est vite affadi, et Alex est
allé chercher l'aventure dans d'autres lits, avant de
finalement prendre son envol.

Géraldine l'a aidé à se reconstruire. Il n'avait
jamais observé leur histoire sous cet angle-là. En y
réfléchissant aujourd'hui, il se rend compte qu'il lui
doit beaucoup. Il aurait pu trouver un moyen plus
élégant pour rompre, il n'a pas été digne d'elle. Un
matin, il a laissé une lettre sur la table. Il se souvient
de ses appels, des messages laissés, de l'angoisse
dans la voix. Il a accepté de la voir une dernière
fois. Alex ne lui a pas donné d'explication satisfai-
sante, parce qu'il n'en avait pas. Heureusement, elle
n'a jamais découvert ses infidélités.

Alex est devant chez Géraldine. Elle n'a pas
changé d'adresse, il vient de vérifier sur la boîte
aux lettres. Il va l'attendre, en espérant qu'elle ne
soit pas partie en vacances. Elle finira bien par
sortir ; faire des courses, retrouver une copine… Il
la suivra un peu, et lorsqu'ils seront suffisamment
éloignés de chez elle, il fera comme si le hasard les
faisait se rencontrer. Il mimera l'étonnement, il sait
faire. Il s'est assis à la terrasse d'un café. Il attend. Il
ne faut pas la rater, Alex reste concentré, focalisé
sur la porte cochère qu'il a autrefois empruntée. Ça

paraît tellement loin. A-t-elle changé ? Va-t-il la reconnaître ? Va-t-il passer sa journée ce trottoir ?

Une femme sort. Elle peine à franchir la porte qu'elle tente de maintenir ouverte en tirant une poussette. Dedans, un petit dictateur lui fait part de son mécontentement. Ce n'est pas Géraldine. S'il était resté avec elle, peut-être auraient-ils un enfant aujourd'hui. Cette idée le laisse perplexe. Un enfant, symbole de la perte de liberté, du renoncement à la vie.

Après Géraldine, il faudra revoir Tatiana. Une fille qui exorcisait ses problèmes d'hyperactivité par une pratique intensive du sport. De toutes sortes de sports. Au lit, c'était une véritable tigresse ! Un corps souple et musclé, elle était entraînée, elle a poussé Alex dans ses retranchements. Il a beaucoup appris à son contact. Il ne se voyait pas vivre avec une fille qui va courir à six heures tous les dimanches matin. Le style marathonienne, bof. Elle avait un caractère détestable, ils étaient tout à fait incompatibles. Mais elle le fascinait.

Tatiana avait fouillé dans son ordinateur, parce qu'elle « avait des doutes ». Elle avait surpris des échanges de mails explicites. Cette expérience a enseigné à Alex la nécessité de tout cloisonner, de s'organiser, de ne laisser aucun indice. Ça n'a pas toujours marché, mais il est devenu beaucoup plus méthodique et rigoureux après Tatiana. Elle l'a quitté comme elle l'a aimé, comme une furie.

Après Tatiana, les rencontres se sont accélérées, et Alex a perdu un peu le fil. Il y en a eu tellement. La L.T.R. d'après, ça doit être Olivia, il faudra vérifier sur son fichier informatique. Non, Olivia, c'était avant. Olivia était sans doute la plus belle fille de ses conquêtes. Une HB10++, le visage fin, bronzée, un corps gracieux, des formes hypnotiques, la *babe* parfaite. Un fantasme ambulant, le genre de fille qui ne peut pas traverser une rue sans se faire siffler. Olivia manquait terriblement de confiance en elle. Elle aurait pu être mannequin — comme Jennifer —, et pourtant, elle a toujours été persuadée que la moche d'en face est mieux qu'elle parce qu'elle a de belles chaussures. Il aurait peut-être pu faire sa vie avec Olivia, il aurait été heureux.

Une fille vient de sortir de l'immeuble. C'est sans doute elle. Géraldine. Elle est pressée, il ne l'a vue que de dos, il croit la reconnaître. Elle est petite, mince. Très brune. Les cheveux bouclés, elle porte toujours le même carré plongeant. Il se lève précipitamment. Le serveur est sur le point de se lancer à sa poursuite, mais il voit l'argent sur la table.

Alex poursuit la fille jusqu'à la station de métro. Il descend l'escalier. Arrivé devant les portiques, il hésite : s'il se trompe, si ce n'est pas Géraldine... Autant aller jusqu'au bout. Il la repère sur le quai. Il reste à distance, ce n'est pas encore le bon moment, ça paraîtrait prémédité. La rame arrive. Alex monte. Géraldine est dans le wagon devant. Il la voit à travers les fenêtres. Elle se tourne vers lui. Il en est certain, c'est elle. Quatre stations. Maintenant, il peut la rejoindre, faire comme s'il venait du quai, comme si leur rencontre était fortuite. Que va-t-il bien pouvoir lui dire ? Il n'aime pas réfléchir à l'avance, ça le bloque. C'est le problème des *beginners*, ils réfléchissent trop. Alex fait confiance à son instinct. Les portes s'ouvrent. Il descend et monte dans le wagon suivant avec désinvolture. La cible est en vue. Enfin, Géraldine... Il s'approche d'elle et fait comme s'il ne l'avait pas vue. Il attend qu'elle fasse le premier pas, pour crédibiliser la mise en scène et lui donner un indice sur ses chances d'atteindre son objectif. Elle ne met pas longtemps à mordre à l'hameçon. Alex réussit l'*eye contact* au bout d'une petite minute. Géraldine le reconnaît immédiatement. Lui réalise un *double take* à la Stan Laurel : il la regarde, indifférent, tourne la tête vers le plan de métro puis revient subitement sur elle comme s'il venait d'avoir le déclic. Il est conscient d'en fait beaucoup, mais il vaut mieux en faire trop que pas assez.

— Alex ? C'est moi Géraldine. »

Il aurait préféré prononcer lui-même son prénom.

« Comment ça va ? Ça fait longtemps ! »

Il faudrait une parole gentille, du genre : « j'ai vu une pièce, la semaine dernière, qui m'a fait penser à toi, tu fais toujours du théâtre ? », mais Alex bloque parce qu'il ne se souvient pas vraiment d'elle. Il se souvient surtout de lui à l'époque où ils se fréquentaient, pas trop d'elle. Il regrette de ne pas s'être mieux préparé.

« Tu as l'air en forme ! »

Il se déteste de sortir un truc aussi plat, tant pis, il va se rattraper.

« Ça va ! Ça me fait plaisir de te revoir, c'est marrant ! répond-elle.

— Oui, je ne m'y attendais pas non plus. »

Géraldine semble dans de bonnes dispositions. Son sourire est franc, sincère.

« Tu faisais quoi ?

— Rien de particulier, je me balade, je profite du beau temps, et toi ?

— À peu près pareil. »

Petite menteuse, je t'ai vu courir, je sais que tu es pressée.

141

Alex marque un instant, comme si une idée lui venait.

« Qu'est-ce que tu deviens ? Ça te dirait d'aller boire un café ? Cinq minutes ? »

Il est obligé de se tenir à une stratégie offensive, sinon, il ne s'en sortira pas.

« Oui, pourquoi pas !

— Comme tu veux, c'est peut-être un peu bizarre, en fait.

— Non, non ! Pas vraiment. »

Elle ne montre aucun trouble, aucune émotion. Elle vient de rencontrer par hasard un homme avec qui elle a un jour envisagé de faire sa vie, et ça ne lui fait pas plus d'effet que si on lui proposait de revoir un bon film.

« C'est marrant, ajoute-t-elle. J'ai pensé à toi, il n'y a pas longtemps.

— Ah oui ? À quelle occasion ?

— Attends que je me rappelle… hummm… ah, oui, c'était chez le dentiste. Je me suis souvenue de cette carie que tu avais eue, tu as eu mal pendant quinze jours, mais tu ne voulais pas te faire soigner parce que tu avais peur du dentiste. Il a fallu que je prenne le rendez-vous moi-même et que je…

— Oui, je m'en souviens très bien, ment Alex. Dans sa salle d'attente, il y avait une pancarte avec écrit « Que Dieu vous prothèse ».

Elle marque un temps d'arrêt, puis elle rit. Franchement, elle en fait un peu trop. Elle est excessive dans son détachement. Alex tente un petit *kino* [contact physique destiné à créer une connexion avec la cible] ; il fait semblant de retirer un cheveu de sa veste. Elle lève les yeux vers lui. Il s'est rapproché d'elle, de façon imperceptible.

« C'est mon arrêt, dit-elle soudain.

— Alors, c'est OK pour un café ?

— OK. »

Ils se sont installés au coin d'une terrasse bondée. Assis côte à côte parce que le cafetier n'a pas le droit de disposer ses chaises plus avant sur le trottoir. De la sorte, ils doivent se contorsionner légèrement pour se regarder. Pensive, Géraldine se perd dans l'observation des passants. Alex sait qu'il ne doit pas laisser la gêne s'installer. Première étape, la conforter dans le fait que la situation est étrange :

« C'est complètement surréaliste, d'être là tous les deux.

— Oui...

— Qu'est-ce que tu deviens ? Raconte-moi.

— Ça t'intéresse vraiment ?

— Bien sûr, pourquoi tu me demandes ?

— J'ai travaillé plusieurs années en intérim, je faisais des petites missions au gré du vent. Un jour, on m'a appelé pour venir remplacer une secrétaire dans un cabinet d'avocats. Et là, ma vie est devenue une sorte de film avec Tom Hanks ; Richard, un des associés du cabinet a commencé à me faire la cour, on s'est fréquentés, et puis c'est devenu sérieux. Je vais me marier dans quinze jours. Quel intérêt ça peut bien avoir de se raconter nos vies ?

— Je suis content de savoir que tu vas bien, que tu es heureuse...

— Vraiment ?

— Je sais que je n'ai pas été très élégant quand je suis parti, et...

— C'est le moins que l'on puisse dire. Tu m'as fait souffrir, Alex.

— C'était une période dure pour moi, tu te souviens ? Je venais de...

143

— Bien sûr que je m'en souviens, Alex, tu n'as jamais considéré les choses que de ton point de vue : par rapport à toi, toi, toi ! Tu crois que c'était facile pour moi de gérer ta situation ? D'être une remplaçante qui attend son heure ?

— Je ne suis pas fier de tout ça, mais puisqu'on se voit aujourd'hui, c'est l'occasion pour moi de te dire que je suis désolé. Je regrette sincèrement. »

Elle relève la tête, reprend contenance, soupire légèrement.

— Ce n'est pas important, c'est de l'histoire ancienne, nous deux, de toute façon. »

Géraldine lui sourit, puis porte la paille de son coca à sa bouche et sirote lentement. Son téléphone est posé sur la table, il s'allume et vibre en sifflant. Autour, quatre possesseurs de téléphones Samsung vérifient leur appareil.

« J'ai calé le chippendale ! »

Géraldine se saisit du téléphone, mais trop tard, Alex a eu le temps de lire le message. Elle rit.

« J'ai tourné la page, tu vois. Je vais me marier ! C'est Caro, tu te souviens peut-être de Caroline ?

— Mouiii… *absolument pas !*

— Caroline Lepervier. Ma copine. C'est elle qui organise mon enterrement de vie de jeune fille… »

Son regard se trouble d'une façon à peine perceptible, mais cela n'échappe à Alex.

« Ça aurait pu être toi, Alex.

— Je sais. *Non, ça n'aurait pas pu !* Nous deux, c'est un rendez-vous manqué.

— Moi j'étais là ! »

Il place de l'intensité dans son regard. Les yeux dans les yeux, il s'approche d'elle. Son expression est travaillée, il est rassurant. Géraldine est troublée, elle a eu des sentiments profonds pour lui. Tout se réveille en elle, elle n'est que dans

144

l'émotion, alors il faut en profiter. S'approcher lentement. Alex a posé son bras sur le dossier de la chaise de Géraldine. Du bout des doigts, il frôle son épaule, comme une caresse, un geste de réconfort.

« La vérité, c'est que je n'ai jamais compté pour toi. Tu ne m'as jamais aimée.

— C'est faux ! »

Il parle lentement, force un peu les graves. Elle scrute ses yeux pour y trouver des réponses. Alex ne doit pas lui laisser le temps de penser car, à y réfléchir, cette situation n'a aucun sens. Il poursuit sa progression, il est si prêt qu'il sent sa respiration sur ses lèvres, elle n'a pas fermé les yeux, mais elle ne recule pas. C'est gagn…

« Géraldine ? »

Un homme s'arrête à leur hauteur. Géraldine a sursauté.

« Richard ? J'allais te rejoindre.

— Tu es en retard, qu'est-ce que tu fais ? »

L'homme est froid, visiblement agacé.

« J'ai croisé Alex, un copain d'école, je ne l'avais pas vu depuis plus de dix ans, alors on s'est arrêté boire un verre vite fait ! »

Elle aussi, ment très bien. Alex joue le jeu. Il se lève, tend la main, semble ravi.

« Alex. Enchanté ! »

L'homme ne paraît pas complètement dupe, mais il a envie de la croire. Il saisit la main d'Alex.

« Richard… »

Géraldine a retrouvé sa maîtrise. Elle s'apprête à sortir d'une situation tout à fait anodine.

« Ça m'a fait plaisir de te revoir, Alex. Alors… bonne continuation ! Peut-être à dans dix ans. »

Elle s'avance et lui fait la bise. Alex se retire. Il sait que Richard n'a pas cru à leur mensonge, qu'il va demander des explications. Elle saura lui répondre. Alex rentre chez lui. Dépité. Il croise un chat noir sur une poubelle. Le chat le siffle et s'éloigne, le poil hérissé. Si Alex avait une voiture, il lui roulerait dessus.

Géraldine a raison. Alex n'a jamais éprouvé pour elle plus que de l'attirance. Et sa première qualité, c'était qu'elle voulait bien de lui. Alex était en fuite, Géraldine est apparue comme un refuge, un mur pour se protéger des coups. Elle était troublée, la stratégie était bonne, l'effet de surprise efficace. Malheureusement, l'arrivée impromptue de Richard a tout gâché. Et maintenant, il va falloir trouver une autre solution pour obtenir un baiser de Géraldine.

Caroline Lepervier n'existe presque pas. Du moins sur Internet. Lorsque l'on tape son nom, on la trouve sur Facebook, Copainsdavant et Linkedin. Elle travaille manifestement dans l'environnement, le développement durable. Elle a publié quelques documents sur des sites scientifiques. Elle est enseignante. L'une de ses études est consacrée au réchauffement climatique. Sur la dernière page du document figure enfin son numéro de téléphone portable. Ça n'a pas été très difficile à trouver.

Alex l'appelle en numéro caché. Elle décroche rapidement.

« Allô, bonjour, vous êtes Caroline ?

— Oui, bonjour.

— Bonjour, je vous appelle au sujet du mariage de Géraldine.

— Oui ? »

Ouf, c'est la bonne Caroline Lepervier !

« Je m'appelle Marc, je suis un ami de Richard, j'ai appris que vous aviez commandé un chippendale pour l'enterrement de vie de jeune fille, et comme moi j'organise l'enterrement de Richard, je pensais lui faire un peu le même cadeau. Du coup, je voulais voir avec vous, si on commande les deux prestations ensemble, on aura peut-être un prix.

— Ça m'étonnerait, mais d'accord, tu veux que je fasse quoi ?

— Et bien, si tu peux me donner le nom de l'agence, et si tu as un numéro de réservation ou de facture, je les appellerai et je me débrouillerai.

— D'accord. Tu veux que je les appelle ?

— Non, non, non ! Je m'en occupe. »

Elle lui donne les coordonnées de l'agence et un numéro de commande. Il la remercie. Son idée n'est pas bonne, mais c'est la seule, alors elle reste la meilleure. Il appelle l'agence. Une femme répond. Sa voix correspond plus à la permanence du service des impôts qu'à l'accueil d'une boîte de *striptease*. Alex lui raconte son histoire. Il improvise, développe. Il donne des détails pour la rendre plus crédible ; l'une de ses amies va se marier. Pour son enterrement de vie de jeune fille, ses copines lui ont commandé un chippendale, mais lui, il a prévu une surprise pour les mariés, alors il aimerait décaler l'horaire du *striptease*. Il donne les références.

« Vous pensez que c'est possible.

— La prestation est programmée à dix-huit heures trente.

— Oui, c'est bien ça, j'aimerais repousser à vingt heures.

— Je vais être obligée de demander l'accord de la cliente.

— Non, vous ne comprenez pas, c'est une surprise. La personne qui a commandé s'appelle Caroline Lepervier.

— Oui.

— Il ne doit surtout pas être au courant, c'est une surprise pour tout le groupe des filles, en fait. Voilà, je suis désolé, je n'ai pas l'habitude d'organiser ce genre d'événements, alors c'est un peu compliqué, ce serait formidable si vous pouviez me donner ce petit coup de main. Il n'y aura aucun problème. »

La femme hésite, mais Alex finit par la convaincre. Elle accepte, et note « 20 h ».

II

Alex se réveille. Elles sont là. Ses démangeaisons dans les mains, c'est comme si toutes les femmes qu'il a connues étaient en lui et grattaient ses doigts et ses paumes de l'intérieur. Des *petites gratteuses* l'envahissent et s'acharnent sur lui. Il les supporte aussi longtemps qu'il le peut. Quand il est à bout, il prend ses gouttes, et elles disparaissent pour quelques temps. Il voudrait les combattre à l'abri des regards et des jugements, elles font ressortir son instinct profond de solitaire, mais Alex s'est sculpté un mental de gagnant, et c'est à cet autre lui qu'il doit s'en remettre. À contrecœur, il a maintenu son rendez-vous. C'est préférable car la stratégie qui le pousse à se couper du monde le temps de résoudre ses problèmes l'amène sur une pente glissante au plan financier. Et l'inclinaison continue de s'accentuer. Alex s'est forcé à reprendre en main ses activités de *coach*. Le rendez-vous avec Virgile est convenu à la sortie du métro *Château de Vincennes*. Lorsqu'il abandonne le souterrain, la chaleur saisit Alex comme un oiseau de proie le ferait d'un mulot. Virgile est déjà là, dans son jean. Il porte des converses du même rouge que son polo, c'est un peu *too much*, mais Alex trouve l'effort remarquable. Virgile s'affiche, c'est un premier pas vers une expression sereine. En revanche, le rouge, pour un roux, ce n'est définitivement pas possible. Alex s'approche, lui serre la main et consulte ostensiblement sa montre, un peu vexé de ne pas être le premier.

« Je croyais être en retard !

— Non, non, c'est moi, je suis venu en avance.

— Alors, tu as fait ce que je t'ai dit ? Tu as levé la tête ?

— Oui.

— Tu as essayé d'attraper les regards.

— Oui (le ton est moins assuré).

— Tu as souri autour de toi ?

— Un peu.

— Tu as dit bonjour à des gens dans la rue ?

— Un peu aussi.

— Bien ! On va faire ça, aujourd'hui. On va se balader. Il y a toujours plein de jolies filles au parc floral. »

Et tandis qu'ils se promènent et sourient à la vie, Alex repense à Géraldine. Il est venu ici avec elle, mais les contours de ses souvenirs sont flous.

« Voilà, décontracté. Tu dois avoir en tête que tu vas perdre des parties, que tu vas en gagner d'autres. Au final, tout ceci n'est qu'un jeu. »

Virgile sent son cœur s'affoler. Pour lui, cela n'a rien d'un jeu. Un énième soir de solitude, tandis qu'il surfait sur un site destiné à l'accompagner dans le contentement de sa libido, un encart publicitaire a surgi, lui proposant des « conseils de drague ». Gratuits. Virgile n'avait rien à perdre. Ainsi a-t-il fait connaissance avec la communauté des P.U.A. Il a téléchargé tous les *ebooks*, il a discuté sur les forums, et il a fini par tomber sur le site d'Alex, qui lui a semblé plus sérieux que les autres.

Il suit ses cours depuis déjà un mois et demi. Il progresse, c'est incontestable, mais il a parfois la vision du chemin à parcourir, et il se dit qu'à ce rythme, il ne perdra pas sa virginité avant dix ans.

« Qu'est-ce que tu dis, toi, quand tu abordes une fille que tu ne connais pas ?

— Ah ! C'est la grande question. Le problème, c'est qu'il n'y a pas de réponse. En général, au moment de croiser son regard, je n'ai aucune idée de ce que je vais lui dire, et dix minutes plus tard, je ne m'en souviens absolument pas. Tiens, regarde, elle. Allez, on sourit !

— Et hop ! Un gros vent.

— Ce n'est pas grave. »

Les allées du parc sont peuplées de promeneurs paisibles. Au milieu des enfants, des ballons et des tricycles, de nombreux flâneurs se sont installés sur les pelouses pour lire, dormir ou s'embrasser. Alex aime cette ambiance, il se sent bien parmi des gens heureux.

« Par exemple, celle-là, interroge Virgile. Tu lui dirais quoi ? »

La jeune femme désignée par l'élève est assise sur un banc. Une HB6. Pas mal, mais il y a mieux. Un livre volumineux est posé sur ses genoux. Elle se sert de son doigt comme marque-page. Le visage crispé, elle ferme les yeux, recherchant sans doute au fond d'elle le courage de poursuivre sa lecture.

« Tu sais, la drague, c'est comme les chansons, ce ne sont pas les paroles qui comptent, c'est l'interprétation. C'est ton attitude qui importe. Naturel, confiant, décontracté. Les femmes ont besoin de se sentir unique au moment où tu les abordes. Elles te grillent tout de suite si tu leur sors une phrase toute faite. Le seul secret, c'est l'observation. Cette fille, elle a l'air de se faire chier

151

avec son bouquin. Si j'allais la voir, je m'assiérais à côté d'elle, et je lui dirais « j'adore ce que tu fais, je peux venir m'ennuyer avec toi ? » J'imagine que ça la ferait sourire. Après, il faut s'intéresser à elle, être curieux, je lui demanderais ce que c'est son livre, et pourquoi elle se force à le lire.

« Celle-ci (Alex désigne une HB8 qui vient de les dépasser) son sac à main, c'est un sac Gérard Darrel. Ça coûte une blinde. Les filles n'ont pas ce genre de sac par hasard. Je lui dirais que j'aime bien son sac, et que j'en cherche un pour l'anniversaire de ma petite sœur. Je lui demanderais où elle l'a acheté, elle me dirait le prix, et là, je lui demanderais ce qui pousse les femmes à s'endetter sur dix ans pour un sac à main.

« L'autre là-haut avec son téléphone, j'irais la voir en courant, je ferais semblant d'être essoufflé, et je lui dirais : « C'est bon, je suis arrivé, plus la peine de m'envoyer un SMS. » Ça dépend du contexte, c'est à toi de t'adapter, de trouver le détail. Je vais même te dire, une fois, j'ai abordé une fille dans le métro. Elle avait douze sacs de courses autour d'elle. Il y avait un paquet de papier toilette qui dépassait, je suis allé la voir et je lui ai dit « Salut, j'ai deux invitations pour la foire du Trône, mais je n'ai plus de P.Q., je suis sûr qu'ils vont me refouler, tu peux m'aider ? » Elle a ri, il n'en fallait pas plus.

— Tu as eu son numéro ?

— J'ai eu beaucoup plus que son numéro. Si tu n'oses pas aller aussi loin au début, sois sincère, regarde ce qui te plait chez elle et complimente-la sur sa coiffure, ses vêtements, son sourire. Dis-lui que tu la trouves magnifique, ça paye souvent. Il suffit juste d'être spontané. »

Virgile ne répond pas, il écoute, il apprend. L'improvisation semble à des années-lumière de ses capacités. Deux filles s'approchent. Elles courent en tenues de sport. La brune avec la queue-de-cheval est à son goût. Mentalement, il l'observe et se demande comment il faudrait s'y prendre. *Mademoiselle, vous avez une très jolie queue-de-cheval !* Il lui fait un signe. Elle ne s'arrête pas, mais les commissures de ses lèvres s'élargissent de quelques millimètres. Il la dépasse. Il compte jusqu'à trois, se retourne. Pas elle.

« Tu sais ce que tu peux faire, pour t'entraîner, c'est de draguer des moches, des filles qui te plaisent pas trop. Tu récupères des numéros, c'est plus facile, tu auras moins la pression.

— Mais si elles ne me plaisent pas, ça ne sert à rien.

— Je te dis pas de les rappeler, je te dis juste de *numcloser* [récupérer un numéro de téléphone]. Après, tu seras plus à l'aise avec les belles. Tu vois, celle qui courait avec la queue-de-cheval. Elle était *open*. Tu as vu son B.L. ?

— Attends, redis-moi déjà, c'est quoi le B.L. ?

— Le *Body Language*. Quand elle t'a vu, elle s'est redressée, elle a gonflé ses seins. Et juste après, elle a passé une mèche derrière son oreille. Et elle t'a souri. Elle courait dans le parc, tu aurais pu utiliser ça.

Virgile pense : *Excusez-moi, où avez-vous acheté vos chaussures de sport ?*

« Tu sais Virgile, il va falloir passer à l'étape d'après ! On va se faire une petite séance de *numclose*. Tu abordes des filles, jusqu'à ce que tu récupères un numéro de téléphone. On essaye ? Allez, tu as fait la démarche de faire appel à un *coach*, tu t'es acheté des fringues, ce n'est pas pour flancher maintenant, ce n'est pas moi qui vais t'apporter la fille ! »

Ils arrivent devant les pavillons japonais. Le plus connu est celui consacré aux bonzaïs. Alex se rappelle être venu ici avec Géraldine. Ils avaient pris une photo. Alex l'a supprimée de son ordinateur.

Virgile s'est jeté à l'eau. Comme tous les timides, il se jette avec emportement, avec fougue. Sa cible lui tourne le dos. Sa victime ne l'a pas encore remarqué. Il s'avance vers elle d'un pas lourd. La respiration haletante. Elle contemple sereinement la végétation environnante. Alex sent l'orage secouer son esprit. Virgile s'arrête, elle est à un mètre. Il peut encore faire demi-tour. Ses joues sont en feu. Il gonfle ses poumons. Tout va exploser. Il fait un pas.

« Excusez-moi. »

Elle tressaille.

« Ouh ! Vous m'avez fait peur.

— Oh ! Heu… pardon, je, je… je me demandais, j'aime beaucoup votre parfum et… c'est l'anniversaire de ma mère, bientôt, et je me demandais… »

Fin de la partie. Elle a scruté ses yeux pour tenter d'y comprendre quelque chose. Elle a froncé les sourcils, a soufflé puis a tourné les talons.

Virgile est déçu. Alex est mort de rire, intérieurement.

« Bon, c'est bien, franchement, c'est bien ! Juste deux ou trois petites remarques, la première : ne t'excuse pas. Ça induit la notion de dérangement, tu ne dois suggérer que du positif. Ensuite, le coup du parfum, c'est bien trouvé, mais tu dois savoir que quand tu t'approches à moins de 45 cm d'une personne, tu pénètres une zone intime. Et si elle ne t'a pas invité dans cette zone, c'est une agression. Là, tu t'es presque frotté à elle, tu peux imaginer que c'est un peu flippant de son point de vue. Après, c'est mignon d'offrir du parfum à ta mère, mais pour la fille, ce n'est pas très flatteur si tu veux que ta mère sente comme elle. Il vaut mieux dire que c'est pour ta sœur.

— Oui, oui… mais je n'ai pas de sœur.

— Tu le fais exprès ? »

Virgile n'écoute pas vraiment. Virgile est heureux. Il a parlé à une inconnue, et il n'est pas mort.

« Bon, on essaye une autre ? Allez, on ne réfléchit pas, on y va. »

Alex lui tape sur l'épaule. Et soudain une décharge électrique lui brûle les doigts. Elles sont revenues, les petites gratteuses. Et avec elles tout le poids de son sort. Ce n'est pas logique, c'est trop tôt. Alex se sent comme l'un de ces petits arbres asiatiques du pavillon, au milieu d'une forêt… un soir de tempête. Démesurément petit. Virgile s'avance vers une jeune chinoise plutôt avenante. Il cherche le détail porteur. Il voit une cigarette dans sa main.

« Excusez-moi, vous auriez du feu, s'il vous plait ?

— Tiens. »

Elle lui tend un briquet métallique. Virgile l'ouvre, mais au moment de faire surgir la flamme, il se souvient qu'il n'a jamais fumé de sa vie. Alors il tâtonne dans ses poches comme s'il était possible que de l'une d'elles sorte un paquet de cigarettes qu'il n'a jamais acheté. Il lui jette un regard désolé. Elle a compris. Elle ouvre son propre paquet et lui tend une cigarette. Virgile la porte à sa bouche. Il allume le briquet, place la flamme sous le bout de la tige et inspire. Il tousse. La fille semble consternée.

« Je suis désolé, c'est trop nul comme technique, j'avais envie de vous parler, c'est une catastrophe, je sais pas comment m'y prendre. Je ne fume pas. C'est lamentable. Excusez-moi. »

La fille se marre.

« Bof, j'ai déjà vu bien pire. La semaine dernière, un type avec un air lubrique s'est approché de moi en me sifflant et m'a dit : hé ! Mademoiselle, ta robe, elle est trop belle, elle ferait trop bien au pied de mon lit, c'est quoi ton 06 ?

— Ah ! On ne me l'a jamais faite, celle-là... enfin, je veux dire... je ne porte pas de robe, bien sûr, alors... c'est normal. »

Virgile ne sait plus ce qu'il dit, la fille semble s'amuser, mais il ne sait pas enchaîner. Il tourne la tête, à la recherche d'un secours. Alex est parti.

Un miroir, Alex a besoin d'un miroir. Les petites gratteuses veulent jouer avec lui. L'élixir ne fait que les endormir, elles peuvent agir quand bon leur semble. Et si elles s'attaquent à ses mains, qu'en est-il de son visage ? Les picotements sont presque passés, mais ne lui ont-elles pas laissé un pustule sur le nez, une plaque rouge sur le front, quoi que ce soit pour le ridiculiser ? Il doit vérifier. Alex s'est isolé dans les feuillages. Il prend une photo de lui avec son téléphone et l'examine scrupuleusement. Rien. Il revient sur ses pas. Virgile est toujours avec la chinoise, elle semble avoir décidé de continuer sa balade avec lui. Alex lui envoie un texto : « Bien joué ! Je t'appelle dans une minute, regarde ton tel, mais ne réponds pas. C'est pour ton image de marque ! À bientôt. »

Alex quitte le parc. Cette attaque inattendue lui a rappelé sa position dans le jeu. Il est en défense, il ne peut que subir les assauts. C'est démoralisant.

Arrivé devant la bouche de métro, ne sachant ni où aller, ni quoi faire, il décide de marcher, droit devant lui. Il croise un tramway, monte dedans. Peu importe la destination, l'important c'est de rester en mouvement, avancer. Quelques stations plus tard, Alex étouffe, il manque d'air, il fait trop chaud, alors il descend. Et puisque le feu piéton est vert, il traverse cette rue, et marche sur ce trottoir. Et au bout de son errance, lorsqu'il finit par lever la tête, il est presque devant chez Sonia, et il a eu l'impression de rentrer chez lui. Elle ferme boutique à dix-neuf heures, et n'a certainement rien de mieux à faire un lundi que de rentrer chez elle. Elle ne devrait pas tarder. Il va se placer entre le métro et son appartement, de façon à la voir en premier, puis il mettra encore une fois en scène le hasard. L'air se rafraîchit. Le ciel est nuageux. Une heure passe. Il la voit arriver et se met à marcher dans sa direction, les mains dans les poches. Elle le reconnaît de loin et s'arrête. Il simule de la reconnaître à son tour. À une seconde près, elle aurait changé de trottoir pour l'éviter.

« Qu'est-ce que tu fais là ?

— Salut Sonia. Quel accueil ! Je ne fais rien, je passais dans la rue…

— Parfait, et bien continue, fais ce que tu sais faire le mieux : passer sans t'arrêter. »

Elle n'a pas cru au hasard. *Mémo pour la suite : cette technique n'est pas infaillible.*

« Dis moi, Sonia…

— Ah, non, pitié, ne me parle pas. Laisse-moi passer ! »

Un homme s'est retourné. Alex l'évalue, il semble suffisamment costaud pour lui casser la gueule. Il observe la scène et se demande s'il doit intervenir ou pas.

« J'en ai pour vingt secondes, tu peux au moins m'écouter !

— Non, c'est toi qui vas m'écouter. Je ne veux pas d'explications, c'est trop tard. Je ne veux pas d'excuses, je ne veux pas savoir comment tu vas, et surtout, je ne veux pas te revoir.

— Je te trouve un peu agressive, quand même. »

Alex la laisse passer. L'autre type reprend le cours de sa vie. Sonia fait deux pas, puis elle se retourne.

— La prochaine fois que je te vois devant chez moi, j'appelle les flics, c'est compris ? »

III

« Ah, ça fait plaisir ! »

Alex et Damien se sont retrouvés dans un *steak house* vers la gare Montparnasse. Justine est sortie de son côté — soirée entre filles. Damien ainsi abandonné a alors proposé à Alex de dîner ensemble. Ce n'était pas arrivé depuis des mois. On les a installés au sous-sol. Ils sont seuls au milieu d'une longue rangée de tables. D'autorité, Alex s'est approprié la banquette.

« Moi aussi, je suis content. Mais je te trouve une mine affreuse. Tu es sûr que ça va bien ?

— Oui, j'ai été un peu malade. Je vais mieux.

— Tu as pris un coup de vieux frangin ! Tu commences même à perdre tes cheveux ! Ha ! Ha ! Ça ne t'énerve pas trop ? »

Alex affiche un sourire serein en guise de réponse. Damien ne saura jamais qu'à cet instant, Alex a envie de pleurer. Il ne supporte pas ces cheveux qu'il commence à retrouver sur son oreiller, qui restent sur ses doigts quand il applique son gel. Cela semble faire partie du sortilège puisque c'est apparu en même temps. Et maintenant, ça se voit. L'information est passée. Merci Damien !

« Alors, ton expo ?

— C'est incroyable, je suis déjà à douze ventes !

— C'est bien, ça fait combien ?

— Douze !

— Non, en euros ?

— Je ne sais pas, je n'ai pas calculé précisément...

— À peu près...

— À peu près ? Peut-être huit ou neuf mille.

— Tu vas quitter ton boulot ?

— Houla ! Je n'en suis pas encore là.

— Mais c'est peut-être une chance à saisir,
non ? Comme dit maman, quand le soufflé est cuit,
il ne faut pas le laisser retomber. Tu négocies ton
départ, tu descends dans le Sud, tu trouves une
maison, tu te fais un atelier... Ce n'est pas ton
rêve ?

— Oui, ce serait bien, mais ce n'est pas encore le
moment.

— Tu n'auras peut-être jamais de meilleur moment ! »

Damien ne répond pas, il laisse planer un silence, comme s'il pesait l'argument. Il soupire,
balance la tête d'un côté puis de l'autre.

« Quoi ? interroge Alex.

« J'ai autre chose en tête en ce moment ! Dans
un certain sens, mon expo a eu plus de succès que
je ne l'imaginais.

— C'est-à-dire ? »

Damien est gêné. Il cherche ses mots et se tord
les doigts.

« Une jeune femme est venue me voir, cette
semaine. Elle s'appelle Pénélope. C'est la fille d'un
millionnaire américain. Elle a l'air complètement
délurée. Elle m'a demandé de la peindre, nue.

— C'est bien ! Où est le problème ?

— Le problème, c'est qu'elle m'a chauffé à blanc. Elle m'a invité à déjeuner, je me suis fait allumer. Et elle ne me laisse pas indifférent, si tu vois ce que je veux dire…

— Donc, si je résume, ton problème, c'est que tu te fais draguer par une fille canon, millionnaire de surcroît. C'est bien ça ?

— Je suis sérieux, Alex ! Mon problème, c'est que je suis marié. Je ne me suis jamais retrouvé dans une situation pareille. Je n'arrête pas de penser à Pénélope. Je ne sais pas quoi faire !

— J'ai du mal à croire que tu as vingt-six ans, quand je t'écoute. Mais puisque tu me demandes un conseil, le seul que je peux te donner, c'est de bien couvrir tes arrières. Efface tes appels et tes textos sur ton téléphone. Si elle t'envoie des mails, déconnecte-toi à chaque fois que tu quittes ta messagerie. Ne laisse rien au hasard !

— Ce que je veux savoir, c'est comment résister, Alex. J'aime Justine ! L'amour, tu vois de quoi je parles ?

— Oh ! L'amour, bien sûr. Oui, je vois. D'ailleurs, entre nous, je pense que j'ai un peu plus d'expérience que toi sur le sujet !

— Justement non, je ne parle pas que de sexe, figure-toi.

— Ah oui, tu parles de sentiment ? C'est bizarre d'ailleurs, ce mot, « amour ». Je trouve que c'est étrange d'employer le même terme pour désigner l'acte et le sentiment. Ça prête à confusion, tu ne trouves pas ?

— Peut-être que les deux sont liés !

— Oui, J'aimerais que ce soit aussi simple. Fais comme tu le sens, Damien. Je ne suis peut-être pas la bonne personne pour te conseiller, mais je te donne mon avis quand même. Si cette fille t'excite un peu, mate-toi un bon porno de temps en temps, ça va finir par passer. Mais si tu as vraiment envie d'elle, tu peux essayer de l'ignorer, tu n'y arriveras pas. À un moment, tu n'en pourras plus et tu iras la voir. Et si c'est trop tard, toute ta frustration finira par se transformer en colère. Tu exploseras.

— Peut-être, peut-être pas !

— Dans tous les cas, un jour tu seras vieux, et tu te rendras compte que tu n'es pas sorti de ton jardin, que tu as oublié de visiter le monde, que tu n'as pas connu les femmes.

— J'en connais une ! Justine.

— Oui, » *Justine – juste une…*

« Bref. Changeons de sujet », s'agace Damien.

Une serveuse s'approche de leur table. Elle leur demande s'ils ont fait leur choix, et Alex mesure la distance qui le sépare de son frère. Ils sont différents en tout, ne s'entendent sur presque rien. Alex commande une pièce de boucher saignante et il se demande pourquoi Damien choisit un pavé de saumon dans un *steak house…*

La frontière entre la nuit et le jour devient si fine que l'on s'y perd. Ce moment est une heure trop jeune pour en profiter. Les travailleurs accomplissent leur besogne, les attardés de la nuit rentrent chez eux. Seuls pour la plupart, le cœur souvent mangé de promesses non tenues. Le monde des éveillés est alors peuplé de gens qui aimeraient être ailleurs. Pour Alex, le sommeil est devenu rare. Il n'a jamais aimé dormir, mais maintenant les petites gratteuses habitent ses nuits et les remplissent de pensées tristes et de douleurs. Alors Alex s'est familiarisé avec ce moment. Lui, il n'aimerait pas être ailleurs, il souhaiterait être un autre. Le Alex qu'il était encore quelques semaines plus tôt. Celui qui voyait l'avenir comme une île vierge à explorer.

Les éclairages orange de la ville vont bientôt s'éteindre, et l'espace d'un instant, un observateur attentif pourra apercevoir quelques étoiles. Alex vérifie son oreiller. Les cheveux perdus sont là. Ils sont tombés, plus nombreux qu'hier. Il y en aura dans le bac de la douche aussi. C'en est inquiétant. De plus, Alex a l'impression d'avoir passé la nuit à mastiquer un mégot. La salive rare, le goût incertain, il va boire un verre d'eau dans la salle de bains. La lumière l'agresse. Désormais, Alex préfère la pénombre. Le néon est jaune. Alex ouvre la bouche et l'indice de son moral perd encore trois points. Ses dents évoquent le café, le tabac, les mycoses sous les ongles de pied, le Moyen Âge et les égouts. Ce jaune qu'il déteste est émaillé de noir, comme si l'on avait pulvérisé du goudron dans sa bouche. Sans doute, le résultat ne serait-il pas bien différent s'il ne s'était jamais brossé les dents de toute sa vie. Trois minutes matin et soir, pendant trente ans, ça fait combien de jours perdus ? Lorsqu'il démarre sa brosse à dents électrique, la tête se met en marche dans ce qui semble être un mouvement de contestation. « Pitié, ne m'envoie pas là-dedaaaaans ! »

Alex est désordonné, il ne sait pas comment s'y prendre. Il pense à Vanessa. Il n'aura peut-être pas trop de difficultés à la convaincre. Une victoire lui ferait du bien. Mais impossible de retrouver la trace de Vanessa sur Internet. Comme la plupart des gens qui souhaitent préserver un minimum leur vie privée, elle n'utilise sa véritable identité dans aucun réseau social. Alex les a tous épluchés. Son nom n'apparaît dans aucun moteur de recherche. Alex avait gardé son numéro de portable, c'est un vieil homme qui a répondu. Elle a changé de numéro, et aussi d'adresse. Elle ne figure pas dans les pages blanches. Alex s'est souvenu que ses parents habitaient Marly-le-Roi. Il les a appelés. Il a prétendu s'appeler Marc, un ami du lycée. Il a dit vouloir organiser une fête avec ses anciens cama-rades. Les parents de Vanessa n'y ont pas cru. Ils lui ont dit qu'elle était mariée, qu'elle avait changé de vie. Ils ont proposé à *Marc* de donner ses coordonnées en lui promettant de les transmettre à l'intéressée. Alex a donné un faux numéro. Bidon jusqu'au bout.

Ce matin, ses poils ont encore plus poussé que la veille. Ses épaules, son torse, ses jambes sont couverts, on ne voit presque plus sa peau. Les petites gratteuses remontent maintenant dans ses bras. Il ressent également des engourdissements dans les pieds et les mollets. À ce rythme, dans deux mois, il pourra monter un spectacle de monstre. Seul souci, c'est lui qui sera dans la cage. Il est en train de redevenir le garçon d'avant, com-plexé, transparent, celui dont les filles ne se moquent même pas parce qu'elles ne voient pas vraiment qui c'est : « Mais si, il est juste derrière nous en cours de chimie ! — Ah ? Non, je ne vois pas, je regarderai mardi prochain ». Alex a toujours été de taille moyenne, mais ce n'est pas satisfaisant d'être moyen. Il avait les dents comme si le vent s'était engouffré dans sa bouche et ne se trouvait pas suffisamment musclé. Son frère, pourtant plus jeune, lui était supérieur en tout. Alex s'est battu. Il s'est fait installer un appareil dentaire à vingt-deux ans, il a enrichi les diététiciens et les *coachs* sportifs. Il a appris l'élégance, et il a vaincu ses démons. Ce qui lui arrive n'est pas juste. Reprendre contact avec Vanessa, Géraldine et les autres ne sert à rien. Alex en est convaincu, cette démarche est dénuée de sens et d'intérêt, ce sort a été jeté uniquement pour se venger de lui, pour le réduire à néant et remuer la merde.

On pourrait croire que ce qui vient d'être craché dans le lavabo a coulé d'un moteur de voiture. Le sourire d'Alex demeure terne, tâché, mais le noir a disparu et le jaune s'est estompé. Ses mains et ses pieds le grattent. C'est devenu plus que désagréable. Douloureux. Alex va résister aussi longtemps qu'il pourra. Il prendra ses gouttes quand il partira de chez lui, afin de conserver les effets au plus tard. Dehors, le jour a gagné, comme chaque matin. La lumière d'un soleil encore caché commence à lever le voile sur une écœurante couche de pollution. Paris se lève.

IV

Des cinq L.T.R. dont Alex doit maintenant se faire pardonner, Tatiana est un peu à part. Elle est la seule dont il n'a jamais compris pourquoi il n'était pas parti à l'aube de la première nuit. Ils n'ont jamais rien eu en commun ! En seulement quelques mois, Alex s'est pris dans la tourmente d'engueulades qu'il n'imaginait pas possibles avant dix ans de mariage. Elle a un tempérament de feu. Tatiana était aussi un objet de fantasme. Au lit, il faut reconnaître qu'elle assurait, elle avait un petit supplément de passion, quelques doigts d'imagination en plus, davantage de vice.

En dehors de leurs coucheries, Tatiana a toujours su ce qu'elle ne voulait pas, sans jamais être capable d'exprimer ses désirs. Alex est resté docile près de cette fille qui prenait les choses en main. Il subissait les excès de son caractère sans comprendre sa personnalité. Tatiana n'est pas une douce comme Géraldine. Elle fait partie des sanguines. Si Alex met en scène un faux hasard et surgit dans sa vie par surprise, ce sera pour elle comme marcher dans une flaque d'eau, ça va l'énerver et elle ne sera pas dans de bonnes dispositions. Il va donc falloir élaborer une stratégie différente.

Une vieille femme est entrée dans l'immeuble. Alex a surgi. Elle se montre réticente à le laisser entrer, mais elle n'ose pas formuler ses craintes. Elle se glisse dans l'ascenseur et Alex entend presque son soupir de soulagement lorsqu'il la dépasse et s'engouffre dans la cage d'escalier. Tatiana était torride. Juste là, entre le deuxième et le troisième étage, ils se sont arrêtés et elle l'a longuement embrassé. Elle a ouvert sa braguette. Elle s'est baissée et l'a planté juste avant qu'il n'explose. Alex n'a jamais été exhibitionniste, mais l'idée qu'un voisin puisse les surprendre a ajouté une touche pimentée dont il se souvient encore. Ici, devant sa porte, il s'est collé à elle, l'a plaquée tandis qu'elle essayait d'ouvrir. Elle lui a dit d'attendre. Chaque seconde était un supplice. Il sonne.

« Et si tu me disais ce qui t'amène vraiment », demande-t-elle d'un ton blasé.

Alex était persuadé qu'elle ne le laisserait jamais entrer. Elle a pris son bouquet de fleurs et l'a ostensiblement posé sur la poubelle de la cuisine. L'appartement est minuscule et triste. Les meubles et les couleurs semblent avoir été choisis pour faire paraître l'ensemble plus petit encore. C'en est étouffant. Tatiana a pris au moins six kilos. Ses cheveux sont sales, ses yeux éteints. Elle ne porte plus de maquillage, elle est habillée comme un sac.

« Ça n'a pas l'air d'aller très fort…

— Non, ça va pas fort, toi aussi tu as une gueule horrible. Et alors ?

— Je voulais te dire que je suis désolé. Je te demande pardon.

— Tu me demandes pardon ? Tu te fous de moi ?

— Non, je suis venu te présenter des excuses. Je t'ai fait du mal, Tatiana, je m'en rends compte aujourd'hui, j'en ai pris conscience, et je voulais te dire que je suis désolé, c'est tout.

— C'est tout ? Tu crois qu'il te suffit de te ramener comme ça, la bouche en cœur, et on oublie tout ?

— il ne s'agit pas d'oublier...

— Alex, je n'ai aucune idée de la raison pour laquelle tu te ramènes chez moi avec ta tronche de fayot, mais si tu crois qu'on va se remettre ensemble, tu peux faire une croix dessus. Je ne t'ai jamais aimé Alex. J'avais un copain quand on s'est rencontrés, il s'appelait Anthony. Après avoir couché avec toi, j'ai culpabilisé. Je ne supportais pas de lui mentir, alors je lui ai dit la vérité. J'espérais qu'il me pardonnerait. Il ne l'a pas fait, il n'a plus voulu me voir. C'est pour cette raison que je suis restée avec toi, pour ne pas être seule. C'est Anthony que j'aimais, pas toi ! »

Alex prend un air affligé. Il aimerait lui répondre que lui non plus, il n'a jamais éprouvé de sentiment pour elle, mais ce n'est pas exact. Et puis, il n'est pas là pour ça, alors il encaisse les coups et en rajoute sur la souffrance qu'ils lui procurent.

« Je sais que c'est étrange pour toi, voilà, je viens de perdre ma mère... (Alex attend un instant pour recevoir d'éventuelles condoléances, mais Tatiana ne semble même pas disposée à les lui présenter.)... Je lui ai beaucoup parlé de toi à l'époque. (*mythoooo !*) Et quand je lui ai expliqué pourquoi on s'est séparés, elle m'a dit que je la décevais beaucoup. Depuis, j'ai toujours eu ses mots à l'esprit. Alors maintenant qu'elle n'est plus là, je… je ne sais pas trop pourquoi, mais je crois que si j'obtiens ton pardon, ça m'aidera à faire mon deuil. Tu vois ce que je veux dire ?

— Très bien, je te pardonne. Tu te sens mieux ?

— Est-ce que tu es sincère ?

— Écoute Alex, j'ai des choses à faire, là. Oui, je suis sincère ! »

Elle s'est levée. D'un bond. Elle se dirige vers l'entrée de l'appartement. Alex l'a imitée, il est temps d'en finir. Il lui fait face, devant la porte.

« Je te remercie Tatiana, c'est vraiment important pour moi. »

Elle ne répond rien. Elle a posé sa main sur la poignée de la porte. Il s'approche d'elle. Elle ne recule pas.

« Je peux t'embrasser ? J'ai besoin de savoir si tu me pardonnes vraiment. »

Il s'approche encore.

« Mais tu craques ! Même pas en rêve ! Tu m'as trompée Alex, tu m'as humiliée. En plus, tu m'as fait perdre mon seul Amour. Je m'en fous de tes remords. Sors de chez moi. SORS !!! »

Elle l'a attrapé par le bras. Avec une habileté surprenante, elle a tiré Alex dans l'entrée pour ouvrir la porte en grand et l'a repoussé dans le hall. Alex s'est laissé faire. Un admirable instinct de survie l'a ensuite amené à reculer d'un pas. La porte a claqué, elle s'est refermée à quelques centimètres de son nez. La corde sensible était un pari risqué avec Tatiana. Elle n'a jamais été très sensible.

Leur histoire se raconte au passé depuis déjà un an et demi. Ils sont restés ensemble entre octobre et février. Alex se rappelle, il l'a abordée dans un bus. Elle lui avait dit qu'elle avait un copain, et il lui avait répondu qu'il n'était pas jaloux. Il la voulait et avait estimé cette réponse comme une mise au défi. Il l'avait fait rire. Ses techniques étaient déjà bien au point. Ils avaient passé une nuit incroyable. La petite vieille qui lui a ouvert la porte tout à l'heure se souvient peut-être encore de ce qu'elle a entendu cette nuit-là. Alex avait laissé son numéro. Sans trop y réfléchir, persuadé qu'elle le jetterait au plus vite. Et après quelques jours de silence, elle lui avait téléphoné :

« Tu veux qu'on se revoie ?

— Tu as pas déjà un mec ?

— Si, mais j'ai décidé d'en changer. »

Ils se sont fréquentés environ quatre mois. Jusqu'à ce qu'elle découvre son fichier informatique, qu'elle y trouve le détail de toutes ses infidélités. Presque une dizaine.

Il quitte l'immeuble. Sur le trottoir, son bouquet de fleurs. Une heure plus tard, il a traversé Paris. Il est dans le douzième arrondissement, avenue Daumesnil. Olivia habite au deuxième étage. De la rue, il voit ce petit balcon avec le garde-corps en fer forgé. Il sonne. Pas de réponse.

La gardienne ouvre la porte de l'immeuble et le regarde d'un œil suspicieux.

« Bonjour, je cherche Olivia Lavandier.

— Mademoiselle Lavandier est partie en vacances. Elle rentre samedi prochain. »

V

Au moment d'appuyer sur le bouton de la sonnette, Alex mesure le caractère hautement improbable de son plan. Une petite voix lui indique le troisième étage. Derrière, il entend des gloussements.

Sur le palier, une fille se tient dans l'ouverture d'une porte. Elle porte un top à paillettes. En apercevant Alex, elle se redresse et fronce les sourcils.

« Vous n'êtes pas Tyler ?

— Bonjour, Tyler a eu un accident de moto, il est à l'hôpital.

— Oh mince, c'est grave ?

— Et bien, on ne sait pas trop, il a une fracture du bassin, on attend des nouvelles. »

Alex joue un air affecté, puis il se reprend et sert la main de la jeune femme avec un sourire professionnel.

« Je suis Dylan.

— Bonjour, Dylan, moi c'est Caro. Entrez. »

Tandis qu'elle l'introduit dans un couloir qui renvoie à Alex des souvenirs confus, Caroline lui explique la situation : la future mariée et ses amies se trouvent dans le salon, elles n'attendent plus que

171

lui. On entend de la musique et des rires. Alex peut se mettre en tenue dans la chambre juste là, et la salle de bains est au fond, sur la gauche.

« À tout de suite ! »

Elle referme la porte avec un sourire coquin. Alex est seul, dans la chambre de Géraldine. Il la reconnaît à peine. Les meubles ne sont plus les mêmes. Sur la table de chevet, il y a une photo dans un cadre. Curieusement, il se souvient du cadre. C'est lui qui l'a acheté. Mais ce n'est plus lui sur la photo.

Alex se déshabille. Il plie soigneusement son jean et sa chemise. En sous-vêtements, il évalue son corps dans le reflet d'une psyché. Il n'est pas aussi musclé que les gars dans les vidéos qu'il a regardées pour préparer son show, mais il est tout de même bien bâti. Suffisamment pour être crédible. Et puis il s'est entraîné. Il a répété sa chorégraphie.

Alex s'allonge sur le ventre et effectue très rapidement une trentaine de pompes. Pour gonfler les pectoraux le temps du spectacle. Il revêt son costume, loué pour l'occasion. Il est partagé entre l'excitation et la peur. Il trouve le *challenge* amusant, mais l'enjeu le dépasse un peu. Caroline frappe à la porte.

« Vous êtes prêt ? »

Alex ouvre. Elle le détaille de la tête aux pieds. Il lui semble qu'elle se retient de rire. Alex se sent tout à coup ridicule, et terriblement vulnérable.

« Vous êtes parfait ! finit-elle par dire.

— J'attends derrière la porte, vous lancez la musique, et j'entre quand ça commence.

— C'est parti ! »

Elle fait demi-tour et disparaît dans le salon. Pour la deuxième fois, Alex se retrouve seul. Il ne s'était jamais senti autant jugé par un regard que par celui de Caroline. Et les dix prochaines minutes vont être bien pires.

Il inspire profondément. Il sait parfaitement jouer le mec confiant. Il va leur donner ce qu'elles attendent. La seule inconnue, c'est la réaction de Géraldine quand elle va découvrir que son ex petit ami vient lui faire un *striptease* une semaine avant son mariage. Ils se sont vus quelques jours plus tôt, elle va nécessairement comprendre qu'il y a un traquenard. De toute façon, Alex n'a pas le choix.

La musique commence. En fait de musique, il s'agit d'une sirène que l'on doit entendre jusqu'aux frontières de l'arrondissement. Alex attend quelques secondes, puis il ouvre brusquement la porte et se jette dans l'arène. Elles sont une dizaine. En le voyant, elles poussent des cris hystériques et se mettent à battre le rythme des mains. Géraldine est au centre, assise sur une chaise, tandis que les autres sont appuyées aux meubles ou contre les murs. Les deux plus chanceuses ont trouvé une place sur le canapé. Les rideaux ont été tirés, et la pièce est éclairée par un spot rouge.

Alex porte un costume de pompier américain, et la visière de son casque est baissée. Dans la pénombre, Géraldine ne l'a pas encore reconnu. Alex s'avance en rythme. Le refrain clame, dans un accent germanique, « *Here comes the fire* », Alex s'arrête et se plante devant Géraldine. Il retire sa veste d'intervention. Dessous, il est torse nu. Il saisit ses bretelles jaunes et les écarte de sa peau, pour finalement les remettre. Il enlève son casque, mais Géraldine ne regarde pas si haut. Il s'approche d'elle, l'enjambe, leurs cuisses se touchent. Son corps ondule. Par des effets de respiration, son ventre et son buste bougent par petites vagues. Géraldine joue le jeu. Le pompier est un bon choix, car elle est littéralement en feu. Elle pose la main sur ses abdos et simule une griffure féline. Elle lève la tête. Elle croise son regard et semble tout à coup interloquée. Pendant un instant, Alex a l'impression que la musique s'arrête, il imagine Géraldine se lever, demander le silence et réclamer des explications. Le refrain revient, Alex chante en *playback*. « *Here comes the fire* ». Finalement, elle lui sourit. Ce n'est pas un sourire véritablement sympathique. Son expression est empreinte de défi. Quoi qu'il en soit, elle a validé sa présence. Maintenant, il n'y a plus qu'à tout donner :

Les muscles les plus sollicités lors d'un *strip-tease* masculin sont les muscles fessiers. En effet, les fesses ne doivent jamais arrêter de se balancer, de frémir, de vibrer. Alex s'écarte de Géraldine. Il se recule et choisit une autre fille au hasard. Enfin, non, pas au hasard. Il a volontairement choisi la plus laide en se disant que c'est sûrement ce que ferait un pro. Il s'approche d'elle. Elle semble mal à l'aise d'avoir été ainsi élue. Il lui prend la main et l'entraîne sur la piste. Elle refuse. *Tant mieux.* Une fille plus jolie juste à côté semble moins effarouchée, elle le suit. Ses mains, guidées par celle d'Alex, font glisser les bretelles de ses épaules. Elles restent sur son torse, il les fait descendre le long de ses abdominaux. Elle rit, mais Alex sent son souffle dans son dos, elle est excitée. Comme ce n'est pas elle, la reine de la soirée, il la raccompagne à sa place. Lorsqu'elle s'est à nouveau adossée au mur, il se colle à elle, se frotte contre elle et tente de l'embrasser. Elle se laisse faire. Leurs lèvres se joignent un instant. Dans un mouvement brusque, Alex se retire.

« *Here comes the fire* ».

Il attrape son pantalon au niveau de l'entrejambe et l'arrache d'un coup sec. Le pantalon vole dans le fond de la salle. Les velcros n'ont heureusement pas résisté, Alex est content de s'être entraîné, car le mouvement n'est pas si facile qu'il y paraît. Les filles hurlent ! Les regards ont changé. Alex lève lentement ses bras et ses fesses se mettent à trembler. Les filles crient et applaudissent. Certaines continuent de rire, comme si c'était juste drôle, d'autres laissent percevoir un peu d'envie. Alex n'est plus qu'un objet de désir. Un corps appétissant. Il est maintenant en string, et c'est là qu'il doit s'attaquer à sa cible.

Géraldine attend son tour. Elle n'a pas bougé de sa chaise. Alex revient sur elle en continuant de gesticuler. Il saisit une bombe de crème chantilly sur la table. Il s'assoit sur les genoux de Géraldine et simule un acte sexuel. Elle rit. Elle est gênée, mais il sent tout à coup que s'il n'y avait qu'eux, ils ne simuleraient pas bien longtemps. Il le voit, son trouble est immense. Elle a envie de lui. Ils se font face. Dans les recoins sombres de la pièce, les autres filles continuent de rugir en battant des mains.

Alex fait jaillir un peu de chantilly sur son téton gauche. Il saisit Géraldine derrière la nuque et l'oblige à approcher sa bouche du petit nuage de crème. Elle l'avale sans résister. Il sent sa langue sur son sein. Il recommence à droite. Cette fois, il n'a même plus besoin de l'attirer vers lui. Ils se regardent. Il n'y a plus le moindre sourire entre eux. Alex se lève et passe une jambe par-dessus la tête de Géraldine. Il est souple, mais pas tant que ça, finalement. Son pied n'est pas passé loin du crâne de sa cliente, il s'en est fallu de peu qu'il ne l'assomme. Il se rassoit sur elle et se frotte contre ses cuisses. Les fesses doivent toujours être en mouvement. Les autres regardent. Alex s'est pris au jeu. Il saisit les mains de Géraldine et les colle sur son corps. Il les dirige, sur ses abdos, sur sa poitrine, puis elles redescendent sur ses cuisses, entre ses jambes. Les bras de Géraldine sont secoués de frissons. Alex sent son cœur battre à toute allure. C'est maintenant qu'il doit conclure. Il se relève brusquement. Se tourne vers elle, lui prend la main et la soulève de sa chaise. Il la plaque contre lui. Elle se laisse faire. Il pose ses mains sous ses fesses, l'empoigne et la soulève. Heureusement, Géraldine est petite et menue, elle doit peser moins de cinquante kilos. Pour la deuxième fois, il simule un geste sexuel, comme s'il la prenait en la portant. Elle met ses bras autour de son cou et se colle contre lui. La musique s'arrête. Les autres ovationnent le danseur. Alex et Géraldine sortent de leur transe. Ils se regardent stupéfiés. Maintenant. Alex l'embrasse, suscitant encore plus de cris. Un courant électrique le traverse, puis ses boyaux se liquéfient. La sensation est relativement désagréable, mais elle s'estompe rapidement, et Alex se sent bientôt plus léger. Ce baiser n'a duré qu'une petite seconde. Alex repose Géraldine. Elle revient à la réalité progressivement. Des commentaires un peu confus parviennent à ses oreilles. Des copines qui veulent déjà mettre des photos sur Facebook.

Alex se prend tout à coup une claque sur la fesse. Il se retourne et attrape un clin d'œil vicieux accompagné d'un « Hummm... ». L'espace d'un instant, il a l'impression d'être... une femme. Géraldine cherche son regard, mais ses copines s'agglutinent autour d'elle pour obtenir son avis sur le spectacle. Alex en profite pour se retirer du salon. Il regagne la chambre qui lui paraît tout à coup l'endroit le plus calme de la planète. Il s'habille rapidement, range son costume de location dans son sac. Caroline frappe à la porte.

« Dylan ? Dylan ? Je peux entrer ? On fait les photos, maintenant, c'est ça ? »

Elle entre. Il n'y a personne.

Une heure plus tard, alors que les filles sont sur le point de sortir dîner, l'interphone sonne. Géraldine a recouvré ses esprits, elle répond.

« Bonsoir, c'est Tyler ! »

VI

~~Géraldine~~ Olivia Tatiana Vanessa Sonia

Arrivé chez lui, Alex se sent un peu mieux. Il n'a pas vu Nicolas depuis trois jours, mais un pot de yaourt vide sur la table de la cuisine indique que son colocataire est toujours en vie. À cette heure, Nico est à l'entraînement de *crossfit*. Alex a raté les deux derniers. Il a envie d'y aller. En se dépêchant un peu, il sera… à peine en retard.

« Tient, un revenant ! »

Gomes, l'entraîneur, prend comme une trahison personnelle toute absence à ses cours. Quiconque manque la moindre séance n'échappera pas à un petit sarcasme à la suivante. Cette règle en met certains mal à l'aise, Alex, ça le fait plutôt sourire. Gomes porte son incontournable pull à capuche gris. Ce pull que Stallone portait lorsqu'il a monté les marches du Musée d'Art de Philadelphie, après avoir boxé des demi-carcasses de bœufs dans une chambre frigorifique. Le sweat de Gomes semble venir de cette époque et avoir traversé les mêmes épreuves.

« J'avais à faire, chef ! Je ne le referai plus, chef. Promis !

— Allez, on va commencer l'échauffement. »

Alex s'installe. Nicolas est déjà sur son tapis. Il voit arriver son colocataire avec surprise.

« Ben alors, je croyais que tu voulais plus venir. C'est bon ? Tu t'es repenti de tous tes péchés ? Elle t'a absous ?

— C'est un calvaire !

— Elle t'a jeté ? »

« Allez ! Maintenant que tout le monde est là, même M. Alex, qui nous fait l'amitié de sa présence, on va y aller. Alors, on joint les mains, on croise les doigts et on tourne les paumes vers l'extérieur. On pousse les mains, les bras sont à l'horizontal.

« Maintenant, on pousse fortement les mains vers le plafond, on colle les épaules sur les oreilles... Alex, Nicolas, on se tait, et on se concentre sur ses muscles si on en a. »

Alex et Nicolas se taisent et se concentrent sur leurs muscles, et également sur la tonicité de leurs partenaires d'entraînement. L'échauffement dure une vingtaine de minutes, et les étirements de corps féminins sont toujours un spectacle agréable. Alex a pensé que ça lui remonterait le moral. Mais il lui en faudra plus.

« C'est bon pour Géraldine, ça a été assez simple, finalement, il a juste fallu que je prenne la place d'un stripteaseur professionnel et que je fasse un show devant une douzaine de filles en furie.

— Tout simplement ! »

« Allez, on passe au WOD, on commence par du *squat* : on tend les bras, on s'appuie sur les talons. Les genoux restent au-dessus des pieds, et on s'assoit sur la chaise qui n'existe pas. Allez, on baisse, on baisse, on baisse, les filles, là. On en fait dix. »

« Mais dis-moi, ton Belios, là.

— Bélial.

— Ouais, si c'est vraiment l'empereur du vice, le roi des obsédés, tout ça, il ne devrait pas plutôt être solidaire et t'aider ?

— Je crois que ça ne fonctionne pas comme ça... »

« Allez maintenant on prend les *kettlebells*. On va faire du *swing*, on fait cinq séries de vingt répétitions. Installez-vous, voilà. Prenez la balle par la poignée, allez, le dos est plat, les genoux n'avancent pas, allez, on fait balancier, c'est les hanches qui travaillent, pas les bras, allez, allez... »

La séance se passe, au bout d'une heure et demie, Alex et Nicolas dégoulinent de sueur. La conversation ne reprend qu'après la douche, sur le chemin du retour.

« Donc si je comprends bien. Sur les cinq filles, une a essayé de t'agresser, une appellera les flics la prochaine fois qu'elle te voit, une est partie en vacances, une a disparu. Quant à la cinquième, tu as obtenu un baiser totalement dépourvu de signification en te prostituant après t'être fait passer pour quelqu'un que tu n'es pas.

— C'est à peu près ça.

— Et c'est quoi le sens de toute cette démarche ?

— Je n'en ai aucune idée ! »

Mardi. Alex aurait pu s'installer dehors, c'est plus sympa avec le soleil, les jolies passantes, mais le Wi-Fi fonctionne moins bien. Et puis à l'intérieur, il n'y a presque personne, ils seront mieux. Virgile entre. Cette fois, il ne gêne aucun serveur, il ne semble pas perdu. A priori, avec ses lunettes de soleil, il ne doit pas voir grand-chose, mais la transformation a commencé. L'enveloppe du nouveau Virgile est déjà façonnée, il n'y a plus qu'à la remplir. Il est rasé, bien coiffé. Une chemise blanche, des chaussures en cuir. Présentable. Il s'est finalement laissé convaincre et a teint ses cheveux ; il est passé d'un roux « renard » à un roux « caramel » plus discret. Cette couleur lui correspond mieux. Le plus gros du travail restant porte sur la confiance. C'est normal, ça ne vient pas en un jour. Virgile doit lutter contre ses habitudes, recalibrer son instinct et comprendre sa nature. Il doit apprendre à ne plus se dévaloriser. Il ne vaut pas moins qu'un autre.

« Salut. Quoi de neuf ?

— Je continue à sourire…

— Tu as abordé d'autres filles depuis la dernière fois ?

— Oui, une, mais ça ne s'est pas passé mieux qu'avec la fumeuse. Franchement, j'ai l'impression de parler une autre langue quand je me retrouve en face d'elles !

— C'est normal, il faut de la pratique. Aujourd'hui, on va t'inscrire sur un site de rencontres. Ce sera peut-être plus facile pour toi de discuter, c'est moins intimidant.

— D'accord, parfait.

— Bon, alors commençons. Premier point, le pseudo. Tu as une idée ? »

Virgile inspire profondément, s'enfonce dans son siège. Il se gratte les bras, frotte ses paumes contre ses genoux.

— Virgile ? »

Alex vérifie. Le pseudo n'est pas pris.

« Eh bien ! On va gagner du temps ! J'avais prévu tout un cours « Comment choisir un pseudo », mais là, t'es un bonhomme, parce que les mecs qui ont mis juste leur prénom comme pseudo, en général, ils sont mariés depuis longtemps ! Maintenant, l'annonce. C'est l'élément le plus important. Il faut du caractère. Franchement, quand tu regardes les annonces des mecs... Regarde. J'ai créé un profil espion sur Meetic. Je m'appelle Carla, et je mesure 1,70m. Regarde les annonces des mecs qui m'envoient des mails, c'est très instructif : « Salut, je suis le Ying, veux-tu être mon Yang ? » « slt, je recherche une petite meuf sans prise de taite, pa pour me marié lol ! », « Jeune homme beau, intelligent et incroyablement riche recherche jeune femme qui ne croit pas tout ce qu'elle lit ».

— C'est pas mal !

— Ouais, sauf que ça a été pompé sur un site, et il y a douze mille mecs qui ont la même annonce. Et ça, les filles, elles finissent par s'en rendre compte. C'est éliminatoire. C'est comme si ton pseudo, c'était « Tocard ». Il y a trois éléments essentiels pour réussir ton annonce : humour, mystère, défi : tu dois faire rire, ton annonce doit accrocher. Ensuite, il faut susciter l'intérêt, trouver ce qui te rend unique et donne envie d'en savoir plus sur toi. Et enfin, troisième point, il faut que tu dises ce que tu recherches. C'est important. La fille ne doit pas croire que c'est gagné d'avance avec toi. Tu dois devenir un *challenge* pour elle.

« L'essentiel, ajoute Alex, c'est que tu te démarques. Il faut être original, éviter les phrases banales du genre « je recherche une relation sans prise de tête » Tu vois, franchement, qui cherche à se prendre la tête ? Personne ! Ça ne sert à rien de le dire. Les conneries du genre, j'aime le cinéma ou je cherche quelqu'un de sincère, on laisse tomber.

« En premier lieu, il te faut une accroche. Un truc drôle. Tu vois, quand ton profil apparaît sur la mosaïque du site, on voit la première phrase de ton annonce, alors il faut interpeller. Tu peux prendre une citation connue et tu la détournes. Qu'est-ce qui te vient à l'esprit ?

— hummm… « Que la force soit avec toi ? »

— Ouais, sinon, je te suggère « Attrape les toutes »… En réalité, les Pokémon et les Jedi ne font pas rêver les filles. Quel film tu as vu dernièrement ?

— Ben… la nouvelle version de Superman…

— D'accord… tu n'as rien de plus romantique ? »

Le téléphone d'Alex sonne.

« Salut, c'est Vanessa.

Alex est pris de court.

« Salut Vanessa, répond-il d'une voix mal assurée.

— Je ne te dérange pas ?

— Non, non, non, du tout ! »

Alex s'excuse, il revient dans un instant. Virgile lève à peine la tête de son écran. Une fois dans la rue, Alex reprend la conversation.

« Mes parents m'ont appelée tout à l'heure et ils m'ont dit que quelqu'un avait essayé de me joindre. Ils m'ont expliqué, une histoire de fête, bref, j'ai fini par imaginer que c'était peut-être toi ! Je me trompe ?

— Ha ! Pas du tout, ce n'est pas moi !

— Tiens ! Mince, excuse-moi, ça doit te paraître bizarre comme appel, du coup.

— C'est dans la moyenne de ce qui m'arrive de bizarre en ce moment !

— Ça fait un peu la fille qui rappelle avec un prétexte bidon.

183

— Pas un peu, carrément ! Mais tant mieux, ça me fait plaisir de t'entendre.

— C'est vrai ? Tu n'es pas fâché ?

— Non !

— Pour être honnête, mes parents ont vraiment reçu cet appel étrange, et, je ne sais pas pourquoi, j'espérais que c'était toi.

— ...

— Et je me disais que si tu m'appelais pour qu'on se revoie, j'accepterais volontiers.

— Oui, ce serait sympa, tu pourrais me dire un peu ce que tu deviens...

— Oh ! Je ne deviens rien, j'habite dans le XIVe, je me suis mariée et j'ai arrêté de travailler. Voilà, tu sais tout.

— Ah ! Alors on parlera d'autre chose... On pourrait, aller boire un verre, ou déjeuner, un de ces quatre...

— Je ne pensais pas exactement à ça...

— D'accord ! Tu pensais à quoi ?

— Tu connais la rue Saint-Denis, derrière les Halles ?

— Heu, oui, je connais, c'est la rue des sex-shops...

— Oui. Il y a un hôtel, au 88. Demain, à dix-sept heures, ça te conviendrait ?

— Heu... oui, mais... tu viens pas de me dire que tu étais mariée ?

— Mon mari est un homme très occupé, Alex. Il me laisse si seule. À demain ?

— À demain ! »

Elle a raccroché. Alex se souvient que Vanessa était volcanique, mais il ne lui avait pas semblé qu'elle avait à ce point le feu au cul. Pressentant la fin de la conversation, il s'est rapproché du bar, et il rejoint Virgile sans perdre plus de temps.

« Excuse-moi. »

Virgile n'a pas écrit son annonce. Il consulte le profil d'une femme sublime.

« Je vais te donner une astuce : quand tu vois une fille vraiment canon, une HB9 ou 10, tu ne lui écris pas tout de suite. Mets-la dans tes favoris, c'est à ça qu'ils servent, les favoris. Cette fille a mis une photo pour se la raconter « je suis belle », mais elle va recevoir quatre mille mails par jour. Et il ne va pas y avoir que de la poésie. Alors, elle va finir par en avoir marre et elle va comprendre que sur les sites de rencontres, faire trop la belle, ce n'est pas une bonne stratégie. Dans une semaine ou deux, elle aura supprimé sa photo dans l'espoir qu'on s'intéresse à ses qualités de cœur. Sans photo, elle va arrêter de recevoir des mails. C'est là que tu lui envoies un message sympa, « ta personnalité m'intéresse ». Maintenant, si tu veux discuter avec des filles pareilles, il faut travailler ton annonce. On s'y met ? »

Parallèle au boulevard Sébastopol, la rue Saint Denis est une rue que l'on coupe pour se rendre au centre Georges Pompidou depuis le quartier des Halles. C'est l'une des plus vieilles rues de Paris. Alors c'est sans doute normal d'y exercer le plus vieux métier du monde. On y trouve de nombreux *sex shop*. Dans certains, des filles proposent des prestations diverses. Pour ceux qui n'ont pas les moyens, il reste les cabines individuelles pour visionner tranquillement un large choix de films pornographiques. Ces commerces s'intercalent entre des magasins de vêtements bas de gamme et des boutiques de tatouages ou de piercings. Au milieu, il y a une église.

Alex a toujours parcouru cette rue avec empressement. Il la trouve glauque. Il n'a jamais franchi les rideaux en velours rouges ou bleus qui masquent l'entrée des boutiques. Un homme sort d'un *sex shop*. L'œil hagard, l'allure fantômatique, il jette des regards suspicieux à gauche et à droite, comme pour s'assurer que personne ne fait attention à lui. Peut-être habite-t-il le quartier, ou bien travaille-t-il dans le coin. La cinquantaine passée, il est sec, paraît fragile. Il enfile son alliance à son annulaire gauche. Alex se demande pourquoi il l'a enlevée. Si une fille s'est occupée de lui, se souciait-elle qu'il soit marié ? L'homme se jette dans la rue, après s'être assuré de son anonymat. Il marche d'un pas pressé. Alex observe ses épaules affaissée. La honte transpire de son attitude. A-t-il des enfants ? Qu'est-ce que ça peut faire ?

Alex trouve avilissant de venir chercher son plaisir de la sorte, même au plus fort de ses solitudes. Coucher avec une fille, c'est comme lire la bible, on ne devrait jamais payer pour ça. Mais il y a des hommes à qui l'on n'offre rien. Alex le sait. Il comprend comment on peut en venir à se payer une pute. Saint-Denis ressemble à une rue que l'on emprunte quand on a perdu son chemin. Alex se demande ce qu'il fait là.

Il arrive à hauteur du 88. Pourquoi Vanessa lui a-t-elle donné rendez-vous dans un tel endroit ? L'hôtel en question est un peu particulier, puisqu'il ferme la nuit, entre deux heures et neuf heures du matin. On n'y sert pas le petit déjeuner, et personne ne vient y dormir. Ce n'est pas un hôtel, c'est un club. Au moment d'entrer, Alex regarde autour de lui, pour savoir qui va le voir pénétrer dans ce lieu. Les portes vitrées s'ouvrent automatiquement sur un long rayon de DVD. À droite, un comptoir, et derrière, de nombreux *sextoys*. L'endroit est peuplé de types aux abois et de filles provocatrices. Des professionnelles vendent leurs charmes. Vanessa lui a dit de se présenter à l'accueil et de demander la suite Paradis.

« La suite Paradis est au quatrième étage. »

Alex suit tranquillement les panneaux sur le mur. Il longe le couloir et parvient devant la porte de la suite Paradis. Il frappe trois coups légers et entend une voix lui dire d'entrer. Il insert la carte magnétique dans la poignée. Le voyant vert s'allume et la serrure se déverouille.

Vanessa lui fait dos. Il referme la porte.

« Salut, tu…

— Chut », coupe-t-elle.

Alex s'avance. La chambre est plutôt petite. Ou alors est-ce le lit qui est grand. Les murs sont bleus, décorés de nuages en forme de cœur. La lumière noire les rend fluorescents. Ils évoquent sans doute le paradis chrétien, le mélange des genres est plutôt étonnant. Les deux anges de Raphaël se demandent certainement, eux aussi, ce qu'ils font sur le plafond. Dans l'angle, à gauche, un grand écran plat dans lequel une fille se déshabille langoureusement. Une vaste cabine de douche délimitée par une paroi en verre occupe le côté droit de la pièce.

Vanessa porte une gabardine beige. Elle se tourne enfin vers lui. Ils ne se diront rien, Alex a compris. Elle lui sourit. Ses lèvres sont rouges, et ses yeux verts. Elle dénoue doucement la ceinture de son imperméable et défait un par un chaque bouton, du haut jusqu'en bas. Vanessa a renoncé à la frange, mais en dehors de sa coiffure, elle n'a pas changé. Elle est toujours aussi séduisante. Elle saisit le col de son manteau et l'écarte, découvrant ses épaules nues. Sa gorge se révèle. Le tissu descend le long de sa peau. Le haut de ses seins apparaît, lentement. Vanessa a toujours eu le sens du *timing*. Le pardessus tombe à ses pieds.

Son corset en cuir zippé sublime ses courbes. Vanessa a laissé la fermeture éclair négligemment entrouverte. Alex est saisi d'une pulsion, il la veut. Mais il garde le contrôle de lui-même. Pour accompagner ce délicieux sous-vêtement, Vanessa est habillée d'un short, également en cuir.

Alex est charmé. La situation lui rappelle à quel point il a été amoureux d'elle. C'est Vanessa qui a été à l'initiative de leur rupture. Elle se tourne, et il peut admirer ses fesses. Elle s'approche. Il tente de l'embrasser. Après tout, c'est pour ça qu'il est venu. Elle esquive et se retourne. Elle se frotte contre lui, et Alex est submergé par une bouffée de désir. Elle prend ses mains et les pose sur sa taille. Ses doigts sont chauds. Alex l'enlace et caresse ses hanches. Son souffle est brulant. Elle l'entraine vers le lit. Il se laisse tomber, et elle monte sur lui. Son regard tombe sur les deux anges au plafond.

Ses mains s'engourdissent. Les petites gratteuses vont se joindre à la partie. Il tente à nouveau un baiser, mais échoue une seconde fois. Vanessa n'est pas venue pour de la tendresse ou des sentiments. Alex est allongé. Elle libère la boucle de sa ceinture et ouvre son pantalon. Il la laisse faire puis se débarrasse de sa veste qu'il jette au pied du lit, suivie bientôt de sa chemise. Elle embrasse son ventre, sa poitrine, et remonte dans son cou. Elle caresse son bras qu'elle guide au-dessus de sa tête. Il se laisse faire. Les petites gratteuses commencent à se déchainer, elles aussi. Les sensations remontent jusqu'à ses épaules, mais également dans ses jambes. Des fourmis dans les jambes, de ses orteils à ses cuisses. Ce n'était jamais remonté aussi haut. Sur son torse, une brûlure annonce un duvet qui va bientôt se reformer. S'il ne veut pas ressembler à un vieux paillasson avant la fin de leurs ébats, Alex doit agir. L'élixir, dans la poche de son veston. Il a déjà pris trois gouttes. Tôt ce matin. Ça ne fait pas une journée. M. Mabouto a donc fortement déconseillé ce qu'Alex est sur le point de faire.

Il ne l'a pas vu venir : une menotte se referme sur son poignet. Sa main droite est accrochée au montant du lit. Vanessa se relève. Elle place ostensiblement la clé de la menote dans une minuscule poche à l'arrière de son short. Il y a de la férocité dans son sourire. Elle fait lentement glisser la fermeture de son corset. Jusqu'en bas, libérant ses seins. Alex est aussi fasciné qu'inquiet. Il ne peut pas atteindre sa veste jetée par terre. Il sent les poils recouvrir ses jambes. De sa main libre, il parvient à atteindre une barre d'interrupteurs. Il les enclenche. Le lit se retrouve alors dans une obscurité salvatrice. Un seul éclairage demeure, qui illumine la douche. Vanessa acquiesce d'un geste et se rend jusqu'à la cabine. D'un mouvement souple, elle retire son short, le fait langoureusement glisser le long de ses jambes et le jette du pied en direction du lit. Elle est maintenant nue. Alex est hypnotisé, mais il essaye de localiser le short. Il tâte le lit avec son talon pour le trouver. Des raideurs épouvantables transforment ses doigts en crochets qu'il n'arrive pas à détordre. *Elles* tirent sur ses tendons, ses muscles, ses os.

Vanessa fait couler l'eau sur son corps. Elle frotte ses attributs contre la paroi en verre, et Alex a tout loisir d'apprécier le spectacle. Il explore en même temps le bout du lit. Il sent les poils sur son torse, dans son dos. Dans quelques minutes, un gorille entre en scène. La douche s'arrête déjà. Vanessa prend nonchalament une serviette et s'essuie sommairement. Elle traverse la chambre jusqu'à un placard. Une lumière à l'intérieur éclaire le contenu : des *sextoys*. Elle ne s'y intéresse pas, elle prend juste une capote. De son talon, Alex localise le short et essaye de le ramener vers lui.

Malgré la pénombre, Alex perçoit tout le caractère animal de sa démarche. Elle vient sur lui, et, au moment de poser sa main sur son corps velu, Alex lui saisit le poignet. Il la retourne, prend le dessus, et lui entrave le bras comme elle l'a fait de lui quelques instants plus tôt. Alex a changé, c'est lui qui domine désormais. Il récupère sa fiole. Trois autres gouttes. Les effets sont immédiats. Il retrouve son corps lisse et glabre.

Il monte sur elle, la caresse, l'embrasse. Les seins, le cou. Puis il cherche ses lèvres, elle resiste, mais il a l'avantage. Il insiste. Elle se rend. Il obtient le baiser tant attendu. Des cellules explosent alors dans son corps. Un violent bombardement le secoue de l'intérieur. Sa chair devient un champ de bataille, sa peau, un terrain d'expérimentations pour produits toxiques. Alex encaisse. Il se couche sur Vanessa. De sa main libre, elle lui griffe le dos, mais il ne s'en rend pas compte. Elle mord le lobe de son oreille. Le brasier de son corps commence à s'éteindre. Les effets s'estompent aussi subitement qu'ils sont apparus. Une décontraction profonde l'apaise. Alex revient à lui et s'aperçoit que Vanessa n'aime pas être attachée. Il la libère. À partir de maintenant et jusqu'à ce qu'il quitte cette chambre, il fera ce qu'elle veut. Et elle veut beaucoup.

Ils ont fait l'amour. C'était bestial. Ils sont allongés l'un à côté de l'autre. Sous le coup d'un regain de forme, Alex a pris beaucoup de plaisir. Elle se fait plus tendre et vient se blottir contre lui. Il est détendu. Ils sont tous deux couverts de sueur. Vanessa a encore le souffle court. Alex a obtenu son deuxième baiser, c'est une victoire importante. Il a aimé Vanessa. Il aurait été capable rester avec elle, mais elle en a décidé autrement. Ils ne se correspondaient pas assez, a-t-elle dit. Il l'a trompée, et elle ne l'a jamais su.

Sans pouvoir l'expliquer, Alex a l'impression d'avoir bouclé la boucle ; que cette aventure strictement sexuelle était un épilogue nécessaire pour pouvoir considérer leur histoire comme terminée. Il ne reste qu'une ultime et nécessaire étape :

« Je dois te faire une confidence.

— Ne me dit pas que tu as simulé, je ne te croirais pas ! »

Il sourit.

« Non, ce n'est pas ça. Je sais que ça ne sert à rien de parler du passé, mais j'ai couché avec d'autres filles à l'époque où on était ensemble. »

Elle ne répond rien.

« Je ne sais pas pourquoi je te le dis aujourd'hui, ça me fait du bien de te l'avouer.

— Tu veux dire que tu m'as trompée ?

— Oui.

— Ah ! La belle affaire. Et alors ?

— …

— Moi aussi, je t'ai trompé. Ça fait quoi ?

— Tu m'as trompé ?

— Oui, et pas qu'une fois. On s'en fout, tu étais un bon plan cul, mais je ne t'ai jamais réclamé l'exclusivité !

— D'accord. Et bien, c'est cool ! »

Elle a parlé sans grande émotion, comme elle aurait commenté une liste de courses. Alex est déçu, attristé. Vanessa se retourne et lui fait désormais dos. Alex fixe les anges au plafond. Il pensait qu'à un moment, leur relation avait une signification pour elle. Elle se repose maintenant. Sans l'ombre d'un scrupule. Ce soir, elle sera auprès de son mari et lui racontera sans doute qu'elle a discuté avec une copine cet après-midi, ou qu'elle est allée au cinéma. Et il dormiront ensemble. Peut-être feront-ils l'amour, ou plus probablement lui dira-t-elle qu'elle est fatiguée. Elle ne lui montrera pas le corset, il est certainement réservé à ses amants ? Alex finit par sombrer dans un demi-sommeil. Quand il se réveille, Vanessa est partie. Elle l'a laissé seul. Seul avec ses cheveux sur l'oreiller.

VII

~~Géraldine~~ Olivia Tatiana ~~Vanessa~~ Sonia

Alex quitte *l'hôtel* d'un pas précipité. Il baisse la tête au moment de retourner dans la rue, espérant que personne ne fasse attention à lui. Il est vingt et une heures passées. Chez lui ne l'attendent que la déprime et quelques questions sans réponses. Cette fois, c'est un verre dont il a besoin. Alors Alex se met à la recherche d'un bar. Il en connaît tant, il n'a que l'embarras du choix. Mais tout lui paraît trop sombre ou trop lumineux, trop bruyant ou trop sinistre. Il ne trouve pas l'ambiance qu'il souhaiterait. Il ne veut pas être seul, mais il veut avoir la paix. Qu'on le laisse réfléchir. Les retrouvailles avec Vanessa le laissent perplexe. N'a-t-elle donc jamais éprouvé de sentiments à son égard ? Alex descend dans le sud de Paris. Il marche sans se soucier de sa destination. Il traverse le Pont neuf. Au terme de son errance, il y aura toujours un métro ou un taxi pour le ramener chez lui. Rue Lecourbe.

Alex est mal engagé. Il a obtenu deux baisers sur les cinq. Les deux plus faciles. Le chemin qui le mènerait jusqu'à une réconciliation avec Tatiana peut faire passer le *Mordor* pour une destination de vacances. Olivia est en vacances. Quant à Sonia,

Alex aurait préféré devoir couper la tête de l'hydre de Lerne ou nettoyer les écuries d'Augias, ça lui paraît plus simple. Sa blessure est encore vive, les sentiments encore exaspérés.

Alex lève la tête pour la première fois depuis un long moment. Devant lui se tient le *Old Daiquiri*. Simple hasard ou volonté inconsciente ? La dernière fois, Sonia l'attendait pour faire sa connaissance. Cette soirée était véritablement formidable. Ils ont bu un verre et ont beaucoup dansé.

Alex entre. Le bar lui paraît moins accueillant. Il a *closé* plusieurs fois ici-même. Il ne vient pas trop souvent. Pour ne pas bâtir une réputation de prédateur, et aussi parce que ce c'est l'exploration qui est intéressante, la découverte. Alex n'aime pas la routine.

Il a parcouru la salle du regard, détaillé l'assemblée. Sans même y penser, il a noté chaque fille. Certaines lui plaisent. Il a déterminé dans leur attitude ce que chacune est venue chercher. La plupart sont des touristes. Ce serait facile, mais Alex n'est pas venu pour ça. Il n'a pas envie, il veut juste un verre un peu fort. Il s'assoit au bar, commande un whisky. Il se sait pitoyable : il boit de l'alcool, seul, fiché d'un air triste. Pour la première fois depuis une éternité, il s'en fout ! Personne ne fait attention à lui, personne ne le juge, il n'est pas en compétition. C'est presque agréable.

Une demoiselle traverse la salle. Il la voit de dos. Il apprécie sa silhouette, le dessin de sa taille, la façon dont ses cheveux tombent en cascade dans son dos.

Seul souci, elle bifurque de sa trajectoire pour aller s'installer à une table libre, et Alex reconnaît

Sonia. Il se tourne pour éviter qu'elle ne le voie. Pourquoi est-elle ici ? Elle est seule, comme lui, et elle semble affligée, comme lui.

Alex s'en retourne à son verre, mais il ne peut s'empêcher de jeter des regards vers Sonia. Elle est au téléphone, et son interlocuteur la fait rire. Il est revigoré par ce sourire sur son visage. Elle continue de rire, discrètement. Alex se sent jaloux. De l'autre côté du téléphone se tient peut-être un nouveau petit ami. Elle aurait rencontré un autre homme, plus stable, plus honnête. Il l'aurait convaincue de lui faire confiance, il lui aurait fait croire qu'il n'est pas comme les autres. Elle serait tombée dans le piège, et Alex ne serait plus qu'un dessin sur la plage à la marée montante.

Elle raccroche. Il va pour se lever de son siège. Il veut lui parler. Elle est plongée dans le menu. Il se ravise. Il aimerait prendre sa main et l'entraîner sur la piste, parce que danser avec elle, c'est avoir le soleil comme ami. Mais il ne peut pas, il a perdu le droit de danser avec elle. Quelqu'un aborde Sonia. Alex n'entend pas. Une rapide observation du type suffit pour comprendre que nous sommes là face à un magnifique spécimen de la catégorie 2 : celle des tocards. Il donne dans le *Cocky and funny* : *Salut poupée, alors comme ça, tu ne portes pas de culotte ! Ah, pardon, ma montre avance d'une heure*.

Elle le repousse poliment et s'en retourne à son menu. Le gars insiste. Il s'assoit à sa table. Elle referme le menu en le claquant et le pose sèchement. Le séducteur se penche vers elle et tente une nouvelle approche sur le ton de l'humour. Il sourit. Sonia semble navrée. Elle joint ses mains devant elle, comme pour prier, elle ferme les yeux un instant, et lui dit certainement qu'il ferait mieux d'aller voir ailleurs si quelqu'un y est. La tension monte. Sonia n'est vraiment pas d'humeur, et l'autre, en face, n'a pas l'air de supporter le rejet. Alex arrive à leur table quand Sonia se fait traiter de salope. Il n'a encore aucune idée de sa stratégie. Personne d'autre ne fait attention à cette scène banale. Sonia lève les yeux, et il perçoit comme un éclair dans son visage.

« Oh ! C'est pas vrai ! C'est qui le prochain, Freddy Kruger ? »

Alex est blessé. Le type tourne la tête vers lui. Alex lui sourit.

« Excuse-moi, mec, je peux te parler deux secondes ?

— Quoi, il t'arrive quoi à toi, t'es PD ?

— Non, mais si je peux me permettre, je pense que je peux t'aider. »

Le gars se lève. Il est plus grand, mais plus sec. Alex peut le maîtriser. Il est plus fort que lui, et certainement mieux entraîné.

« C'est quoi ton problème à toi, casse-toi, je récupère le 06 de ma future meuf.

— Moi, tout va bien ! Par contre, toi… Regarde cette fille deux secondes, si tu n'arrives pas à voir qu'elle n'a aucune envie d'être ta future meuf, c'est toi qui as un problème. Mais je peux t'aider, c'est mon boulot.

— …

— Je suis *coach*. »

Alex ne la regarde pas, il s'adresse au dragueur resté dans une posture menaçante.

« Cette fille veut juste qu'on lui fiche la paix. Si tu ne comprends pas, je vais être obligé de te mettre dehors, dit Alex.

— Ah oui, tu veux essayer ?

— Ne fais pas l'erreur de te surestimer, soit tu es complètement à la ramasse, soit tu as bien compris que je pouvais le faire. De plus, on me connaît ici, si on se bat, c'est moi que les serveurs viendront aider. Alors si tu veux te ridiculiser, on y va, à toi de choisir. Cette fille, elle n'est pas venue pour un homme.

— Oh ! Non ! » confirme Sonia.

L'homme a mis une main dans sa poche. Alex a bluffé sur les serveurs. Il est pris d'un doute. Ils se dévisagent. L'homme serre les dents, ses mâchoires se contractent. *Que va-t-il sortir de sa poche ?* Alex sait qu'il ne doit pas continuer sur le terrain de l'affrontement.

— Est-ce que je peux t'offrir un verre ? »

Le gaillard a eu un petit mouvement de recul. Il ne s'attendait pas à cette proposition. Décidément, son esprit semble besogneux. Il est perdu.

« Je suis *coach*. C'est mon métier, je suis consultant. Spécialisé dans la séduction.

— Ah oui, écoute-le, il est doué », commente Sonia.

Elle a repris son menu et le dresse comme un rempart entre eux. Elle n'accorde pas un regard à Alex.

« Tiens, voilà ma carte. Je pense que je peux te donner quelques petits conseils, si ça t'intéresse. Je te paye un verre, tu n'as rien à perdre. »

L'autre a sans doute fini par considérer cette issue comme la plus honorable à cette situation grotesque.

« Bon, d'accord.

— Première règle, mec, des filles, il y en a plein. Quand l'une te dit non, il faut savoir l'accepter. Reste classe, respectueux. Là, ce que tu as fait, c'est une agression. Tu n'obtiendras jamais rien comme ça. Deuxième point, quand tu abordes une fille, il y a une distance à respecter. Si tu rentres dans son cercle intime… »

Pendant qu'il parle, Alex s'éloigne avec son nouveau client. Sonia commande un *picadillo*. Elle le mange sans appétit, se demandant ce qu'elle fait là, pourquoi elle est venue. Alex parle avec le lourdaud pendant une dizaine de minutes. Ils se serrent la main. L'autre a perdu son arrogance. Il finit par partir.

Alex reste au bar. On lui apporte un plat, la serveuse lui sourit. Il ne se tourne pas une seule fois vers Sonia. Il l'ignore. Sans doute pour respecter sa volonté. Le message semble clair ; ils se croisent ici par hasard — *Le hasard existe-t-il vraiment ?* —, mais ils n'ont plus rien à partager. Conformément à sa demande, il ne viendra plus la déranger. Il n'a pas agi parce que c'était elle, il aurait aidé n'importe qu'elle autre fille. Elle aimerait qu'il se retourne, au moins une fois, il ne le fait pas. Ils sont seuls, chacun de leur côté.

L'orchestre se met à jouer. Des couples se forment pour rejoindre la piste de danse, comme eux, quand ils étaient venus ensemble. Une jolie fille portant une robe rouge très courte s'approche d'Alex. C'est une invitation. Ils semblent se connaître. Alex refuse. Elle insiste et le prend par le coude, mais il résiste et elle finit par renoncer. Sonia doit le reconnaître, elle est un peu jalouse, cette situation l'irrite. Il ne fait plus partie de son monde et elle n'a plus rien à faire dans le sien. C'est elle qui l'a décidé. Il ne peut pas y avoir d'amour sans confiance, elle doit s'en tenir à ça. C'est de sa faute à lui. C'est dommage. *C'est toujours dommage, Catherinette !* Elle décide de lui envoyer un texto pour le remercier de l'avoir débarrassé du crétin.

Après plusieurs minutes de réflexion, elle envoie simplement « merci ».

Message envoyé.

Aucune réaction d'Alex. Le connaissant, il est impensable que son téléphone ne soit pas dans sa poche. Pourtant, il ne le consulte pas.

Elle termine son repas, le message va bien finir par arriver. Rien.

Alex boit maintenant un café. Il va bientôt s'en aller. Elle souhaite lui parler. Elle ne devrait pas, mais le tabouret à côté d'Alex est libre, et sonia y voit un signe. C'est impulsif, au-delà de la conscience, comme les raisons qui l'ont ramenée dans ce bar.

Alex se retourne enfin et la découvre à côté de lui. Il ne montre aucune surprise. C'en est presque agaçant, cette maîtrise qu'il semble avoir sur les comportements.

« Tu as laissé tes affaires dans ma librairie. Je les jette ?

— Ce n'étaient pas mes affaires que j'étais venu récupérer.

— Ah ! Et c'est quoi, alors ?

— Toi !

— Et tu as cru que c'était possible ?

— Je ne sais pas, ce que je crois en ce moment, c'est que j'ai merdé. C'était vraiment super tous ces moments avec toi. À un moment, je me suis égaré, et j'ai tout bousillé, mais ça ne m'empêche pas de continuer à penser qu'on serait bien tous les deux.

— Quelle ironie. Et dire que sur ton site Internet, tu te présentes comme un fin connaisseur de la psychologie féminine.

— Ne m'attaque pas sur ce terrain, c'est juste mon boulot, c'est du marketing.

— On était au tout début, Alex. J'étais vraiment amoureuse, et tu m'as trompée, comment tu voudrais que ça continue entre nous ?

— Je sais que je t'ai fait du mal, et je le regrette sincèrement. Tu n'étais pas là, ce soir-là, et j'ai eu une sorte de crise d'angoisse. Ça m'arrive, je flippe, j'ai perdu les pédales, parce que je tiens à toi, et j'ai eu peur de te perdre. J'ai fait n'importe quoi.

— Peur de me perdre ? Je suis juste partie un week-end chez mes parents ? Tu n'as pas trouvé mieux ?

— As-tu déjà perdu quelqu'un auquel tu tenais plus qu'à toi-même, Sonia ? Sais-tu ce que ça fait de croire que tu vas être heureux toute ta vie, et de te retrouver seul ; l'instant d'après. Sans explication ?

— Oui, figure-toi, je sais !

— J'étais amoureux d'une fille. J'étais totalement investi dans cette relation, sans réserve. J'imaginais déjà passer ma vie avec elle, vieillir à ses côtés, tu vois le genre ? On habitait ensemble, on était bien… »

Alex déglutit péniblement.

« Je suis désolée pour toi Alex. Vraiment. J'imagine que tu as vécu des histoires compliquées, mais ça n'excuse pas ce que tu m'as fait. Moi aussi, j'ai eu une rupture difficile, avec un homme que j'aimais. Ça ne m'a pas empêchée d'avancer, de te respecter et d'être sérieuse. »

Il semble chercher ses mots. Pourtant, les mots sont très simples, il les connaît. Ils sont juste difficiles à prononcer.

« Elle est morte. »

Sonia est surprise. Il ne lui en avait jamais parlé.

« Je ne sais pas pourquoi, j'ai eu peur de te perdre, Sonia. Depuis ce jour où Mélanie est partie, je vois du noir partout, j'imagine sans cesse le pire. Je n'arrive pas à faire autrement. »

Sonia s'est rapprochée de lui. D'un geste instinctif, elle veut caresser sa joue, elle se retient. Alex ne pleure pas, mais elle ne l'a jamais senti aussi fragile. Elle voudrait le réconforter. Une émotion la submerge, devient incontrôlable. Elle se lève, elle veut partir avant de pleurer. Il la rattrape par le bras.

« Ça n'a jamais été un jeu. »

Elle se dégage, jette ses yeux dans les siens et soutient l'intensité de son regard. Il voudrait l'embrasser. Il pourrait s'avancer doucement et voir si elle parcourt le reste du chemin. Il pourrait la forcer un peu, profiter de sa confusion émotionnelle. Elle a de la rancune envers lui, mais aussi des sentiments amoureux. Tout est mélangé, elle-même ne sait pas ce qu'elle attend de lui. Et lui non plus. Ils restent immobiles tandis que les danseurs dansent, que les mangeurs mangent, et que les dragueurs draguent.

Il pourrait l'embrasser, profiter de son trouble pour obtenir un baiser, l'un des trois qui lui manquent. Il hésite. Il ne veut pas l'embrasser comme ça, ce serait un manque de respect. Alors il lui sourit et la regarde partir comme un rêve qui s'évanouit. Dans la rue, elle recouvre une respiration calme. *Je t'aimais tellement, Alex !*

Alex boit son café. En partant, il se surprend à espérer qu'elle l'a attendu. Il la cherche autour de lui, mais elle est partie. Une certitude l'envahit, c'est plus une confirmation qu'une véritable révélation. Il aime cette femme.

VIII

« D'accord ».

Elle est d'accord. Au terme d'un long *brainstorming* avec son colocataire, Alex a estimé que la seule façon de se faire pardonner par Tatiana était de lui ramener l'ex petit ami dont elle semble toujours éprise. Il s'appelle Anthony Pernault. Elle l'aime. Il est parti, et si Alex parvient à les réconcilier, il pourra obtenir la miséricorde de Tatiana. Alex a suggéré l'idée. Tatiana n'a pas répondu à son appel, mais trente minutes plus tard, elle lui a envoyé un texto : « D'accord ».

Nicolas a trouvé l'idée farfelue. Trop compliquée. Mais Tatiana éprouve une telle rancœur qu'il sera impossible de lui faire ressentir de la compassion. Alex a tenté de jouer cette carte, il lui a même dit que sa mère était morte, elle est restée indifférente, n'a pas pensé à lui exprimer ses condoléances. Alors la dernière solution consiste à lui faire un cadeau exceptionnel.

L'une des notions les plus paradoxales et les plus incompréhensibles de notre société moderne est celle *d'ami Facebook*. En y regardant de plus près, Alex découvre qu'il est toujours ami avec Tatiana, et rien ne saurait être plus éloigné de la réalité. Alex explore le profil de son ex. Elle compte cent quarante-deux amis, ce qui est la démonstration d'un réseau social très pauvre. Alex a toujours soigné son *social proof*, même sur Internet. Il affiche plus de neuf cents amis, et environ mille sept cents personnes suivent son fil Twitter. Beaucoup d'anciens clients et de nombreux futurs.

Tatiana poste de nombreuses photos sur Facebook. Certaines personnes pensent, dès qu'elles voient un gâteau dans une boulangerie ou un chat en haut d'une armoire, que la planète entière sera intéressée. Beaucoup de photos de nuits. Des soirées immortalisées et commentées « Merci les copines !!!! loveU !!! ». Regarder les photos Facebook des autres, parfois, c'est comme entrer chez eux en leur absence. On y retrouve ce qui leur est cher, ce qui les fait vibrer. Alex se reconnaît sur un cliché. En fait, il se souvient juste du bar où elle a été prise, parce que lui, il n'apparaît pas vraiment. La photo a été recadrée, on devine simplement un bras qui s'incruste dans le dos de Tatiana. Ce bras est le sien. Sur un autre cliché un type est identifié « Tony Kalaklass ». Alex visite son mur, heureusement, Tony Kalaklass n'y connaît rien en paramètres de confidentialité. Comme des milliers de gens, il n'a même pas conscience de livrer sa vie en pâture au premier venu. Le genre de personne qui marque que la D.R.H. de son dernier entretien d'embauche était trop bonne et qui ne comprend pas pourquoi elle n'a pas donné suite à sa candidature.

Plusieurs amis l'appellent Anthony dans les commentaires. Après vérification dans les Pages Blanches, il s'avère qu'il faut prendre le RER C pour se rendre chez lui.

Alex arrive devant une barre de H.L.M. dont on se demande comment le soleil même parvient à passer au-dessus. Une bande d'environ deux mètres est intégralement couverte de tags au pied de l'immeuble. Enfermé dans un petit enclos, un toboggan se fait agresser par une horde d'enfants bruyants. D'autres jouent au foot sur le *parking*. Anthony Pernault habite ici. Bâtiment 147, au quatorzième étage. Anthony ne répond pas à l'interphone. Alex décide de l'attendre.

Un jeune Pakistanais arrive, qui tire un carton de prospectus sur un petit diable. En quelques secondes, il appuie sur une trentaine de boutons. On lui ouvre la porte sans lui demander ce qu'il veut. Alex le regarde atteindre le mur de boîtes aux lettres et glisser dans chacune le papier coloré vantant les mérites de *Pizza Rapida*. Alex est impressionné par la dextérité du distributeur de fascicules. Quand il ressort, Alex retient la porte et décide d'entrer dans le hall. Un petit ascenseur le mène au quatorzième étage. Alex sonne, personne. Il attend dans le couloir. Une heure plus tard, l'ascenseur finit par s'ouvrir sur un homme musclé. Il porte un *tee-shirt* sans manches à grosses mailles et un diamant à l'oreille. Ses cheveux forment une crête digne des joueurs de football les plus imaginatifs. En voyant Alex lui barrer le chemin, il adopte tout de suite une attitude menaçante.

« Vous êtes Anthony ?

— Oui… »

Alex lui sourit et lève la main en signe d'apaisement !

« Excusez-moi de débarquer comme ça, rassurez-vous, je ne vous veux pas de mal et je ne vends rien. Est-ce que je peux vous parler un instant ?

— Parler de quoi ? »

Alex le laisse passer. Avant d'ouvrir sa porte, l'homme toise le visiteur d'un air ostensiblement suspicieux. Le look citadin d'Alex ne colle pas vraiment avec celui d'un fauteur de troubles. Anthony laisse Alex entrer dans l'appartement, mais il lui bloque l'accès une fois le seuil franchi. La discussion se déroulera dans la minuscule entrée. Il ne lui proposera pas de biscuits ou un café.

« Je vous préviens, je repars dans cinq minutes.

— Tatiana Perrac, c'est une amie à vous, non ?

— Non.

— Vous ne la connaissez pas ?

— Pas du tout.

— Écoutez, je ne suis pas flic, ça ne sert à rien de me raconter des conneries, je sais quelle relation vous avez eu avec elle.

— C'est du passé.

— Très bien. Aujourd'hui, elle a des problèmes. Graves. Et elle a besoin d'aide.

— Je ne crois pas que cela me concerne.

— Son mec la bat.

— Vous êtes qui exactement ?

— Je suis un de ses amis.

— Et pourquoi vous venez me voir ?

— J'ai besoin que vous m'aidiez… à l'aider.

— C'est-à-dire ?

— Tatiana sort avec un type bizarre, depuis plusieurs mois. Il a la main lourde sur les alcools forts, il ne fume pas que des clopes, et quand il est énervé, il aime bien se défouler sur quelqu'un.

— Vous n'avez qu'à appeler les flics !

— La police ? Il va faire une nuit en garde à vue, et le lendemain, il reviendra la tabasser ! Non ce qu'il faut, c'est qu'elle le quitte. Mais vous la connaissez, Tatiana, c'est une fille sensible, adorable, et un peu fragile, psychologiquement. Elle a peur de se retrouver seule, alors voilà, elle a besoin d'un électrochoc. Et comme je sais qu'elle a encore des sentiments pour vous, si vous lui tendez la main, on arrivera peut-être à la sortir de cette merde.

— Et vous voulez que je fasse quoi ?

— Si vous reprenez contact avec elle, vous lui dites que vous avez envie de la revoir…

— Je vous arrête, je n'ai pas du tout envie de la revoir.

— Il ne s'agit pas de vous ! Dites-lui que vous avez envie de la revoir, montrez vous un peu love, le temps qu'elle trouve la force de quitter l'autre type, et ensuite, au revoir.

— Vous voulez que je drague la meuf d'un type hyper violent, et qu'ensuite je la largue. Je la connais Tatiana, elle va me harceler pendant six mois. J'ai dû changer de numéro la dernière fois.

— Bon, je sais que vous lui en voulez, mais…

— De quoi vous parlez ?

— Elle m'a tout raconté, elle s'en veut beaucoup, pour cette aventure… qu'elle a eue…

— Je ne comprends rien à vos histoires. Ma femme va bientôt rentrer, vous devez partir, je ne suis pas la bonne personne pour vous aider !

— Au contraire, vous êtes la seule personne qui puisse la sauver.

— Je ne peux pas.

— Réfléchissez, je vous donne mon numéro. Je vous préviens : si vous ne faites rien et qu'il lui arrive quelque chose, il y aura des conséquences pour vous. Et bien plus graves que vous ne pouvez imaginer ! »

Anthony referme la porte. Il entend les pas d'Alex dans les escaliers. Il frappe du poing dans le mur.

IX

« Tu lui as dit ça ?

— Tu aurais fait mieux ?

— Je ne sais pas.

— Arrête de rire, putain »

Nicolas peine à s'arrêter. La situation lui paraît absurde.

« Excuse-moi ! Si jamais il décide de l'appeler, tu as pensé à la conversation qu'ils auront ?

— Hé, ma part du contrat, c'est d'amener ce mec devant sa porte à elle. Après, je ne peux pas parler à leur place.

— Mais si ce gars a déjà une nana, ça ne marchera jamais.

— Si, parce que ce gars, bientôt, il n'aura plus de nana. Je vais m'occuper d'elle.

— Je ne comprends pas ton raisonnement : tu veux effectuer une mauvaise action pour te faire pardonner d'une autre mauvaise action.

— La fin justifie les moyens. Pas vrai ?

— Il va falloir trouver un plan B si tu veux mon avis.

— Ah oui ? Tu as une proposition ? »

« Quel étrange individu ! » se dit Blandine en serrant la main de l'homme qui quitte l'auto-école. Il est arrivé en fin de matinée, Il veut passer son permis moto. Elle lui a posé quelques questions, lui a donné les tarifs, il avait l'air de s'en moquer. Il a sorti quelques bons mots, elle a rit, sans plus. Il a fait le joli cœur. En vain, ce type n'est pas du tout son genre. Elle préfère les métisses, comme Anthony. Et puis cette vilaine peau, Blandine, ça la rebute. Il a mis une espèce de fond de teint, mais ça ne cache pas tout. Il existe des traitements, quand même. Il avait plus l'air d'avoir envie de discuter que de vraiment passer son permis.

Il lui faisait perdre son temps, voilà l'impression qu'elle a eu. Alors au bout d'un moment, Blandine s'est levée. Elle a prétendu avoir à faire dans la remise, pensant que son envahissant interlocuteur finirait par comprendre. Pendant un instant, l'homme a semblé frappé par la foudre. Elle l'a vu s'affaisser sur lui-même. Il s'est ressaisi rapidement, mais Blandine a bien perçu son trouble. Enfin quoi, il n'a jamais vu une femme enceinte ? Il l'a félicitée, lui a demandé la date de l'accouchement. Dans trois mois. Qu'est-ce que ça peut lui faire ? L'homme franchit la porte, et Blandine espère qu'il ne reviendra pas.

Elle voit Anthony traverser la rue. Elle lui fait un signe, Anthony lui répond. Tout à coup, son visage se fige. Anthony s'approche du client. Il lui parle, il a le sourire, mais Blandine le voit bien, il est agacé. L'homme lui donne son portefeuille. Blandine aimerait bien savoir ce qu'ils se disent.

« File ton portefeuille.
— Comment ?

— Ton portefeuille, tout de suite, sinon, je te promets que je t'éclate la gueule sur le lampadaire. »

Alex s'exécute, il lui tend son portefeuille. Anthony l'ouvre et en sort sa carte d'identité. Il la photographie avec son téléphone portable.

« Voilà, maintenant, je sais qui tu es, Alexandre Fostine. Et je sais aussi où te trouver. Si tu essayes de foutre la merde, tu vas me trouver, mon bonhomme. Si je te revois par chez moi, ou en train de tourner autour de ma meuf, ça va mal se passer.

— OK, très bien. »

Alex lève les mains en signe de reddition. Anthony lui rend son portefeuille.

« Écoute, je veux pas « foutre la merde », et je te promets que tu ne me reverras plus jamais, mais, je ne comprends pas.

— Quoi ?

— Tu vas avoir un gamin ?

— Oui, et alors ?

— Vous êtes ensemble depuis combien de temps ?

— Trois ans.

— Alors, Tatiana…

— Bon, Tatiana, c'est juste une erreur de parcours. Je l'ai rencontrée à une soirée au nouvel an, pas le dernier, celui d'avant. Ma meuf n'était pas là, et elle, elle était avec son mec, mais on a discuté, et elle m'a filé son numéro. »

Alex se souvient de la soirée. Le mec en question, c'était lui.

« Je l'ai rappelée, on a baisé quelques fois, et c'est tout. Après, elle m'a dit qu'elle était amoureuse, moi je me suis barré, et elle a commencé à me harceler. Cette meuf-là, c'est une folle, elle a failli foutre toute ma vie en l'air, alors maintenant, elle reste le plus loin possible. Enfonce-toi ça dans le crâne, parce que si je te revois, ce n'est pas avec des mots que je te le ferai comprendre. »

Tatiana travaille à l'accueil d'un centre ophtal-mologique dans le VIe. Quand elle le quitte, elle marche rapidement, pressée de rentrer chez elle. Alex la rejoint. Il arrive dans son dos. En le voyant, elle lève les yeux au ciel d'une façon quelque peu théâtrale.

« Tu m'as menti. Tu n'as pas trompé Anthony quand tu es sorti avec moi, c'est moi que tu as fait cocu !

— Oui, mais ça ne change rien, c'est lui que j'aimais.

— Vous ne serez plus jamais ensemble, il est avec une autre, ils vont avoir un enfant !

— Je sais, j'espérais juste qu'il te casserait la gueule !

— Pourquoi tu m'en veux comme ça ?

— Et toi, pourquoi tu reviens dans ma vie ?

— Je ne sais plus trop, en fait. J'avais l'impression d'avoir mal agi avec toi, je voulais que tu me pardonnes… dit Alex d'un ton hésitant.

— Très bien, tu es pardonné. Voilà… bon vent !

— Parfait. »

Alex s'arrête, et lui fait face.

« Tant mieux, je n'en demande pas plus. On se dit adieu alors !

— Adieu Alex. »

Il a essayé de rendre l'instant solennel, mais elle esquive et le dépasse. Alex la laisse partir. Il aimerait lui coller une baffe.

Il la regarde s'éloigner d'un pas pressé. Elle plonge une main dans son sac et en sort son téléphone. Soudain, elle chancelle. Elle titube jusqu'au banc d'un abribus à proximité. Alex la rattrape.

— Ça ne va pas ? »

Tatiana ne répond rien. Elle est livide, cadavérique.

« Qu'est-ce que tu as ? Réponds-moi ! »

Elle est incapable de parler, sous le choc.

« Tu veux que j'appelle les pompiers ? »

Les larmes et la fureur montent en elle. Elle semble anéantie. Son téléphone tombe sur le banc. Alex voit l'écran. Elle a reçu une photo. Elle y apparaît endormie. Un drap la recouvre jusqu'au milieu des seins. Un message l'accompagne. *J'ai la même, mais sans la couette. Si tu ne veux pas la voir sur Internet, c'est 2000 euros, demain, en haut des Halles, 15h.*

Tatiana se relève d'un bond et lui arrache le téléphone des mains. Alex voit une telle haine dans ses yeux qu'il se recule. Elle appelle le numéro. Après la première sonnerie, une voix féminine lui indique qu'elle est bien sûr la messagerie du 07 22 48... Elle raccroche, outrée. Elle repart, hors d'elle. Connaissant Tatiana, à ce moment, elle pourrait broyer n'importe qui entre ses mains. Alex est obligé de trottiner pour la suivre.

« Qu'est-ce qui t'arrive, tu as fait des photos de nu ?

— Ça ne te regarde absolument pas ! »

Puis elle s'arrête à nouveau, Alex est à deux doigts de recevoir une gifle qui lui casserait sans doute le nez.

« Tu vois bien que je dors sur la photo ! hurle-t-elle.

— Oui, tu as les yeux fermés, mais...

— Mais quoi, Alex, putain, tu comprends pas ?

J'ai rencontré un garçon, la semaine dernière, on a passé la nuit ensemble. Quand je me suis réveillée, il était déjà parti. Il a fait des photos de moi pendant que je dormais, et il veut me faire chanter.

— Qu'est-ce que tu vas faire, tu vas le payer ?

— Non, je n'ai pas l'argent. Je vais aller aux Halles demain et…

Un second texto la coupe. Sur la deuxième photo, il n'y a plus de drap. Tatiana est horrifiée, elle empêche alex de la voir. Le message est clair : *Si tu ne payes pas, voilà ce qu'on trouvera quand on tapera ton nom sur Google.*

Elle essaye à nouveau d'appeler. Pour la seconde fois, la communication bascule vers la messagerie.

« Même si je paye, il aura toujours la photo. Putain de… »

Tatiana réfléchit à voix haute. Elle tremble de colère et d'indignation.

« Bon, je te laisse, Tatiana », dit doucement Alex, ne sachant la position à adopter.

Aucune réponse. Après hésitation, Alex décide de partir. Il s'en va, les yeux posés sur ses pieds, un peu honteux d'abandonner la jeune femme dans une telle situation. Quand il se retourne, elle n'a pas esquissé le moindre mouvement. Elle semble pétrifiée.

« Écoute, Tatiana, dit Alex. Je peux t'aider si tu veux. »

Le regard perdu de Tatiana semble valoir approbation.

« Tu vas lui donner rendez-vous en haut des escalators à l'entrée des Halles, à quinze heures. Ensuite, s'il te demande autre chose, tu acceptes et tu me transfères les textos. D'accord ? »

Tatiana acquiesce d'un mouvement de tête.

L'idée de s'en remettre à Alex ne la séduit pas, mais un peu d'aide est la bienvenue.

« Je te laisse, je dois passer quelques coups de fil. Ça va aller, ne t'inquiète pas. On se retrouve demain, aux Halles, un peu avant quinze heures, on n'a qu'à dire moins dix. OK ?

— Je n'ai pas l'argent !

— Je m'occupe de tout. »

Alex quitte Tatiana. En partant, elle *shoote* dans une canette qui rebondit contre un mur. Dans le métro, un homme vient jouer du saxophone juste à côté d'elle. Elle se retient de l'étrangler.

X

Dans la cage d'escalier de son immeuble, Alex monte péniblement les trois étages pour arriver chez lui. Tatiana avait un copain quand il l'a abordée, mais ce n'était pas encore Anthony. Elle a donc trompé le premier en couchant avec lui, puis c'est lui qu'elle a trompé avec Anthony. Et maintenant, il doit se faire pardonner auprès d'elle. Et il y aurait une morale à tout ça...

Un homme se tient assis devant sa porte. En l'entendant arriver, il se lève.

« Damien ? Qu'est-ce que tu fais là ?

— J'ai un problème ! »

Alex le fait rentrer. Que son frère fasse le déplacement jusqu'ici est l'indice d'une urgence peu habituelle.

« Pose-toi dans le canap'. Tu veux un verre ?

— Oui, si tu as du rhum ou du whisky.

— Sérieux ? à dix-huit heures ?

— Oui, j'en ai besoin. »

« Tchin, allez, dis-moi tout ?

— C'est Péneloppe.

— La nympho excentrique ?

— Oui. Elle voulait que je la peigne. Nue. J'ai refusé.

— T'es con !

— Elle m'a proposé cinquante mille euros. J'ai accepté.

— Tu fais des progrès fulgurants.

— Je suis allé chez elle, ce matin. Elle habite une superbe villa à Garches.

— Péneloppe de Garches, ça sonne bien !

— Je sonne à l'interphone, elle m'ouvre, je traverse un jardin magnifique, il y a une serre, une fontaine, j'avais l'impression d'être...

— Bon, tu essayes de me vendre une barraque ou tu me racontes ton histoire ?

— Elle m'ouvre la porte, dans un grand peignoir blanc. Elle m'emmène dans, je ne sais pas ce que c'est, une pièce toute blanche, pleine de soleil. J'installe mon chevalet. Je vois le peignoir glisser le long de ses bras, elle le laisse tomber par terre et elle s'installe dans un vieux canapé, genre Louis XV. Et là, j'ai l'impression de jouer dans Titanic, sauf que c'est pas le bateau qui va couler, c'est mon mariage. J'ai les joues en feu, mes mains tremblent. Dès que je jette un œil sur elle, je sens que je vais provoquer une combustion spontanée. Je transpire à grosses gouttes, elle me demande s'il j'ai trop chaud, je lui dit que non, et je la vois sourire.

— Veinard !

— Je dessine, son visage, j'esquisse son corps...

— Tu la croques...

— Arrête ! Je termine ma silhouette. Elle se lève, elle veut faire une pause, elle en a marre. Elle fait quelques pas dans la chambre, elle me parle comme si elle n'était pas nue devant moi, et moi, dans ma tête, je me répète « soit pro, soit pro, soit pro... ».

Elle s'installe à nouveau dans son canapé, mais pas comme avant. J'essaye de la corriger, elle ne se remet pas bien, alors je m'approche d'elle, et je lui place le bras… et là, elle m'attrappe et me fait tomber sur elle, elle m'embrasse, elle s'accroche à moi, me serre, je ne sais plus quoi faire, alors je l'embrasse aussi. Et avant même que je m'en rende compte, je n'ai plus mon pantalon.

— Alors ?

— Je me suis relevé, j'ai pris mes affaires et je suis parti. Je suis rentré à l'appart, j'ai continué un peu la toile, et je suis sorti avant que Justine ne rentre, pour pas la croiser. Je suis perdu, Alex !

— Déjà, en premier, il faut finir le tableau, et prendre ton chèque.

— Je l'ai, le chèque, et le tableau, je vais le finir chez moi.

— De mémoire ? plaisante Alex.

— J'ai en tête chaque courbe de son corps, c'est infernal, dès que je cligne des yeux, elle m'apparaît ! Et si je la revois, je ne suis pas sûr de pouvoir garder la tête froide.

— Alors ne la revois pas, fais lui livrer sa toile, si tu veux, je peux lui apporter !

— …

— Je ne sais pas, petit frère. Il y a encore quelques semaines, je t'aurais dit que l'important, c'est de s'amuser, de suivre ses envies, de ne rien regretter, mais aujourd'hui, je ne sais plus. Tu aimerais entendre que ce n'est pas grave, qu'un petit coup de bite en dehors des clous n'a jamais fait de mal à personne, mais c'est faux. Si tu revois cette fille, ta relation avec Justine va peut-être voler en éclat. Même si elle ne découvre rien, toi, tu le sauras. La question, c'est : es-tu capable de vivre avec ?

— Je ne sais pas ! Je culpabilise même en la peignant, alors…

— Bon, le tableau, il faut te mettre dans le crâne qu'elle s'en fout !

— Non, je ne pense pas.

— Si ! Le tableau, c'est un prétexte. Une façon de t'approcher.

— Alors, elle m'a filé de l'argent pour m'attirer dans son lit. Ça fait de moi un gigolo ?

— Non, l'argent, c'est un cadeau. Une telle somme ne signifie rien pour elle. Tu ressens quoi, simplement du désir ou autre chose ? »

Damien réfléchit longuement.

« De la fascination.

— Et avec Justine, vous… Tiens, c'est ton téléphone qui vibre.

— C'est elle. Un texto : *on déjeune ensemble demain midi* ?

— Tu vas faire quoi ?

— Je te dirai quand je le saurai !

— Tu veux rester manger ?

— Pfff… non, il faut que je rentre, Justine va s'inquiéter. »

XI

La vie d'un étudiant est difficile. Pas assez d'argent, trop de travail ! On est enseveli de connaissances nouvelles, on est évalué en permanence. Pour autant, c'est une période excitante. On y rencontre la plupart des gens qui compteront dans notre vie. Le créneau pour braver les interdits, entre la surveillance parentale et les responsabilités de la vie active. Les sensations priment, la débauche est tolérée, la dépravation sans conséquence. Il y a de grands souvenirs à construire. Pour Alex, cette période se résuma à apprendre sa leçon du jour et rentrer chez lui en attendant celle du lendemain. Elle fut synonyme de morosité et de solitude. Rongé par les remords, Alex examina sous toutes les coutures son comportement avec Jennifer, ressassa les événements, tentant d'y déceler tantôt la preuve de son innocence, tantôt un signe encourageant pour l'avenir. Il essaya de l'appeler. Elle ne répondit pas. Il n'essaya plus.

Et puis il y eut cette fille. Toujours un peu à l'écart, elle aussi, une sorte de chatte sauvage, comme lui. Ils échangèrent des regards en se croisant dans les couloirs de la fac. Alex se garda de les interpréter. Il y eut un sourire dans la file d'attente de la cantine, et Alex sentit son cœur se fendre. Il se mit à penser à elle. Un matin, il était assis dans l'amphithéâtre quand une petite voix lui demanda poliment si la place d'à côté était libre. Il tourna la tête. Elle lui sourit.

« Salut, je m'appelle Mélanie.

— Moi, c'est Axel, heu… Alex.

— Alex ou Axel ?

— Alex.

— Tant mieux, c'est plus joli, Alex. »

Elle lui lança alors un charme, et il fut démuni. Sa vie devint un miracle, comme un arbre qui bourgeonne après l'hiver. Alex se mit en tête de la conquérir, ce ne fut pas difficile tant il était évident qu'ils étaient faits l'un pour l'autre. Elle simula une résistance de quelques jours, puis ils se fréquentè-rent.

Pour Alex, avoir une copine fut comme franchir une barrière. Il devint un autre ; le même Alex, en mieux. Plus assuré, plus intéressant, plus ouvert. Son regard sur les autres changea comme le regard des autres sur lui se transformait. On l'invita plus aux soirées, il éprouva de l'empathie pour les célibataires, ne tardant pas à leur donner des conseils malgré sa propre inexpérience.

Alex se rappelle le premier repas chez Jacques et Marie, les parents de Mélanie. Ils avaient préparé un bœuf bourguignon. Alex avait mis une cravate. Mélanie avait tenté de l'en dissuader, mais il voulait faire bonne impression. Marie lui avait proposé de l'enlever, durant l'apéritif. Au contact de Jacques, Alex découvrit ce que c'est d'avoir un père.

Les souvenirs défilent ; leur première nuit (pour lui, c'était la première fois, pas pour elle. Il n'a rien dit, sans doute a-t-elle deviné, cela n'avait pas d'importance). Leur emménagement, qui avait consisté pour chacun à rapporter quelques sacs de vêtements. Ils avaient fabriqué une table avec un carton, trinqué au champagne dans des gobelets en plastique et posé leur matelas par terre. Le week-end suivant, ils avaient dévalisé *Ikea*.

Mélanie était névrosée, elle avait besoin d'aide, et Alex s'épanouissait dans ce rôle de protecteur. Peut-être n'était-elle pas facile à vivre, Alex n'en savait rien, il n'avait pas de point de comparaison. Et puis, c'était mieux de vivre avec elle que seul. Il l'aimait. Sincèrement, sans doute et sans calcul. Il l'acceptait dans toute la complexité de son être. Il s'attristait de la voir parfois si mal, mais s'enflammait dès qu'il lui arrachait un rire.

Un jour d'août. Alex a trouvé un petit boulot : pendant l'été, il va passer ses journées à approvisionner les rayons d'un magasin de bricolage en articles de plomberie, visserie, peinture et décoration. Un client a fait tomber un pot de peinture. Deux litres et demi de liquide bleu azur se répandent par terre, coulant sous les étagères. L'homme est gêné, il s'excuse dix fois. Alex lui dit que ce n'est rien, qu'il va nettoyer. « S'il ne m'arrive rien de pire aujourd'hui, ce ne sera pas une mauvaise journée ! » ajoute-t-il en se forçant à sourire. Le client finit pas s'en aller, après avoir une nouvelle fois proposé de s'occuper lui-même du nettoyage.

Le soir, Alex rentre chez lui, fourbu. Il s'engage dans cet ascenseur antique et exigu, propice à la claustrophobie. D'habitude, il prend les escaliers, mais ce soir, il se sent las, il n'a pas le courage de monter les huit étages à pied. Il repousse la grille noire dans un grincement de vieille mécanique usée, et la cabine étroite s'élève laborieusement au bruit d'un moteur crachoteux. Mélanie est assise sur le canapé. Il voit tout de suite qu'elle n'est pas bien. Ses paupières sont boursouflées, elle a pleuré.

« Tu as pris quelque chose ?

— Oui, c'est bon ! »

Quelque chose, c'est le terme d'Alex pour désigner les médicaments de Mélanie. Le médecin lui a diagnostiqué une psychose maniaco-dépressive. Quand elle ne va pas, elle doit prendre ses médicaments. Et quand elle va mieux, il faut en prendre aussi, mais moins. Des merdes, pense Alex. De la drogue de merde pour oublier qu'elle est triste.

Alex ne comprend pas la pathologie de Mélanie. Pour lui, elle est malheureuse, et il s'imagine en partie responsable. Ce soir, elle a manifestement forcé la dose. Assise en tailleur sur le canapé, elle regarde une émission culinaire et elle est agitée de spasmes, sans que l'on puisse déterminer si elle pleure ou si elle rit. Elle semble faire les deux en même temps.

« Quoi ? demande-t-il.

— Rien.

— Me dis pas ça, je vois bien que ça va pas ! »

Elle ne veut pas parler. Souvent, quand elle est au plus mal, elle se ferme dans sa coquille. Alex n'est pas d'humeur conciliante, il n'a pas envie de se battre. Il se démène constamment pour de tenter de découvrir ce qu'elle porte sur le cœur. Pas ce soir.

« Très bien, je te laisse », dit-il en s'éloignant vers la cuisine.

« Je ne vais pas reprendre la fac. »

Elle parle d'une voix morne, sans lever les yeux de la télé.

« Pourquoi ?

— C'est trop anxiogène, il faut que je me préserve du stress, le temps d'aller mieux. »

Alex déteste quand Mélanie répète les phrases de sa psy.

« Parce que tu crois que tu iras mieux un jour ? »

C'est sorti tout seul. Mélanie se tourne enfin vers Alex qui regrette déjà. Il s'assoit à côté d'elle, passe une main derrière son cou et, de l'autre, il caresse sa joue, tendrement. Il essuie ses larmes. Il lui murmure des excuses et l'assure qu'il croit en elle, qu'elle va remonter à la surface. À ce moment, l'incompréhension est si grande, il ressent comme une morsure dans les épaules. Il lui dit qu'il l'aime, et c'est vrai. Il a envie de la suivre partout, malgré tout et contre tout, mais parfois, comme maintenant, il ne sait simplement ni ou elle est ni ou elle va. Mélanie s'empare de la petite boîte de comprimés. Alex ne dit rien, malgré son envie de hurler.

Elle devait faire des courses, mais elle ne les a pas faites. Aujourd'hui, elle ne s'en est pas sentie capable, alors tant pis. Alex la réconforte. Il va voir ce qui reste dans le frigo, il va lui mitonner un petit plat.

Il prépare une salade avec ce qu'il trouve ; une tomate, quelques feuilles de laitue, du maïs, une tranche de jambon qu'il coupe en morceaux. Il prépare une vinaigrette à base d'huile d'olive, il l'agrémente d'une échalote finement émincée. Le petit bulbe agressé lui lance alors son gaz lacrymogène. Alex essuie ses yeux dans son coude. Il pense à Justine, sa belle-sœur, qui se vante d'utiliser des lunettes de piscine pour éplucher ses oignons. Il trouve l'idée ridicule, mais à cet instant précis, il la trouve géniale. Alex ouvre la fenêtre. La cuisine est alors traversée d'un violent courant d'air. Alex demande à Mélanie de fermer la fenêtre du salon. Il n'obtient pas de réponse. Il sort le gruyère du frigo, renouvelle sa demande, sans plus de succès. La porte de la cuisine claque. Le vent s'engouffre en dessous, et Alex le sent à ses pieds. Dans le salon, la télévision est toujours allumée. Mélanie n'est plus sur le canapé. Alex l'appelle. Personne dans la chambre. Une agitation parvient à ses oreilles, elle provient de la rue. Des cris, des paroles agitées. Une voiture s'est arrêtée, et les autres derrière klaxonnent. Alex se penche à la fenêtre du salon. Mélanie est allongée huit étages plus bas. La partie inférieure de son corps gît sur le trottoir, mais sa tête est sur la route. Son bras pend le long du caniveau. Autour d'elle, quelques personnes tentent de lui porter secours, dans le plus total effarement. Alex se rue dans la cage d'escalier. Il sort de la résidence et écarte les passants hallucinés. Mélanie respire faiblement. Il lui parle, il repousse les cheveux sur son front et découvre un énorme hématome. Son corps se convulse. Une sirène se fait entendre au loin. Alex fixe ses lèvres déjà bleues. Elle souffle des mots sans vie, qu'il ne comprend pas. Elle demande pardon lui semble-t-il. Une main se pose sur l'épaule d'Alex. Il a envie de la prendre et de l'arracher, mais il se laisse repousser. Quatre pompiers vont tenter l'impossible. Alex entend parler d'arrêt respiratoire. En quelques minutes le corps brisé est placé sur un brancard. L'ambulance repart. C'est fini. Mélanie est partie. Alex ne saura jamais pourquoi, et il ne peut s'empêcher de penser que c'est de sa faute.

Cinq ans ont passé. Déjà. Comme chaque année, le 17 août, Alex est venu déposer une rose sur la tombe de Mélanie. Il ne vient qu'une fois par an. C'est toujours dur de lire son nom sur un morceau de marbre. Elle est juste là. Il ne reste d'elle que cette pierre, des souvenirs et des regrets.

1982 – 2008

Sous ce nom autrefois chéri se tiennent deux années si proches l'une de l'autre, que c'en est contre nature de les associer en un tel lieu. Vingt-six ans, c'est un âge pour se marier, pour avoir des enfants. Ça ne devrait rien être d'autre.

Alex relève la tête. Ce qu'il craignait arrive : les parents de Mélanie sont à l'entrée du cimetière. Après le drame, ses relations avec Marie sont restées cordiales, mais Jacques n'a jamais plus accepté de lui adresser la parole. Alex comprend, il ferait de même à sa place. Jacques l'a vu, il l'a pointé de sa canne. Il a beaucoup vieilli. Il a été hospitalisé le lendemain de l'enterrement, et quand il est ressorti de l'hôpital, il avait besoin d'une canne. Il n'arrivait plus à avancer.

L'année dernière, ils sont également arrivés en même temps. C'était le matin. Jacques s'est alors arrêté à l'entrée. Il s'est assis sur un banc et a attendu qu'Alex s'en aille. Alex lui a dit bonjour quand il est passé devant lui. Jacques a répondu d'un hochement de tête. Rien de plus. Cette année, Alex a changé d'horaire, pour ne pas les croiser à nouveau. Il semblerait qu'ils aient eu la même idée. Cette fois, Jacques s'avance avec Marie à travers les allées du cimetière.

« Je vais partir, dit-il.

« Tu as le droit de rester aussi longtemps que tu le voudras, répond Marie. Chaque fois, je me demande si tu seras là l'année prochaine. Ça fait cinq ans, Alexandre, tu n'es plus obligé venir.

— Je sais.

— Tu dois aller de l'avant, faire ta vie.

— J'y travaille.

— Tu sais, parfois, je l'imagine, si elle était toujours en vie. Vous auriez des enfants. (Elle lui sourit). Vous étiez si beaux tous les deux. Je me demande ce qui se serait passé si…

— Si je l'avais retenue ?

— Non. Si elle avait eu conscience de ce qu'elle faisait. J'ai longtemps pensé que tu avais une responsabilité, Alexandre. Mais en vérité, tu ne pouvais rien faire.

— …

— Il était impossible de lui donner plus d'amour. Ce n'était pas ta faute, Alexandre.

— Ma fille était malade. Mélanie souffrait de dépression. Tu ne dois pas continuer à porter cette culpabilité en toi. »

C'est Jacques qui a parlé. Alex est ému.

« Je voudrais que tu me pardonnes, Alex. Depuis le jour où tu m'as appelé pour me dire le drame, ma Terre s'est arrêtée de tourner. Et elle ne tournera plus jamais. C'est impossible pour un père de faire le deuil de sa fille. Et je ne pouvais pas non plus accepter la fatalité, j'avais besoin d'un responsable. Tu étais le mieux placé pour endosser ce costume. J'ai pensé à toi presque chaque jour, Alex. Je t'ai maudit, et maudit encore. Jusqu'à ce que ma femme m'ouvre les yeux. Certaines tragédies se jouent sans qu'on les déclenche. Nous t'avons attendu aujourd'hui. Je voulais te voir. Te demander de me pardonner, parce que j'ai été aveuglé par ma peine. Je n'ai pas vu la tienne. Ce n'était pas ta faute ! »

Sa voix se brise. Alex ne sait pas ce qu'il pourrait bien répondre.

« Ce n'était pas ta faute, fils. », lui répète-t-il.

Et il le sert dans ses bras. Comme le ferait un père.

XII

14 h 45. Châtelet-Les Halles. Un samedi. Alex est arrivé en avance, il est allé dans une boutique où il achète régulièrement des chemises, mais il en est vite ressorti. Trop de monde. Dans la poche intérieure de sa veste, une enveloppe contenant quarante billets de cinquante euros. Même si personne ne le sait, ce n'est pas agréable de se promener ainsi. Surtout au milieu d'une telle cohue, dans une ville où on peut librement agresser quelqu'un sans peur d'être dérangé par un passant téméraire.

Tatiana l'attend devant l'entrée principale de la Fnac, comme convenu. Alex lui remet discrètement l'enveloppe. Il ne lui parle pas, ne s'arrête pas à sa hauteur, en mode *agent secret*. Tatiana place l'argent dans son sac à main, et le ferme avec soin. Elle s'engage dans le grand escalator qui la sort des profondeurs du gouffre commercial. Alex attend de la voir à mi-hauteur, puis il emprunte le même chemin. Arrivé en haut, il se place à quelques mètres de distance. Il ouvre un livre de poche et, comme plusieurs personnes autour de lui, semble attendre quelqu'un. Les minutes s'égrènent. Tatiana lui tourne le dos, elle ne lui a pas adressé le moindre regard. Comme convenu.

Elle est tendue. Elle fait craquer les articulations de ses doigts. Alex a prévu de ne pas intervenir si Tatiana en vient aux mains avec son maître-chanteur. Un homme s'avance vers elle. Il porte un blouson en cuir, des lunettes de soleil, et une queue-de-cheval. Il est mal rasé. Tatiana ne l'a pas reconnu. Il se place devant elle. Elle sursaute. Il lui dit quelques mots, d'un air décontracté. Un poste de police est situé juste derrière lui, et pourtant, il sait qu'il ne risque rien. Elle a plus à perdre que lui. Alex voit la main de Tatiana, elle cherche dans son sac et en tire l'enveloppe. Elle tremble. L'homme la remercie et la quitte. Tatiana le regarde s'en aller. Elle est désemparée. Alex a rangé son livre, il suit l'individu. Ils longent le forum des Halles, puis tournent à droite, dans la rue Berger. Tatiana, un moment hagarde, se reprend et décide de les suivre. Quand elle atteint la rue Berger à son tour, elle voit l'homme par terre, plusieurs personnes qui s'écartent de lui dans la précipitation. Alex vient vers elle en courant.

« Viens, vite ! »

Elle le suit au pas de course. Côte à côte, ils remontent la rue Lescot jusqu'au métro Étienne Marcel. Ils s'engouffrent dans les escaliers, passent les portiques et parviennent sur le quai. Une rame est ouverte, ils entrent.

« Allez, magne ! » lance Alex.

Le signal. Les portes se ferment, le métro s'ébranle et quitte la station. Alex souffle.

« Que s'est-il passé ?

— Ne t'inquiète pas. Ce mec ne t'emmerdera plus, c'est tout.

— Comment peux-tu en être sûr ?

— J'ai une petite garantie. »

Alex sort de sa poche une carte d'identité.

« Donne-la moi ! »

Tatiana a tenté de lui arracher des mains, mais Alex a été plus rapide.

« Non, si je te la donne, tu vas essayer de te venger, et ça va mal finir. Je garde cette carte. Il sait que je l'ai. S'il te fait à nouveau chanter, ou s'il publie une photo de toi sur un site, je peux le retrouver, et la police aussi. Il ne fera rien.

— Tu es sûr ?

— Il a eu l'argent, c'était ce qu'il voulait, maintenant, il va essayer de trouver une autre fille.

— Tu lui as laissé l'argent ?

— Ce n'est pas important. »

Tatiana s'assoit sur un strapontin. Ses jambes ne la portent plus. Alex se pose sur le siège voisin. Il passe son bras autour de son cou, elle se blottit contre son épaule, et les larmes coulent, sans retenue.

« Merci Alex. »

Il lui répond par un sourire. De son pouce, il essuie une larme. Sa main caresse la joue, ses doigts glissent dans sa nuque. Il s'approche doucement. Elle ferme les yeux. Il a gagné. Il l'embrasse. Ce baiser provoque en lui comme des dizaines de déflagrations. Comme une multitude de petites gratteuses qui voleraient en éclat. Il en reste d'autres, mais il a gagné une bataille de plus.

« Maintenant, je sais que tu m'as pardonné, dit-il simplement.

— Oui. C'est vrai. »

Le métro ralentit. Alex se dégage, il se lève. Elle ne le regarde pas. La tête baissée, elle pose ses mains sur ses genoux.

« Il s'appelle Laurent. Envoie-lui un texto. Dit-lui que tu connais son nom, que s'il ne détruit pas tout de suite les photos, tu le dénonces. Tu n'entendras plus jamais parler de lui, je te le promets. Sinon, appelle-moi, je serai là.

— Merci.

— Au revoir. »

Alex descend du métro, sans se retourner.

~~Géraldine~~ Olivia ~~Tatiana~~ ~~Vanessa~~ Sonia

Alex a choisi le bus pour rentrer. Il s'assoit dans le fond, il est presque seul. Un texto de Virgile lui demande un rendez-vous au plus vite. Alex lui propose demain en début d'après-midi. Ils conviennent de se retrouver à seize heures. Alex souhaiterait connaître les raisons de cette précipitation, mais il se retient d'en demander plus. Il saura demain, sa curiosité peut attendre.

Pour passer le temps, il lance l'application Facebook. Ses amis sont nombreux, et s'il ne consulte pas leurs actualités régulièrement, il en perd le fil. Il a reçu plusieurs messages. Sans intérêt. *Véronique ?* Alex met un temps avant de se souvenir que Véronique est son ancienne camarade, l'organisatrice de la soirée Bac+10. Dans son message, elle se félicite du nombre élevé de réponses positives déjà reçues et encourage ceux qui n'ont pas encore confirmé leur présence à le faire. Quatorze personnes ont déjà confirmé. Alex s'y reprend à trois fois. Il ne se trompe pas. Dans la liste figure Jennifer. Elle sera donc là. La soirée a lieu dans une semaine. Il lui manque encore deux baisers. Tic tac.

Et comme s'il les avait réveillées en pensant à elles, les petites gratteuses surgissent en lui. Elles

semblent de plus en plus enragées. Les démangeaisons sont intolérables. Alex ne peut pas résister,
alors quand il les sent arriver, il prend des gouttes.
La sensation est toujours aussi violente. Sa langue
est brûlée, il n'a pas l'impression d'avaler, les
gouttes fondent comme de l'acide. Alex déglutit. Sa
gorge chauffe, son estomac s'embrase, son cœur
s'emballe, mais les picotements disparaissent. Ses
dents redeviennent *normales* : Depuis quelques
jours, Alex a l'impression que ses canines infé-
rieures poussent. Elles sont plus grandes que les
autres dents, appuient contre ses joues quand il
ferme la bouche. Maintenant, il en est certain, il les
sent avec sa langue. Elles poussent. Il va bientôt
ressembler à un sanglier.

Chez lui, Alex pensait être seul. Nicolas est
dans le salon.

« Alors ?

— Tiens je te rends ta carte.

— C'est bon ? »

Alex laisse planer un petit suspens, mais son
sourire en dit déjà trop long.

— Cool ! Bon, c'est une furieuse, ta Tatiana. Elle
m'a envoyé quinze messages pour me dire qu'elle
va me pourrir si je fais des photos d'une autre fille.

— Tu ne l'as pas jeté, le téléphone ?

— Non, pas encore, ça me fait marrer.

— Tu lui as dit que tu ne le feras plus jamais,
que tu regrettes, et tout et tout ?

— Oui…

— Et tu n'as pas allumé le téléphone dans
l'appart ?

— Non. Que dehors. Ça va Alex, détends-toi.
Tu regardes trop les magazines de faits divers. Tu
as peur de quoi, qu'ils triangulent le téléphone. Tu
crois que le G.I.G.N. va débarquer ?

— Tu as raison. Pardon. Putain, merci, mec. Je n'y serai pas arrivé sans toi !

— Allez, tiens, comme tu m'es sympathique, je te rends ton argent », ajoute Nicolas en lui tendant l'enveloppe blanche.

XIII

Encore une fois, Alex n'est pas le premier. Virgile l'a devancé. Il est installé à la terrasse. L'endroit est paisible, Virgile l'est beaucoup moins. Il martèle le sol avec son talon d'une façon frénétique, et c'est tout son corps qui s'agite. Le verre devant lui est vide, il reste un glaçon que Virgile regarde fondre et dont il boit l'eau avec sa paille. En voyant Alex, il se lève et lui tend la main.

« Bonjour Alex, merci d'être venu !

— Je t'en prie, j'ai pu décaler mon autre rendez-vous, il n'y a pas de problème. Alors, que puis-je faire pour toi ?

— J'ai réussi mon premier *numclose*. »

Virgile lui annonce la nouvelle sur un ton tragique, comme il le ferait d'une maladie grave.

« Et bien, c'est super ! Il ne te reste plus qu'à me virer ce *tee-shirt*, et à l'inviter à une première *date*.

— Quoi le *tee-shirt* ?

— Non, Virgile, sérieusement, on en a déjà parlé ! Un *tee-shirt* avec Maître Yoda, ça n'attire pas les filles ! Le premier rendez-vous, pour une fille, c'est un test d'évaluation. Si elle a accepté, c'est qu'elle est attirée par toi, elle a envie d'en savoir plus. Pour elle, l'objectif, c'est de savoir si tu es potentiellement un partenaire valable. La femme cherche un homme. Là tu ressembles à un adolescent. Désolé de te le dire comme ça, c'est la vérité. Avec ces habits, tu retires toute dimension sexuée à votre rencontre. Pourquoi tu n'as pas mis ta chemise ?

— Non, mais là, on est cool.

— Tu dois être cool avec une chemise ! C'est sensé devenir naturel. Faut que ce soit ton style !

— Moi mon style, c'est pas les chemises blanches.

— Laisse tomber, mais à ta *date*, tu me promets que tu mettras ta chemise. D'accord ?

— Heu... oui....

— Quoi ?

— Maman l'a lavée avec un pantalon rouge, et elle a déteint, explique Virgile d'un air penaud.

— Quoi, c'est ta mère qui lave tes fringues ?

— Oui.

— Et elle a lavé ta chemise blanche avec un pantalon rouge ?

— Oui, je crois qu'elle l'a fait exprès. Elle n'aime pas cette chemise.

— Tu n'as pas de chemise pour ton rendez-vous ?

— Si j'en ai une autre, une superbe, mais ce n'est pas vraiment...

— Bon, le problème de la chemise est résolu. Moi, je t'ai expliqué comment t'habiller. On ne va pas tourner en rond sur ce sujet. Tu sais ce qu'il faut faire, maintenant, c'est toi qui vois ! Sinon, la fille, tu as récupéré son numéro quand ?

— Hier. Je t'ai envoyé le texto tout de suite après.

— Parfait. L'idéal, c'est d'attendre trois ou quatre jours pour la rappeler. Pas plus, sinon elle va finir par t'oublier, mais tu dois envoyer le message que ta vie sociale est bien remplie : tu as *envie* de la voir, tu n'as pas *besoin* d'elle. Quand tu l'appelleras, il faudra contextualiser ; elle ne doit pas croire que tu penses à elle comme ça. Tu l'as rencontré où ?

— À la boulangerie.

— Bien. Tu peux lui dire que tu as pensé à elle parce que tu as vu une fille dans la rue avec un paquet énorme de chouquettes, alors tu...

— Je l'ai déjà rappelée !

— Ah ! Tu lui as dit quoi ?

— Ben, je l'ai invitée à dîner !

— Ah merde. Quand ?

— Mardi soir. »

« Alors, Virgile, c'est super, mais tu l'as rappelée un peu vite. Là, pour elle, la partie est déjà gagnée. Tu vas lui envoyer un texto pour te décommander. Je ne sais pas, tu n'as qu'à dire que tu avais oublié l'anniversaire d'une amie, et tu lui demandes si elle... »

— Non, en fait, je n'ai pas envie de repousser.

— C'est toi qui vois, Virgile, je comprends, elle te plait, tu es impatient, mais il faut être rigoureux dans ta stratégie, c'est une partie d'échecs !

— Tu n'imagines pas à quel point j'ai dû négocier avec ma mère pour pouvoir sortir mardi ! Si je décale...

— Ta mère ? Bon, on va établir une règle d'or pour ta *date*. Tu ne parles SURTOUT PAS de ta mère. Tu m'as compris ? C'est très important.

— Hummm... d'accord.

— Deuxième règle : ce rendez-vous n'est pas important ! Tu n'as aucune pression. Si ça ne marche pas avec celle-là, ça marchera avec une autre. Tu ne vas pas rencontrer la femme de ta vie, mardi. OK ?

— OK.

— Donc, tu vas y aller décontracté. »

Une fille passe dans la rue. Virgile ne peut s'empêcher de la regarder. Elle ne marche pas, elle défile. Elle parade. Ses talons frappent le sol comme un podium. Les regards masculins dévient sur son passage, au rythme de ses pas. Cette fille les hypnotise. Elle est un peu vulgaire, mais fascinante. Virgile, qui s'initie à la vie de séducteur, la classe HB10. Il manque d'expérience. Objectivement, cette fille est une HB9. Blonde, pulpeuse, habillée très court, avec ses grandes lunettes et son sac à main en toile, elle donne l'impression d'aller à la plage. Elle passe au milieu des garçons qui aimeraient l'accompagner dans ses baignades.

« Un premier rendez-vous, c'est comme un entretien d'embauche. Mais le candidat, ce n'est pas toi. C'est elle. Tu m'entends ? »

Virgile n'entend plus rien. Il essaye de se focaliser sur les conseils d'Alex, mais son attention est aimantée par la bimbo. Il fixe cette fille. Alex se retourne. Virgile a l'impression qu'elle lui a souri, qu'elle vient vers lui. Elle s'approche dangereusement. Alex se lève, il lui fait la bise. Virgile est écarlate.

« Virgile, je te présente Sarah.

— gueuuu…

— Salut ! »

Elle se penche au-dessus de la table pour l'embrasser. Elle pose la main sur son épaule. Virgile ne peut retenir un petit coup d'œil au décolleté élargi par le mouvement. Alex laisse sa place à Sarah et s'assoit à la table voisine.

« Voilà, Sarah est une amie, elle m'assiste parfois, elle va jouer le rôle de ta *target*. Ton objectif pendant cette soirée, c'est de montrer à la fille que tu es curieux, que tu as accepté de passer du temps avec elle pour en savoir plus, mais qu'elle doit encore passer le test. C'est à elle d'être à la hauteur. Pas à toi. Tu comprends ?

— Oui...

— On est mardi soir, tu as choisi le restaurant. Tiens, petit détail, invite-la dans un restau que tu connais, choisis-en un dans lequel les tables ne sont pas trop larges. Tu vois ici, les tables sont grandes, ça vous éloigne, tu es à presque deux mètres de Sarah, c'est trop. Trouve un endroit où les tables sont plus petites. Non, attends. Je connais un restaurant corse vers la place des Victoires, je vais te donner l'adresse.

« Donc, tu es là, elle est arrivée à l'heure, toi tu as soigneusement fait en sorte d'avoir entre cinq et dix minutes de retard, pour créer l'attente. En galant homme, tu lui as tenu la porte pour entrer, vous êtes installés. Le serveur a pris les commandes. Tu as commandé le premier pour ne pas prendre comme elle. Tu es rasé, bien habillé, *aussi bien que dans son souvenir*. Tu as veillé à réactiver un ancrage, en rebondissant sur les circonstances de votre précédente rencontre. Maintenant, il faut parler, c'est à toi de mener la conversation. »

Sarah minaude un peu. Son attitude ne serait pas bien différente si elle cherchait véritablement à séduire Virgile. Face à elle, l'apprenti dragueur est complètement déstabilisé.

— Heu... alors... Tu aimes... la musique ?

— Oui, répond elle en essayant de garder son sérieux.

— ...

— Ne pose pas des questions fermées. Il faut la faire parler d'elle. Tu vois, si tu lui demandes si elle aime le cinéma, elle va te dire oui ou non. Si tu lui demandes le titre de son film préféré, tu lances une discussion.

— Heu… c'est quoi le dernier film que tu as vu au cinéma ? improvise Virgile.

— J'ai vu celui avec Leonardo DiCaprio, j'ai oublié le titre (Elle cherche).

— Heu… *Titanic*.

— Mais non… (Elle sourit)

— Ne perds pas tes moyens Virgile. *Titanic*, c'est sorti en 1997, commente Alex.

— *Gatsby le magnifique*. C'était pas mal. Et toi ?

— Moi, je suis allé voir le dernier *Superman*. Je l'ai revu quatre fois. Le réalisateur a vraiment compris superman, tu vois, ce n'est pas un…

— Non stop ! coupe Alex. C'est un rendez-vous galant ! Ne commence pas à nous parler de Super-man ! »

Virgile cherche un peu de réconfort auprès de Sarah, mais sa moue est sans équivoque. Il fait fausse route.

« Là, tu essayes d'éviter le silence. Demande-lui simplement ce que tu voudrais savoir d'elle. Ce qu'elle aime dans la vie, son boulot, ses passions. Apprends à la connaître. Cherche ce qui la fait vibrer, et quand tu auras trouvé, fais-la parler.

« Bon, alors dis-moi, Sarah. Tu fais quoi dans la vie ?

— Je fais de la gestion de personnel dans une chaîne de salle de sport.

— … Ah ! C'est bien.

— Et toi ?

— Oh ! Moi, je suis étudiant.

— Ah oui ? Tu étudies quoi ?

— le… l'informatique.

— D'accord. Et ça te plait ? »

En posant sa question, Sarah s'est avancé vers Virgile, elle s'est accoudée à la table. Virgile n'a d'yeux que pour sa poitrine. Il bafouille.

— Oh ! Ben oui…

— Stop ! Virgile, je t'arrête. Ne prend pas cette question à la légère. Déjà, il faut vraiment que tu la regardes dans les yeux. (Sarah sourit. Virgile est plus rouge qu'une paire de Louboutin.) Ce que tu fais dans la vie, c'est très important. Derrière cette question, il y a une véritable évaluation. La vraie question, c'est : « Es-tu un homme ambitieux, qui se donne les moyens de ses ambitions, ou est-ce que tu subis ta vie ? » Sois précis et passionné sur tes études, parle-lui de tes objectifs, de tes projets. Un truc qui a de la gueule.

— D'accord. On peut faire une pause deux minutes. Je… faut que j'aille pisser.

— Virgile. Tu es un mâle dominant, maintenant. Tu ne demandes pas l'autorisation pour aller aux toilettes ! »

Virgile se lève et disparaît dans le bar.

« Tu en penses quoi ? interroge Alex.

— Il est tellement timide, répond Sarah. C'est impressionnant. Mais je le trouve mignon.

— Tu crois que je peux en faire quelque chose ?

— Oui, je pense. Il va falloir te surpasser, s'amuse-t-elle.

— Ne te moque pas, c'est un mec bien. Et il a déjà réalisé d'énormes progrès.

— Je n'en doute pas, mais la route est encore longue. »

XIV

Olivia tient une place particulière dans le cœur d'Alex. De toutes ses conquêtes, c'est elle dont il a été le plus fier. Une HB10+, mais Olivia est si belle que c'en est presque vulgaire de lui attribuer une note. Ses yeux noirs évoquent l'exotisme d'un pays oriental. Quand il la faisait rire, Alex se sentait l'homme le plus drôle de la planète, et quand elle se tenait à ses côtés, il se sentait le plus chanceux.

Alex a été vaincu dès le premier regard, mais par la maîtrise des techniques qu'il enseigne désormais, il a su faire jeu égal avec elle. Durant la phase de séduction, Olivia semblait n'avoir aucune stratégie. Elle n'en avait pas besoin. Le privilège des belles femmes. De plus, quand certaines beautés dégagent de l'arrogance et affichent une assurance déstabilisante, Olivia paraissait d'une touchante fragilité. Alex fut conquis :

Ligne 8, Bastille. Alex s'était positionné au milieu du quai. Lorsque le métro était arrivé, il avait consciencieusement évalué l'ensemble des *targets* potentielles. Il avait repéré une petite blonde. Appuyée sur la barre de maintien, elle se tenait dans un déhanché provocateur. Alex s'était mis à marcher afin de la rejoindre quand Olivia était apparue à la fenêtre du compartiment suivant, assise sur un strapontin. Elle portait un imperméable dont la ceinture galbait sa poitrine. Ses jambes étaient croisées, et son regard dans le vague. Alex l'avait choisie, elle. Il s'était assis sur le siège voisin et l'avait abordée de la façon suivante :

« Salut, j'ai un problème grave, et je dois le résoudre avant la fin de la journée, avait-il dit d'un ton dramatique.

— Dites-moi », l'avait-elle encouragé.

Son visage exprimait la profonde gentillesse d'une personne prompte à aider son prochain.

— Je dois absolument trouver les numéros gagnants du Loto. Tu peux m'aider ? C'est quoi tes numéros fétiches ?

— Ho ! Disons le 12 et le 41, avait-elle répondu dans un sourire ensorcelant.

— Je note. Si tu m'en donnes encore un, on partage les gains.

— Le 29 ?

— Non, le 29, c'est le mien. Je l'ai déjà, regarde. Un autre ?

— Alors, le 4. »

Il avait noté le 4, puis il lui avait demandé un numéro où la joindre pour lui reverser sa part. Elle s'était laissé faire. Elle était descendue à Daumesnil. Il aurait pu l'accompagner, faire le *forcing*, mais il avait eu l'intuition d'une belle rencontre, et avait choisi de prendre son temps. Il l'avait rappelée quelques jours plus tard. Elle était entrée dans son jeu :

« Alors, je croyais que tu n'appellerais jamais, que tu étais parti avec la cagnotte.

— Non, c'est à peine croyable, il n'y a pas eu de cagnotte. Par contre, tu as gagné un *moranga*.

— ???

242

— C'est un cocktail. Attention l'offre est valable jusqu'à ce soir, minuit ! »

Elle avait dit oui. Tout simplement. Ils s'étaient retrouvés cour Saint-Émilion. Alex se souvient de leur conversation. Il avait été étonné de voir la profondeur que peut parfois prendre la discussion de deux inconnus. Autour d'un verre de vin — elle avait finalement préféré du vin —, ils avaient parlé de leur famille, elle avait livré ses douleurs sur la maladie d'un oncle, et s'était émue d'apprendre qu'Alex avait grandi sans la présence d'un père. Ils avaient ri de sujets plus légers. Ils ne se connaissaient pas, mais partageaient déjà l'envie de ne pas se quitter. Alex lui proposa de dîner ensemble. Olivia lui avoua que, même en bonne compagnie, elle ne supportait pas de consacrer plus de trente minutes à un repas, alors il s'adapta et lui proposa une crêperie.

Il la raccompagna. Elle lui ouvrit sa porte. Ils dormirent ensemble, et elle lui offrit ce corps magnifique. La nuit fut pleine de tendresse. Ils s'endormirent collés l'un contre l'autre et se réveillèrent heureux.

Alex entra dans l'intimité de cette femme débordante de sensualité, dont le moindre geste le rendait fou de désir. Qu'elle passe la main dans ses cheveux, qu'elle se maquille ou qu'elle vienne se coucher à côté de lui, et il perdait la raison. Cette idylle grandit et, sans y faire attention, il fut amoureux. Au bout de quelques mois, une agréable routine commençait à les prendre dans ses bras, mais Alex finit par découvrir la nature mélancolique d'Olivia. Si elle se disait heureuse avec lui, elle lui échappait parfois. Elle aussi se rendait en des endroits où il ne pouvait la suivre. Ce n'était rien, quelques larmes inexpliquées certains soirs de fatigue, l'envie inexplicable d'être un peu seule. Alex prit peur. Sous cet aspect affecté, elle lui rappelait Mélanie, et il eut un jour la conviction qu'il finirait par la perdre, elle aussi. Alors il prit les devants et, à contre cœur, inventa une excuse pour ne pas évoquer ses fantômes. Le cœur lourd, Alex quitta Olivia, pour se protéger.

La revoir sera émouvant. Alex n'a pas le choix. Sa fiole d'élixir sera vide dans une dizaine de jours. Et après ? Ce ne sera bientôt plus une toison sur son corps, mais une fourrure. Les petites gratteuses rendront sa vie infernale. Les démangeaisons seront insupportables. Des douleurs horribles aux genoux viennent maintenant s'ajouter au reste. Comment évolueront-elles ? Et puis ses dents d'animal préhistorique. Alex n'y survivra pas. Et que dire de cette calvitie qui s'accélère ? Alex a pris une photo de l'arrière de son crâne. Un trou s'est formé, plus gros qu'une pièce de deux euros. Et l'élixir n'y change rien. On dirait un moine.

La porte cochère de l'immeuble s'ouvre sur une charmante cour intérieure. Une petite dame habillée d'une blouse à rayures brosse les pavés avec un balai de paille dont le manche lui arrive aux oreilles. En voyant entrer Alex, elle s'est arrêtée dans son ouvrage. Elle le jauge, mais Alex l'ignore.

« Oui ? » demande-t-elle.

La gardienne veut en savoir plus. Si ce jeune homme a l'intention de troubler la tranquillité des résidents, il va trouver à qui parler. Alex lui jette un regard, il hoche la tête pour la saluer. En agissant ainsi, elle le prend certainement pour un représentant. Son sang commence à chauffer. Alex s'est approché de l'interphone du premier bâtiment. Il ne cherche pas Olivia dans la liste, il se souvient de sa position sur le tableau des sonnettes.

La petite dame avec le balai de sorcière reste figée comme un chien de chasse à l'affût, une expression contrariée sur le visage. Alex retient un fou rire.

« Oui ?

— Olivia, c'est Alex. Je peux monter un instant ?

— … Bien sûr. Tu te souviens ?

— Oui. À tout de suite.

Elle est encore plus belle que dans son souvenir. Malgré son expérience, Alex demeure impressionné. Elle lui sourit.

« Quelle surprise ! »

Il n'y a pas d'ironie dans cette phrase. Elle fait un pas vers lui. Elle sent bon. Elle ne lui fait pas la bise, elle l'embrasse sur la joue. Et le fait entrer. Ses cheveux sont attachés en chignon, et quelques mèches tombent avec négligence sur sa nuque fine. Alex contrôle le désir en lui, mais il ne serait pas loin de perdre son sang-froid. Elle l'invite à la suivre dans le salon.

« Alors, tu ne l'as pas retrouvée ? demande-t-elle.

— Et bien non… je suis très embêté ! Je suis désolé de venir te déranger, mais… »

Il marque un temps, comme s'il cherchait ses mots. Il aurait aimé l'entendre dire qu'il ne la dérange pas, mais non.

« … je suis presque sûr qu'elle est chez toi. »

La veille, Alex a appelé Olivia. Il lui a parlé d'une montre héritée de son grand-père. Il gardait cette montre dans une boîte et, l'autre jour, voulant la ressortir, il s'est rendu compte qu'elle n'y était plus. Après avoir exploré en vain chaque recoin de son appartement, il a estimé qu'elle se trouvait peut-être chez Olivia, car il la portait régulièrement quand ils se fréquentaient.

« Ça ne me dit vraiment rien. À moins qu'elle soit derrière un meuble… Honnêtement, je n'ai pas eu le temps de regarder. »

Olivia semble sincèrement embêtée. La montre est dans la poche d'Alex. S'il n'arrive pas à faire avancer la conversation, il simulera une fouille de l'appartement et prétendra la retrouver sous le lit ou dans le fond de la penderie. Olivia est une fille compatissante, et elle est très attachée à sa famille, alors Alex en est venu à concocter ce plan : Cette montre est irremplaçable, sa valeur sentimentale est inestimable. Alex est vraiment accablé (petit air de violon). Quand il la retrouvera, Alex se perdra dans une effusion de joie. Olivia se réjouira aussi. Il l'embrassera pour la remercier. Un geste spontané. Ensuite, il laissera ses mains sur ses épaules, il lui fera son regard intense. Il lui dira lentement merci d'une voix plus basse en lui souriant. Il sera peut-être alors possible de voler un baiser. Pour le moment, ce serait l'idéal, si elle lui proposait un rafraîchissement, et l'invitait à discuter un peu. Alex enlève sa veste. Olivia ne se départ pas de son troublant sourire. Elle semble radieuse, mais rien à voir avec lui.

« Tu as soif ?

— Oh ! Écoute, je ne vais pas t'embêter.

— Ça ne m'embête pas, si je te propose !

— Bon, alors d'accord… Je sais que ce n'est pas super de débarquer comme ça…

— Coca, Oasis tropical, ou de l'eau ? Je peux faire du thé aussi ! demande Olivia depuis la cuisine.

— Un coca, ce sera parfait. Merci beaucoup ! J'ai longtemps hésité, figure-toi, mais je tiens tellement à cette montre. C'est tout ce qui me reste de papy !

— J'espère pour toi qu'on va la retrouver, mais je n'y crois pas vraiment !

— Bon, en tout cas, je suis content de te voir ! »

Il la rejoint enfin dans la cuisine.

« Oui, moi aussi, dit-elle.

— Tu vas bien ? Tu es resplendissante !

— Merci.

— Tu bosses toujours dans cette association ?

— Non, j'ai changé de voie, je fais de la programmation d'applications mobiles. Avec un ami, on développe des jeux pour les téléphones. (Elle retourne sur le canapé du salon avec les boissons.) Je donne toujours un coup de main à l'asso, surtout l'hiver, ils ont besoin de main-d'œuvre pour préparer les repas, faire les quêtes devant les magasins, tout ça. Je suis juste bénévole, maintenant. Et toi ?

— Moi, ça va aussi, je fais du *coaching* en sport et développement personnel, ça marche bien.

— Ta maman va bien ?

— Oui ! *Enfin, je crois…* Elle fait sa vie du côté de Perpignan. Elle est toujours seule.

— La pauvre !

— …

— … »

Olivia regarde l'heure et se lève. Alex l'imite.

« Bon, pour ta montre, je vais chercher, je t'appellerai si je la trouve, mais, je n'ai pas trop envie que tu fouilles dans mes affaires, tu comprends…

247

— Oui, bien sûr ! » Dit-il en reprenant sa veste. *Je le savais, que c'était un plan de merde !* « Écoute Olivia, je… »

Alex tente le tout pour le tout. Tant pis pour la montre. Connaissant Olivia, elle va retourner son appartement pendant des heures, elle ne trouvera jamais de montre et s'en excusera. Alex n'a pas le temps. Alors il se fiche devant elle et pose les mains sur ses épaules. Elle ne se dérobe pas, elle garde ce sourire inaccessible.

« Oui ?

— Comment dire ? Voilà, je ne suis pas… »

Un bruit soudain. Un pleur. Celui d'un bébé. Olivia se crispe un instant. Un petit silence, puis un second cri, plus urgent.

« Attends. »

Olivia s'éclipse. Laissant Alex dans l'entrée. Il a envie de la suivre, mais il n'ose pas. Elle revient au bout d'une petite minute, avec un sac de couchage minuscule dont dépasse une tête. Un enfant. Petit, très petit, Alex ne sait pas lui donner un âge. Une angoisse monte en lui.

« Ah ! Je ne savais pas ! Félicitations !

— Je te présente Hugo. »

L'enfant montre un manque total de savoir-vivre, il continue de pleurer. Il a faim, précise sa mère. Elle l'emmène avec elle dans la cuisine et, portant l'enfant d'une main, elle verse de l'eau dans un biberon, le fait chauffer au micro-ondes puis ajoute le lait en poudre sous les yeux impatients du petit Hugo. Elle s'installe à nouveau dans le canapé, Alex demeure dans l'encadrement de la porte. Pour la première fois de sa vie, un bébé suscite en lui un peu d'émotion. C'est aussi la première fois qu'il se demande s'il n'est pas le père.

« Wahou ! finit-il par concéder. Je me demandais pourquoi tu avais l'air si radieuse. C'était lui
ton secret !

— Oui, certainement.

— Heu… comment dire, le…

— Non, le papa est parti, si c'est ta question. »

Elle lève un instant les yeux de son petit glou-
ton. Alex est pulvérisé.

— Ce n'est pas trop dur, seule ?

— Ben… je ne dors plus beaucoup et je n'ai
quasiment plus de vie sociale. J'ai bien une ou deux
copines qui me sortent, de temps en temps. Je laisse
Hugo à Déborah, une étudiante juste en dessous,
elle vient le garder un peu… Mais bon. Je me sens
un peu seule, parfois. Je me suis inscrite sur un site
de rencontres. C'est pour te dire ! (Elle force un peu
son sourire.) Je ne sais pas comment m'y prendre, je
ne tombe que sur des obsédés. Je fais ce que je
peux. »

Hugo est rassasié. Elle le pose sur le tapis et lui
donne un petit hochet. Il s'empresse de mettre dans
sa bouche. Olivia se lève.

« Pourquoi es-tu revenu, Alex ?

— Et bien, je t'ai dit, j'aimerais…

— Retrouver ta montre ? Elle est dans la poche
de ton blouson ! »

Alex est pris de court. Des idées fusent dans sa
tête, il doit inventer une autre excuse, mais il ne
voit pas. Olivia continue de sourire. Elle n'est pas
agressive, ne semble même pas offensée de ce
mensonge idiot.

« J'ai été nul avec toi. Tu es une fille formidable,
tu es belle comme une déesse, tu es la gentillesse et
la générosité incarnées, et je me sens minable. Je
n'ai pas été à ta hauteur, alors je voulais te dire que

je regrette mon comportement et les décisions que j'ai prises.

— D'accord. Je ne t'en veux pas, Alex. Ça fait déjà longtemps. Pourquoi tu viens m'en parler maintenant ?

— Je dois t'avouer un truc, je... je t'ai trompée quand on était ensemble. »

Il l'a regardée au fond des yeux. Elle tient son regard pendant qu'il se demande comment on peut tromper une telle femme. Olivia ne savait pas. Elle encaisse, avec dignité.

— J'étais immature, j'ai fait n'importe quoi, et je mesure aujourd'hui à quel point j'ai déconné. »

Elle se mord la lèvre, et ses yeux se mouillent.

« Ça ne sert à rien de venir me le dire maintenant. Ça ne fait que du mal ! Je t'ai aimé Alex.

— Moi aussi, Olivia. Plus que tu ne l'imagines. »

Elle essuie ses yeux. Alex est ému également. Il ne sait pas ce qu'il peut ajouter, ni comment s'y prendre maintenant. Derrière sa mère, l'enfant s'appuie sur le canapé pour se mettre debout en poussant de petits piaillements gais. Alex inspire un bon coup.

« La vérité, c'est que je dois obtenir un baiser des filles avec qui je me suis mal comporté pour me libérer d'un sortilège vaudou. »

Olivia fronce les sourcils. Elle essaye de trouver un sens à ce qu'elle vient d'entendre.

« C'est absurde. »

Elle le scrute pour essayer d'y déceler un indice. Alex tire de son portefeuille un papier plié en quatre. Il lui tend. Olivia l'ouvre. Elle lit :

Salut pauvre type,

Tu mènes une existence misérable, tirant fierté de la multiplicité de tes conquêtes, mais tu n'as jamais apporté autour de toi que triste vide et amère déception. Tu n'as vu en toutes ces femmes que des corps que tu as salis de tes fantasmes assouvis. Pour ton irrespect et ton arrogance, je te juge et te condamne. Tu porteras désormais sur ton visage et sur ton corps les hideuses difformités de ton cœur et de ton âme. Puisqu'en animal tu t'es comporté, un animal tu vas devenir. Tu es un jouet entre mes mains, comme ces filles l'ont été entre tes bras. Aucun médicament ne te guérira de mon châtiment. Tu redeviendras celui que tu étais lorsque ces femmes souillées de ton abjecte lubricité, trompées et humiliées par tes mensonges t'accorderont leur pardon. Lorsque chacune t'aura donné un baiser pour te prouver sa clémence, tu seras libéré.

Bien à toi

« Alors, ce n'est pas pour mon pardon que tu es venu, c'est pour ta guérison.

— Non, enfin si, enfin... j'ai aimé plusieurs femmes dans ma vie. J'ai été obligé de toutes les revoir, et je comprends maintenant le mal que j'ai pu faire. Je me suis toujours comporté comme un salaud, un égoïste. J'ai subi des épreuves dans ma vie, mais cela ne justifie rien. Un soir, tu étais avec l'asso, tu m'as appelé pour me dire que tu resterais là-bas parce qu'on avait besoin de toi, et moi aussi, j'avais besoin de toi. Et j'ai imaginé ce que deviendrait ma vie si un jour, tu ne rentrais plus jamais. J'ai paniqué, je suis sorti. J'ai croisé une fille dans un bar, elle ne me plaisait même pas. Je lui ai payé un verre, on a discuté et je suis allé chez elle. Et c'était avec toi que je voulais être. Je fermais les yeux, et c'était toi. Je suis tellement désolé Olivia, tu méritais tellement mieux. »

Il pose une main sur la poignée de la porte. Pour la première fois, il a l'impression de mériter son sort.

« Je suis désolé d'être venu te dire tout ça. »

Elle s'approche de lui, pose ses mains sur ses joues et l'embrasse. Alex ferme les yeux et goûte ses lèvres sur les siennes. Il a envie de la prendre dans ses bras. Il le fait. Leur étreinte ne dure qu'un instant. C'est elle qui se retire.

— C'est bon comme ça ?

— Oui, je crois. »

Hugo vient de tomber. Il se met à pleurer. Olivia le prend dans ses bras, sans précipitation. Alex sent son cœur battre trop vite. Ses muscles se détendent. Il a besoin de prendre appui sur le mur. Ses os se consument, il n'est pas soulagé comme les autres fois, les petites gratteuses se rebellent. Elles résistent à ce baiser. Elles se révoltent. Olivia le regarde, sans poser de questions. Elle lui sourit. Elle passe la main dans les cheveux de son fils. Alex est émerveillé par cette femme si belle et si douce qui aurait pu être la sienne. Il aimerait ne pas s'en aller, faire partie de sa vie. Cela doit être formidable d'avoir une famille. Au moment de lui dire au revoir, il se sent terriblement seul. Des pensées se bousculent, il devrait appeler sa mère plus souvent.

Dans la cour, la gardienne pousse une poubelle. En voyant Alex partir, elle le regarde d'un œil suspicieux, et Alex imagine tout ce qu'elle peut penser.

~~Géraldine~~ ~~Olivia~~ ~~Tatiana~~ ~~Vanessa~~ Sonia

Alex n'est pas bien. D'habitude, après chaque baiser, il s'est senti allégé, libéré. Là, ce n'est pas le cas. Il ressent des démangeaisons sur tout le corps, et surtout, son cœur bat à un rythme alarmant. Au bout de la rue, Alex trouve un petit square et décide de s'y asseoir un instant. S'il nourrit des regrets concernant son histoire avec Olivia, il est tout de même heureux de cette conversation. Son corps est toujours aussi mal en point, mais sa conscience est plus légère. Il aurait presque cet étrange sentiment d'être un mec bien, pour une fois. Il prend ses gouttes. Il a déjà pris deux fois la dose prescrite. Il a besoin de plus.

Son portable sonne. Virgile. Alex ne répond pas. Pas cette fois. Virgile laisse un long message. Son rendez-vous de ce soir le stresse, il est mort de peur, il a besoin de conseils.

Alex lui répond par texto : « Peux pas répondre, désolé. Pas de conseils à te donner, tu sais déjà tout. Ne te mets pas de pression, si cette date ne marche pas, il y en aura d'autres ! Ce n'est qu'un jeu. N'oublie pas, TU domines, c'est elle qui doit passer le test ! »

Deux heures plus tard, Alex n'a pas bougé de son banc. Son cœur s'est un peu calmé. Ses doigts se sont détendus, mais ils demeurent engourdis. Ses genoux le font toujours souffrir, il plie les jambes avec difficulté. Face à lui, des enfants ont joué, qui rentrent maintenant chez eux. Si Alex était le père d'Hugo, sans doute Olivia lui en aurait-elle parlé. Il est peu probable qu'il soit le géniteur. Il a aimé la revoir. Le ciel est sombre. L'orage arrive. L'air pèse une tonne, il est chargé d'électricité.

Quand elle entend l'interphone sonner, Olivia est surprise. Deux fois dans une même journée, ce n'est pas loin d'être un record. Alex. Encore. Pourquoi ? Elle le laisse monter.

253

« Dis-moi Olivia, j'ai une certaine connaissance du fonctionnement des sites de rencontres, et si ça te dit, je pense pouvoir t'aider dans tes recherches. On pourrait se faire livrer des sushis quand Hugo sera couché ? »

Elle est visiblement amusée par la proposition.

« Rien que ça ? Selon toi, on peut trouver l'amour sur Internet ? »

Alex a une pensée pour Sonia.

« J'en suis persuadé !

— Pourquoi pas. Entre ! »

Hugo arrive dans le couloir à quatre pattes.

« Allez, viens p'tit boubou, on va aller au bain. »

Elle le prend dans ses bras. L'enfant colle sa tête contre l'épaule de sa mère. Puis il la relève.

« Je vais remplir la baignoire, tu peux le prendre deux minutes ?

— Ah ! Heu… non, pas du tout ! »

Alex se retrouve donc avec un bébé dans les bras. Hugo ne semble pas intimidé, il lui présente un visage jovial. Il regarde sa maman s'éloigner et tend les bras dans sa direction. Alex suit Olivia jusqu'à la salle de bains. La pièce est petite, alors il reste à l'extérieur. Depuis le couloir, il voit la chambre d'Hugo. C'est une jolie chambre bleue et blanche pleine de jouets. Un petit module avec des étoiles surplombe le lit. Des planètes phosphorescentes sur le mur. Un grand *poster* d'Harry Potter est également affiché.

« Un futur petit sorcier ?

— Humm. C'est déjà un magicien. Il a changé ma vie ! »

Virgile s'est abrité sous un porche pour échapper à la pluie torrentielle qui s'abat sur Paris. De son poste d'observation, il pourra voir arriver Émilie, tout en restant caché. Quand elle sera là, il comptera cinq minutes. C'est le plan. Il doit se faire attendre. Il est en avance, elle ne devrait pas montrer le bout de son joli nez avant un bon quart d'heure.

Les nuages sont si chargés que l'on se croirait en pleine nuit. Virgile finit par apercevoir une petite silhouette se détacher timidement de l'obscurité. Émilie brave le déluge pour lui. Elle atteint le restaurant et envoie un texto : « Je suis arrivée, à tout de suite. »

Il voudrait la rejoindre, mais il doit la faire attendre. C'est psychologique. Ça le dépasse, alors il s'en tient aux recommandations de son *coach*. Elle reste dehors. La pluie lui tombe dessus, et son petit parapluie est une défense bien chétive. Virgile la regarde prendre l'eau encore une bonne minute. Elle n'ose sans doute pas entrer seule dans le restaurant, elle l'attend. Elle lui plaît. Il se verrait bien passer du temps avec elle, et peut-être que l'amour pourrait s'ensuivre. Un bonheur à portée de la main. Il se décide et va à sa rencontre.

La salle du restaurant est parfaite. Déjà, elle est à l'abri de la tempête, ce qui la rend vraiment accueillante. La lumière est douce, tamisée. Le plafond, voûté, est fait de briques. On leur offre un kir. Émilie paraît satisfaite. Elle est souriante, mais pas encore détendue. Virgile peine à accrocher son regard.

« C'est superbe ici. Excellent choix, dit-elle.

— Je suis heureux que ça te plaise, répond-il modestement en levant son verre. À… à ta santé…

— À la tienne. »

Il faut tendre l'oreille pour entendre Émilie. Sa voix est pleine de douceur. Chacune de ses intonations est un petit coup de griffe sur le cœur de Virgile. Elle boit une gorgée, pose son verre et ouvre le menu.

« Tu me conseilles quoi ?

Angoisse. Virgile ne connaît absolument rien des traditions culinaires corses. Il se cache derrière son menu.

« Et bien… si tu aimes bien le poisson, la daurade est très bonne…

— Oui. C'est quoi le *stufatu* ?

— … »

Le serveur a entendu. Il vient au secours de Virgile. Il doit y avoir un dieu pour les escrocs. Il explique la recette du *Stufatu*, le bœuf braisé, les tomates… Virgile est sauvé, mais il se sent fragile.

« Tu viens souvent ici ? » demande-t-elle quand le serveur s'est éloigné.

— Non, j'ai mangé quatre ou cinq fois peut-être. »

Émilie relève la tête, et, en apercevant son regard embarrassé, Virgile comprend tout ce qu'elle peut déduire de sa réponse. Il se force à lui sourire. Son cerveau fonctionne à plein régime. *Que dire ? Ah ! oui, la faire parler d'elle ? Qu'est-ce que je voudrais savoir d'elle ? Ah oui, où…*

« Tu sais, c'est la première fois que je dîne avec un garçon que je ne connais pas comme ça…

— Ah oui ? Hé ! Hé ! »

Son petit rire a été involontaire. Presque sarcastique. Comme si ce n'était pas la première fois pour lui aussi. Elle ne doit surtout pas le savoir. Il doit prendre l'ascendant, la mettre au défi. Elle est retournée à son menu, elle se tient un peu prostrée,

256

elle rougit même un peu. La gêne est là, il aimerait la réconforter, mais il doit rester à sa place, être l'objet d'une conquête.

« Tu habites où ?

— À Vitry-sur-Seine. Tu connais ?

— Oui, je n'habite pas loin, je suis à Nogent-sur-Marne.

— Ah ! C'est beau là-bas, c'est un peu plus huppé non ?

— Oui, j'habite dans un beau quartier. J'ai grandi à Nogent, j'ai toujours habité là. »

Pour un peu Virgile entendrait presque la voix d'Alex : *Arrête de parler de toi !!!*

« Et, tu aimes bien Vitry ?

— Oui, pareil, c'est la ville de mon enfance. En fait, j'habite encore chez mes parents… »

— Ah ! Moi au… (*Ne parle SURTOUT PAS de ta mère, Virgile ! tu m'entends ?*) C'est bien. Tu fais… des études ?

— Un master d'anglais. Pour devenir traductrice. Et toi, tu fais quoi ? »

C'est presque chiant, elle lui retourne toutes ses questions, il n'arrive pas à la faire parler d'elle.

« Alors, moi, j'ai fait une prépa scientifique, et là, je suis en école d'informatique, c'est cinq ans d'études pour devenir expert en technologies de l'information. Là, je me spécialise doucement dans le *computer programming* bla bla bla. »

Un quart d'heure plus tard, Virgile en est toujours à lui expliquer le fonctionnement de son école, où les étudiants trouvent du travail avant même d'avoir leur diplôme… les profils comme le sien sont particulièrement prisés par les entreprises, parce que le marché est en pleine expansion… Émilie a décroché, et il ne s'en rend pas compte.

Elle se tient poliment en face de lui, en se demandant pourquoi elle a trouvé ce garçon délicat et
charmant. Virgile est en fait arrogant, trop sûr de
lui. Ça ne lui plait pas. Alors elle attend. En plus, il
s'habille curieusement. Avec sa chemise, il a l'air
déguisé. Le flot de paroles va bien finir par se tarir.

Hugo s'est endormi. Malgré l'orage, le sommeil
a eu raison de ses petites peurs. Alex et Olivia se
sont installés sur le canapé. Olivia porte un vieux
gilet sans forme, elle s'est assise en biais et a
recroquevillé ses pieds sous ses fesses. Alex se
souvient qu'elle aimait se mettre dans cette position. Avant, elle se penchait dans l'autre sens et
s'appuyait sur lui. Face à eux, un grand assortiment
de sushis, makis, yakitoris. De quoi remplir environ
huit estomacs. Olivia dévore la nourriture comme si
elle n'avait rien avalé depuis une semaine. Elle
s'arrête un instant et se lève pour aller chercher son
ordinateur portable. Olivia a toujours la sensation
de perdre du temps quand elle mange si elle ne fait
pas autre chose en même temps. Elle sort d'une
housse une machine de compétition. Écran large,
processeur au *top*…

« Alors, tu veux toujours m'aider ?

— Bien sûr !

— À vrai dire, vu le profil des hommes qui
m'ont contactée, je ne suis plus certaine de l'utilité
d'un site de rencontres. Ou alors, je ne sais pas
comment m'y prendre. »

— Disons qu'il y a quelques petites erreurs à
éviter. »

Alex n'a presque rien mangé. Une main sur le
cœur, il essaye de compter les battements pour
déterminer son rythme cardiaque, mais ce qu'il

perçoit est complètement désordonné, ça ressemble plutôt à un premier cours de batterie.

« Ça va ? » demande Olivia.

Alex retire sa main et répond d'un hochement de tête. Ça va passer. L'ordinateur s'allume rapidement. Le site de rencontres est dans la barre de favoris. Le nom d'utilisateur et le code secret sont préenregistrés, Olivia accède à son compte.

« Regarde ! Je ne te mens pas, je découvre avec toi : « Salut beauté, tu fais quoi ce soir ? » « Coucou, on ne se connaît pas tous les deux, mais nous avons déjà un point commun, nous avons tous les deux une belle queue-de-cheval. » Ce type est chauve, je suis censée en déduire quoi ?

— Exactement ce que tu penses, ça ne vole pas très haut.

— Pfff… « Salu, on m'appelle la love machine. Si tu veux passer une nuit torride avec une bête de sexe, contacte moi. Tchao. » « Bonjour, jeune homme beau riche et incroyablement intelligent recherche jeune femme qui ne croit pas tout ce qu'elle lit. » Celle-là, je l'ai déjà reçue quatre fois. Ce n'est pas possible, il y a des sites pour recopier ces messages ?

— Écoute Olivia, déjà, je pense que tu n'as pas mis la bonne photo.

— Tu trouves ? Oui, tu as peut-être raison, c'était une fin de mariage, et je ne suis plus très bien coiffée.

— Non, le problème n'est pas là. Tu es trop belle !

— Quoi ? »

Olivia est un peu gênée.

« Tu es trop belle. Tu es une femme magnifique, tu le sais quand même !

— Non, je ne sais pas…

— Si ! Tu es superbe sur cette photo, tu es maquillée, tu portes une robe rouge, ton décolleté fait perdre l'azimut, tu as des yeux de braise. Excuse-moi de te dire ça comme ça, ta photo, elle est trop orientée sexe !

— Quoi ? (Olivia a le feu aux joues.) J'essaye juste d'être attirante, j'avais un joli collier sur cette photo.

— Non, mais là, tu n'es pas sur un site de bijoutier, personne n'a remarqué ton collier, ce sont des célibataires en face de toi. Des mecs en rut. Il faut que, qu'on… Attends une minute.

— Tu es sûr que tu vas bien Alex ? Tu es tout blanc.

— Oui, je peux utiliser ta salle de bains un instant ?

— Tu sais où c'est. C'est un peu inquiétant quand même. »

Alex se lève. Il fait trois pas mal assurés en direction du couloir.

« il faut juste que je m'assoie un peu et »

« Alex ? »

Alex est tombé. Il est inconscient. Olivia n'a aucune notion de secourisme. Elle est totalement démunie. Les pompiers lui disent qu'ils seront là dans cinq minutes. Ils lui demandent de vérifier le pouls. Ses doigts tremblent, elle n'est pas certaine. Elle pose la main sur la poitrine d'Alex. Elle ouvre sa chemise et appuie sa main. Elle appuie fort, elle sent des battements, mais c'est si faible, ce cœur lui semble à dix mètres. Elle lui passe de l'eau sur le visage. Elle lui colle deux claques.

« Reste avec moi, Alex. »

Un homme continue de lui parler au téléphone, il lui dit de garder son calme.

« Respirez doucement, madame. »

Il a besoin d'elle. Tout à coup, Olivia entend une sirène au loin. Elle n'a jamais été aussi heureuse d'entendre ce bruit.

Ils sont là, on leur a ouvert, on leur a indiqué le chemin, ils prennent Alex en charge. Olivia quitte alors l'appartement, descend d'un étage et tape dans la porte de Déborah. Elle lui résume la situation. Vite.

« Tu peux garder Hugo ?

— Bien sûr, pas de souci, compte sur moi.

— Il dort.

— D'accord. Donne-moi ta clé, je m'habille et je monte dans un instant. T'occupe. File ! »

Olivia s'exécute. Elle remonte et tente d'obtenir des informations.

« Laissez-nous passer mademoiselle. »

Alex est sur un brancard. Ses yeux sont fermés, il est immobile. Il semble paisible. Détendu. Un instant, Olivia se demande s'il n'est pas mort.

L'un des secouristes parle à sa radio.

« On lui a fait un massage cardiaque, il est reparti, mais en état de fibrillation. On va le choquer dans l'ambulance… D'accord… Très bien… On arrive. »

Olivia suit le brancard dans les escaliers. Alex est chargé dans le véhicule, Elle demande si elle peut accompagner. La pluie s'est un peu calmée. Olivia n'a pas pris de manteau, elle est déjà trempée.

« S'il vous plait… », insiste-t-elle avec un triste sourire.

Le pompier craque littéralement et lui dit de monter. Le règlement prévoit que ce n'est pas possible, mais à titre exceptionnel c'est bien parce que c'est vous ma p'tite dame. Olivia se met dans un coin pour déranger le moins possible. Les muscles d'Alex sont si décontractés que son visage ressemble à celui d'un mort. Au moment du choc, son corps se soulève. Olivia est très impressionnée. Elle pose la veste d'Alex sur ses épaules. Elle a oublié son sac à main. Elle avisera plus tard. Pour le moment, le plus important serait de prévenir les proches d'Alex. Elle sort son téléphone de sa poche et consulte le répertoire. Il y a plusieurs centaines de noms. Sa mère est dans le Sud, il ne faut pas l'inquiéter pour rien, alors qui choisir ? Elle regarde le journal d'appels et voit plusieurs appels en absence d'un certain Virgile. « Virgile », sans nom de famille. Ça doit être un ami. Elle appelle.

Malgré le pressentiment d'une catastrophe, Virgile s'est enfoncé dans son rôle. Et cette confiance de surface n'a pas plu à Émilie. Elle ne lui a pas dit, mais il en a eu l'intuition. Il n'est pas parvenu à changer de cap. Elle n'a pas voulu de dessert, prétextant n'avoir plus faim. Elle a également refusé un café, une infusion. Elle ne voulait rien de plus. Émilie a simplement dit qu'elle devait partir, qu'elle avait « devait se lever tôt demain matin ». Elle n'a même pas fait l'effort d'en dire plus. Elle s'est levée, l'a remercié. Elle n'a pas accepté qu'il l'invite. Ils ont chacun payé leur part. Sur le trottoir, la pluie a écourté leurs adieux. Sous son parapluie, elle l'a encore remercié. Elle ne lui a pas proposé de s'appeler ou de se revoir, et Virgile a compris qu'il était inutile de prendre l'initiative.

Virgile est dépité. Il ne s'attendait pas à un tel fiasco. Pourtant, il a suivi les conseils à la lettre. Alex devra lui expliquer ce qui s'est passé. Tiens, justement, c'est lui qui appelle.

« Allô ? Alex, j'ai vraiment…

— Ce n'est pas Alex. Bonsoir, je m'appelle Olivia. Voilà, je cherche à joindre des amis d'Alex.

— Oui ?

— il a fait un malaise, on est en train de l'emmener à l'hôpital... Excusez-moi une seconde, je demande... L'hôpital Saint-Joseph, dans le XIVe. Je ne sais pas trop qui appeler. Vous pourriez m'aider à prévenir sa famille ?

— Oui, pas de souci, je m'occupe de tout ! C'est grave ?

— Je ne sais pas, je n'en sais pas plus, je vous tiens au courant, merci beaucoup, merci ! »

Elle a raccroché. Virgile se sent abruti. Il vient de s'engager à prévenir la famille d'un homme qui se dirige aux urgences hospitalières, mais il n'a aucun contact. Mauvaise soirée. Il s'enfuit sous des trombes d'eau.

XV

Virgile se laisse conduire docilement à la salle d'attente. On n'a rien voulu lui dire, et ce n'est pas son genre de demander plus qu'on ne lui donne. Il est vingt-trois heures passées. La salle est presque vide. Un couple de quadragénaires est prostré dans un coin, et une femme plus jeune somnolle sous une veste d'homme. Le couple semble sous le coup d'une forte angoisse, sûrement dans l'attente de l'état de santé d'un fils. La jeune femme paraît frigorifiée. Virgile souffle un discret bonsoir, on lui répond sur le même ton. Il s'installe. Sans s'en rendre vraiment compte, il fixe la jeune femme. Bien entendu, pour un *numclose*, il faudrait au moins un cimetière pour trouver un lieu moins approprié. Il ne peut pas l'aborder. De plus, Alex lui a souvent dit de ne pas se laisser intimider par les belles femmes, mais elle, elle est hors catégorie. Il aimerait s'asseoir à côté d'elle, elle s'appuyerait contre lui, il passerait son bras dans son dos, poserait sa main sur son épaule. Il la réchaufferait. Elle a ouvert les yeux et lui a souri. Un pauvre sourire qui semble dire « On a l'air d'être dans la même galère, alors bon courage. » Habituellement, Virgile serait devenu écarlate, il aurait baissé les yeux, se serait peut-être même excusé. Il maintient son regard posé sur elle et lui rend son sourire.

Un médecin entre dans la salle. Le couple s'est levé avec précipitation.

« Alors ? »

Le médecin les entraîne dans le couloir, par souci de confidentialité. L'expression réjouie sur son visage, malgré la fatigue, présage de bonnes nouvelles. Dans la salle d'attente, restent Virgile et Olivia. Elle grelotte. Virgile se lève. Il revient un instant plus tard avec deux couvertures de l'hôpital. Elle dort. Il n'ose pas la toucher, alors il déplie une couverture et la pose sur elle. Douce-ment. Puis il retourne à sa place.

1 h 40. Virgile ne trouve toujours pas le som-meil. Il se demande ce qu'il fait ici. Olivia vient d'ouvrir les yeux. Elle se redresse et découvre la couverture. Virgile la voit s'interroger.

« Je vous ai vue trembler, alors je me suis per-mis de…

— C'est très gentil.

— Je vais aller me chercher un thé, vous voulez quelque chose ?

— Oh ! Je suis partie un peu dans la précipita-tion, je n'ai même pas d'argent sur moi.

— J'en ai, ce n'est pas un problème.

— Vous êtes très gentil, dans ce cas, ce n'est pas de refus. »

Elle se lève. Virgile ne sait plus ce qu'il fait, il a l'impression de traverser une brume épaisse. Il est passé en pilotage automatique, il est incapable de réfléchir à ce qu'il doit dire ou pas. S'il avait pensé à la façon de lui proposer une boisson, il l'aurait retournée dans tous les sens, et ce ne serait jamais sorti. Olivia tient son gobelet à deux mains, pour se réchauffer. Virgile retire le sien de la machine.

« Bon, je ne sais pas si c'est le bon endroit pour dire ça, mais… santé ! »

Il lève son thé. Elle sourit, Virgile se dissout de l'intérieur.

« C'est sûrement le meilleur endroit pour dire ça, finit-elle par répondre.

— Vous attendez des nouvelles de quelqu'un ? »

Le visage d'Olivia s'est soudain assombri, Virgile regrette d'avoir provoqué cette réaction.

« Enfin, c'est peut-être indiscret…

— Non, pas du tout, un de mes amis a eu un malaise. J'ai appelé les pompiers et… »

Elle est au bord des larmes. Ses nerfs sont à vif, elle craque.

— Excusez-moi, j'ai cru… »

Elle pose son gobelet sur un distributeur d'eau et s'essuie les yeux.

« J'ai cru qu'il était mort… »

Elle pleure à chaudes larmes. Elle a eu un mouvement dans sa direction et, sans y penser, Virgile l'a pris dans ses bras. Elle se laisse faire. Virgile est halluciné. Il sent le corps de cette femme sublime contre le sien. Il caresse son omoplate. Il se sent serein. C'est étrange comme il se sent serein. Il ne s'est jamais *approché* d'une femme aussi belle, et elle est là, dans ses bras, bouleversée, à s'en remettre à lui. De multiples neurones devraient commencer à générer des courts-circuits partout dans son cerveau, son pauvre cœur foudroyé devrait se transformer en un morceau de charbon ardent, mais cela n'arrive pas. Pour une fois, Virgile est à la place exacte où il doit être. Cette magie ne dure qu'un instant. Olivia s'est vite ressaisie. Elle s'est écartée et se confond en excuses.

« Je suis désolée, je suis un peu à fleur de peau, je, vraiment… pardon… »

Virgile essaye de masquer son sourire béat. « Ce n'est pas grave. » Non, ce n'était pas grave, c'était fabuleux. Un moment incroyable. Il classe directement cet instant parmi les plus beaux de son existence.

Un médecin les trouve dans le couloir. Le docteur Jeanpierre.

« Bonsoir, Vous êtes des proches de M. Fostine ?

— Oui », répondent en chœur Virgile et Olivia.

Ils tournent la tête l'un vers l'autre, avec le même étonnement.

« Ah ! Alors vous êtes… Virgile ? C'est vous que j'ai appelé tout à l'heure ? »

Le médecin reprend la main, il n'a pas le temps pour les présentations.

« Son état s'est stabilisé. Son cœur bat à un rythme normal, on est plutôt satisfait. Savez-vous si M. Fostine a tendance à consommer des stupéfiants.

— ???

— Est-ce qu'il consomme des drogues marijuana, cocaïne, champignons, ecstasy…

— Je ne pense pas », répond Virgile abasourdi.

Il interroge Olivia du regard, sa moue semble aller dans son sens.

« Moi, je suis persuadé du contraire, il a absorbé des substances très nocives, et la réaction est violente. Il a fait une sorte d'*overdose*, si vous voulez. Je suis médecin, pas policier, il faut que je sache, ça peut être très grave pour la santé de votre ami.

« Honnêtement, dit Vigile, je vous le dirais si...
mais là...

— D'accord, comme vous voulez, conclut le
médecin, ostensiblement incrédule. Essayez d'en
parler avec lui. J'ai besoin de savoir pour le soigner.
Vous comprenez ?

— On peut le voir ?

— À cette heure-là, il n'y a pas de visites. »

Virgile aurait accepté un refus s'il avait été seul,
mais en présence d'Olivia, il s'énerve :

« Vous n'êtes pas sérieux, là ? On a attendu la
moitié de la nuit ! »

Le médecin le considère. Il n'a vraiment pas le
temps de gérer ce genre de problèmes.

« Chambre 287, vous n'aurez qu'à demander à
une infirmière. De toute façon, il dort, il est sous
sédatif. »

Le docteur Jeanpierre se retire.

« Pas très aimable... ?

— Oh, il doit être un peu fatigué, défend Virgile, grand seigneur. À mon avis, si on demande à
une infirmière, elle va nous dire que les visites
commencent dans six heures. On ferait mieux
d'essayer de trouver la chambre 287 tous les deux,
non ? »

Olivia acquiesce. Virgile est épaté, il ne se connaissait pas de telles ressources. C'est elle qui le
stimule.

Virgile et Olivia ont commencé par convenir
que le premier chiffre indique presque toujours
l'étage. Ils empruntent l'escalier. Virgile, prenant
son rôle d'éclaireur très à cœur, ouvre avec précau-
tion la porte du couloir. Il s'avance d'un pas, mais
se ravise en entendant l'infirmière. Il recule et
percute Olivia derrière lui.

« Oh ! Pardon, chuchote-il.

— Ce n'est rien.

— Il y a quelqu'un. On fait quoi, on attend ou on y va ?

— On attend », dit-elle.

Immobiles, dans l'obscurité de la cage d'escalier, ils se font face. Virgile finit de perdre la tête. Il est sous le charme.

« Tu penses vraiment qu'il prend des drogues ? »

Qui ? a failli demander Virgile.

« Ça m'étonnerait beaucoup, mais je ne le connais pas vraiment... »

L'instant imaginé par Virgile étant brisé, il vérifie à nouveau le couloir. L'infirmière a dû rentrer dans une chambre. Virgile prend la main d'Olivia et se lance. Elle le suit. Quelques pas plus tard, il est un peu gêné de voir la main d'Olivia dans la sienne. À contrecœur, il la lâche et bafouille une excuse. Elle ne relève pas.

Chambre 287.

Ils entrent à pas de loup. Alex est allongé, immobile. Un appareil reproduit les battements de son cœur. Bip. Bip. Quatre-vingt-deux pulsations par minute. Les yeux d'Alex sont ouverts, mais il ne réagit pas à l'approche de ses amis. Virgile se penche sur lui et constate qu'il est réveillé.

« Ça va ?

— Oui. Qu'est-ce que tu fais là, Virgile ?

— Je suis venu prendre de tes nouvelles.

— Ton rendez-vous s'est bien passé ? »

Virgile lève des yeux horrifiés sur Olivia. Elle n'a aucune réaction. Bien sûr qu'elle n'a pas de réaction ! Que pourrait-elle en avoir à cirer ? C'est fou comme on se fait des idées à partir de rien !

« Oui, improvise-t-il. Enfin, ils doivent voir d'autres gens, ils ont dit qu'ils me rappelleraient. *Je t'en supplie, n'ajoute rien !* »

Alex fronce les sourcils.

« Tu nous as fait peur, Alex. »

Olivia a pris place de l'autre côté du lit. Pour Virgile, elle semble terriblement loin.

« Excuse-moi, Olivia. Tu as amené Hugo ?

— Non, c'est Déborah, ma voisine qui le garde. C'est mon fils », ajoute-elle à l'attention de Virgile.

Le monde de Virgile vient de s'effondrer. Tout a été soufflé. Il ne reste que des gravats et des cendres. Il tente de faire bonne figure, de conserver un peu de dignité.

« D'accord », acquiesce-t-il dans un sourire.

« Écoute Alex, le médecin nous a parlé. Selon lui, tu consommerais des drogues, c'est vrai ?

— Pas du tout ! répond Alex indigné.

— Tu peux me le dire. Enfin, même si tu ne veux pas me le dire à moi, il faut dire la vérité au médecin, c'est important.

— Je t'assure que non. »

Alex se sent insulté. Olivia est déjà au courant pour le sortilège — est-il possible qu'elle y ait cru ? —, alors il pourrait lui montrer l'élixir. *La fiole, où est-elle ?* Alex voit sa veste sur la chaise. Il est rassuré. Il fournira des explications plus tard. Il est fatigué. Il a envie de dormir.

« Il est quelle heure ?

— 2 h 22 », dit Virgile en consultant sa montre.

Virgile a enlevé son manteau.

« Virgile, c'est quoi cette chemise ? On dirait un kimono, tu n'y es pas allé comme ça quand même ?

— C'est tout ce que j'avais, Alex, tu sais… »

Virgile est désarçonné. Il se retient d'ajouter que sa vraie chemise blanche est désormais rose après avoir été lavée avec un pantalon rouge par sa mère.

« On dirait une chemise de Jedi ! dit Olivia en souriant.

— Mais *c'est* une chemise de Jedi ! répond Virgile.

— Quoi ? »

Alex a peur de comprendre.

« J'avais acheté un déguisement de Jedi, c'était pour une soirée déguisée. (Virgile ment, il a acheté cette tenue uniquement pour satisfaire son envie de ressembler à Luke Skywalker.) Et voilà, j'ai eu un petit souci avec mes autres vêtements, alors je n'avais que cette chemise. »

Alex est dépité. Olivia est amusée.

« Tu aimes bien *Star Wars* ? demande Virgile.

— Si j'aime bien ? Quand *La revanche des Siths* est sortie, j'ai fait la nuit « Intégral » au grand Rex.

— Oh ! C'est vrai ? J'y étais aussi ! Et regarde ! »

Virgile sort précipitamment une photo de son portefeuille.

« C'est moi avec Harrison Ford, dit-il, le torse bombé. C'était en 2009, le festival de Deauville lui a rendu hommage. J'y suis allé en stop, je ne voulais pas le rater. J'ai attendu sept heures ! »

Virgile jette un œil à Alex, médusé, et décide de modérer son enthousiasme.

« Enfin, j'aime bien, quoi… », conclut-il.

Alex n'a pas pu retenir un énorme bâillement. Il s'excuse.

« Il faut te reposer, Alex. Je viendrai te voir demain. Tu me promets de parler avec le docteur ?

— Oui. »

Olivia dépose un baiser sur sa joue.

« Je vais y aller aussi, moi », dit Virgile.

Il s'éloigne du lit et se retrouve face à Olivia. Ils se regardent un instant. Il hésite, il aimerait tendre la joue, mais n'ose pas.

« Merci pour tout Virgile ! »

Elle se détourne, et il jurerait qu'elle se mord la lèvre. Elle le dépasse. Elle s'approche de la porte, dangereusement. Sa main touche la poignée, la porte s'ouvre. Quelques secondes et elle sortira définitivement de sa vie. Elle franchit le seuil. Encore deux pas, peut-être trois.

« Heu... Comment dire ? Heu... On pourrait peut-être aller boire un verre, à l'occasion ? »

Elle s'est arrêtée. Alex, un peu dans les vaps, est sidéré. Olivia se retourne, pleine de grâce. Virgile est suspendu à sa réponse, car cette réponse déterminera s'il a une raison de continuer à vivre ou pas.

« Oui, avec plaisir, quand tu veux...

— Samedi, tu pourrais ?

— Oui, d'accord. Samedi.

Virgile se tourne furtivement vers son *coach*.

— Ah ! En fait, non, j'ai déjà un truc samedi, plusieurs trucs, même. Un soir en semaine, sinon...

— En semaine, c'est un peu compliqué, j'ai mon fils. Il est petit, je peux le faire garder le week-end, mais en semaine...

— Non, d'accord, c'est bon, samedi, je suis là. Je serai là. »

Elle l'interroge du regard.

« Sûr ?

— Oui, oui, je m'arrangerai. »

Elle lui sourit, et il accepterait même d'être plus roux encore, simplement pour profiter de ce sourire une seconde de plus. Elle part, et le temps de la regarder sortir, l'amour a fleuri dans le cœur de Virgile.

XVI

Alex dort. Il flotte dans un sommeil comateux. Parfois, il ouvre les yeux, il voit. On l'a changé de chambre. À chaque fois, ou presque, des médecins l'observent, penchés sur lui. Par deux fois, on a soulevé son drap, Alex l'a senti. Il a entendu des réactions impressionnées. Pour autant, il ne parvient pas à bouger. Comme le gars dans *Le scaphandre et le papillon* : il a eu une attaque cérébrale et il est cloué au lit, il ne peut que cligner de l'œil gauche. Alex, lui, a encore ses deux yeux, il contrôle ses paupières. Il peut tourner la tête dans un sens ou dans l'autre, rien de plus. Alors il se rendort. Il entend toujours son cœur, il ne supporte plus ce bruit.

C'est à chaque fois le même docteur. Il vient, il parle fort, avec emphase. La plupart du temps, il est accompagné de confrères — ce sont sûrement des confrères. Il leur présente le monstre, Alex n'est pas dupe. Sa transformation continue, elle s'accélère. Il ne sent rien. Les petites gratteuses doivent se défouler, mais il n'a plus aucune sensation au-delà de son cou. Seul son esprit semble éveillé. Combien de jours ont passé ? Et toujours cette même question, la fiole de M. Mabouto est-elle encore dans la poche de sa veste ? Et où est sa veste, d'ailleurs ? On l'a changé de chambre. Son manteau n'est plus sur la chaise. Peut-être l'a-t-on rangée dans cette armoire, derrière les machines qui bipent. On vient. Une silhouette traverse la pièce. Elle plante l'aiguille de sa seringue dans le tuyau de la perfusion. Alex sombre. Ses songes le ramènent à son enfance. Et bientôt, avec une précision déconcertante, il se voit petit garçon. Il a dix ans. C'est le 24 avril 1994. Un dimanche. C'est important dans la vie d'un petit garçon, le jour de ses dix ans. Maman a proposé d'organiser un goûter d'anniversaire. Alex va être le héros du jour.

Sept heures.

Alex se réveille, plus tôt qu'à son habitude. Il peine à contenir son énervement. Il saute de son lit et prend place devant son petit déjeuner. Le lait au chocolat est le même chaque matin depuis des années, mais il a aujourd'hui une saveur particulière. Maman est dans la cuisine. Elle lui dit bonjour comme elle le ferait un jour ordinaire. Alex se plante devant elle, les poings sur les hanches, il fronce les sourcils. Maman rit.

« Joyeux anniversaire, mon grand. »

Elle le serre contre elle. Puis, comme à chaque moment important de sa vie, elle le considère et ajoute avec une pointe d'émotion cette phrase qu'Alexandre ne comprend pas. « Ton père serait fier de toi. » Il serait sans doute fier, mais pour cela, il faudrait qu'il soit en vie. Alex n'a pas vraiment connu son père, il avait trois ans. Ses souvenirs sont un peu confus.

Huit heures.

Alex retrouve sa liste des *choses à faire*. Presque tout est maintenant barré :

Écrire les invitations sur un beau papier, donner les invitations à Frédéric, Pierre, Clément, Thomas, Xavier, Pauline, Julia, Jean-Marc, Natalia, Sima, Quentin, Marie, Anne, Clémentine, Nicolas, Maxime, Élodie, Delphine, Jérémy et Benjamin. Presque toute la classe. « Vingt maxi », avait dit maman. Les prénoms sont raturés, les invitations ont été données. Il reste à faire le gâteau avec maman, décorer le salon et le jardin.

Neuf heures trente.

Le gâteau est au four. Alex gonfle les ballons, accroche les guirlandes. Les piles de gobelets, d'assiettes et de serviettes en papier à l'effigie de Mickey Mousse sont prêtes.

Midi.

Alex n'a pas faim. Il devrait simplement être content, il se révèle angoissé. Il appréhende d'être au centre de toutes les attentions. Il en est presque malade.

Treize heures.

Maman a préparé une pêche à la ligne et un chamboule tout. Le jardin se transforme progressivement en kermesse. Vingt petits jouets ont été enveloppés dans du journal et enrubannés de fil de fer. La piscine gonflable est remplie de copeaux de bois.

Quinze heures.

Ils ne vont pas tarder. Alex va mieux, maman lui a parlé. « C'est une fête, c'est pour être heureux avec les copains. Tout va bien se passer. » Alex regarde un dessin animé pour passer le temps. Une V.H.S. d'*Aladdin*, la version des studios Disney.

Dix-sept heures.
Les bougies sont sur le gâteau. On les allumera dès qu'un invité se présentera.

Dix-neuf heures.
Alex est en larmes. Maman a appelé plusieurs parents. Ils n'étaient pas au courant de cet anniversaire. Difficile d'expliquer à un enfant que ses copains n'ont pas souhaité venir souffler ses dix bougies avec lui. Maman offre son cadeau, les *nike* dont Alex rêvait. Il aurait été fier de les montrer à ses camarades. Ce n'est pas suffisant, Alex est inconsolable.

Vingt heures.
On mange. À la fin du repas, maman et Damien ont apporté le gâteau avec les bougies. Ils ont chanté avec beaucoup d'entrain. Cela n'a pas suffi à combler le vide.

Vingt et une heures trente.
Damien est au lit. Alex est autorisé à regarder la télévision avec maman, mais il préfère aller se coucher. Avant de l'embrasser, sa mère lui promet une *Gameboy*. Ce sera le seul sourire de cette triste journée. Alex vient de perdre son innocence. Il voit désormais le monde avec les yeux d'un adulte et fait sienne une devise d'adulte : « Chacun pour soi ! »

Une infirmière entre. Trop vite. Alex aurait voulu fermer les yeux, mais elle a vu qu'il ne dormait pas. Alors elle lui parle.

« Comment se sent-on aujourd'hui ? »

Pourquoi le personnel hospitalier est-il toujours obligé de hurler ? Elle fait ses relevés. Tension, température. Elle ne formule aucun commentaire, mais Alex perçoit une inquiétude. Elle lui lance un sourire exagéré en prenant une profonde inspiration et hoche la tête en expirant. Alex ne sait pas comment il doit l'interpréter.

« Quel jour sommes-nous ? »

Elle avait presque quitté la chambre, elle s'est retournée et le dévisage comme elle le ferait s'il venait d'apparaître par magie.

« Samedi, répond-elle. Le médecin viendra bientôt vous voir. »

Samedi ! Alex vient de recevoir une décharge d'adrénaline. La soirée Bac+10, c'est ce soir. Sa soirée avec Jennifer, c'est ce soir. Il se redresse. Ses mains ! Il n'a plus de doigts. C'est comme s'il avait serré le poing et que tout avait fondu pour former une boule. Des moignons. Alex repousse maladroitement le drap. Son corps est recouvert de poils. Des poils ras, drus. Il les touche avec l'impression de frotter de la moquette. Il passe la main — enfin ce qu'il en reste — Dans ses cheveux. Une énorme poignée reste accrochée. L'électrocardioscope bat maintenant à une allure infernale. Cent cinquante. Cent soixante. Alex essaye de se lever. Trop vite. Il se vautre par terre. Ses pieds se sont réduits, eux aussi. Et pire, ses genoux se plient… à l'envers !!! Alex se relève. Ne parvenant pas à trouver l'équilibre, il se tient au mur. Il lui vient l'idée de marcher à quatre pattes, mais il refuse. Il titube jusqu'à l'armoire. Si sa veste n'est pas là, il envisage de sauter par la fenêtre — s'il parvient à l'ouvrir. Et à l'escalader. La veste est accrochée dans la penderie. Dans la poche intérieure, la fiole. Alex a toutes les peines du monde à l'ouvrir. Elle est presque vide. Il faut appuyer sur la pipette pour aspirer le liquide. C'est trop dur. Alors Alex porte le goulot à sa bouche. Le verre frappe contre ses dents. Ne devrait-il pas regarder son visage ? C'est au-dessus de ses forces. Il boit. Une petite gorgée. Le choc le propulse par terre. Il tombe et se cogne aux machines médicales.

Combien de temps s'est écoulé ? Alex se relève. Ses mains sont redevenues celles d'un homme. Les démangeaisons sont presque insupportables, elles ne s'en iront plus maintenant. La porte s'est ouverte, un homme se tient à l'entrée, il discute.

« Vous ne verrez jamais rien de comparable, vous allez le constater par vous-même. »

Alex est dans son lit. Sous son drap. Il semble dormir paisiblement. En le voyant, le médecin est surpris.

« Mais ? Qu'est-ce que… »

Il s'approche vivement, soulève le drap. Alex ressemble à n'importe quel autre patient. Derrière lui, un vieil homme dégarni regarde par-dessus ses lunettes.

« Qu'est-ce qui se passe ? C'est moquerie ? dit-il dans un accent germanique caricatural. J'ai pris l'avion pour voir ça. C'est moquerie ?

— Pas du tout, ce n'est pas moquerie, répond le premier médecin, paniqué. Regardez ! »

Il saisit les cheveux d'Alex et les arrache. Il en retire deux poignés, comme les plumes d'un poulet.

« Regardez, vous voyez bien ?

— Vous m'avez parlé d'un homme-animal ! Vous avez dit une bête ! »

Une *bête*. Alex a envie de se lever, de prendre les têtes des deux médecins et de les choquer l'une contre l'autre. Il patiente. Les yeux clos, il fait le mort. Il n'a pu réprimer une grimace quand on lui a arraché les cheveux, mais l'autre, tout à son affolement, n'a rien remarqué. Le sentiment reste le même qu'à ses dix ans. Dans cet hôpital, personne ne se soucie de son sort. « Chacun pour soi ! » Pour guérir, il n'a qu'une solution, obtenir un baiser de Sonia. Le dernier. Le croira-t-elle s'il lui parle de cette douteuse histoire de sortilège ? Olivia y a cru. Ou peut-être pas, en tout cas, elle l'a pardonné et lui a accordé ce baiser. Qu'en a-t-elle pensé ? Sonia se montrerait-elle aussi magnanime ? Alex n'a plus le choix. Sa fiole est presque vide, il lui reste de quoi tenir la journée. À peine. Il doit quitter cet hôpital.

TROISIEME PARTIE

I

Comment doit-on s'y prendre ? Sort-on d'un hôpital comme on s'évade d'une prison ? Faut-il un plan ? Alex n'a pas le temps d'en élaborer un. Creuser un trou dans le mur ? Il faudrait qu'un autre détenu lui fournisse un marteau de géologue. Ou bien, à la rigueur peut-il voler des couverts sur son plateau-repas. Mais comment cacher le trou ? Où trouver une affiche de Rita Hayworth ? Autre problème, il n'a pas dix-neuf ans devant lui, comme dans *Les Évadés*.

Heureusement, les services de sécurité de l'hôpital Saint-Joseph sont un peu différents de ceux de *Shawshank*. Alex s'habille. Dans le couloir, pas de gardien. Personne. Deux infirmières boivent un café dans leur salle de repos. Elles ne le remarquent pas lorsqu'il apparaît dans l'encadrement de la porte. Alex descend l'escalier, dépasse l'accueil. Il se donne un air affairé en regardant son téléphone. Bon nombre d'appels en absence, dont sept de Damien, hier soir. Les portes vitrées s'ouvrent à son passage. Au moment de les franchir, il s'attend à être interpellé. *Hey ! Vous là !*

Rien.

Ainsi se retrouve-t-il dans la rue. Quelques passants le regardent d'un air curieux. Alex appelle
Damien, son frère ne décroche pas. Il appelle Sonia
également. Il doit à tout prix la voir aujourd'hui.
Elle finit par lui répondre.

« Allô ? »

À sa voix endormie, Alex comprend qu'il a mal
joué.

« Salut Sonia, c'est Alex. Je… te réveille ?

— Alex ? Mais qu'est-ce que tu veux, tu as vu
l'heure ? »

Sept heures moins quart.

« Oh ! Je suis vraiment désolé. Je viens de sortir
de l'hôpital, je suis complètement déphasé. Il faut
que je te voie, Sonia.

— Non, Alex, on a fait le tour de ce qu'on avait
à se dire. Tu dois comprendre que c'est terminé
entre nous.

— Accorde-moi cinq minutes, c'est vraiment
important. cinq minutes, et je sors définitivement
de ta vie. Aujourd'hui.

— Laisse-moi dormir. »

Elle a raccroché. Alex la rappelle, mais elle a
éteint son téléphone. La journée va être longue. Rue
Raymond Losserand. Alex trouve un café. Il
s'approche du comptoir. Le cafetier le regarde de
travers. Alex décide de faire profil bas, il commande et s'installe à une table au fond. Il s'agit
maintenant de se concentrer sur sa stratégie.

Neuf heures. Alex a attendu autant qu'il le
pouvait. Il a pris ses gouttes trois heures plus tôt et
il a déjà besoin de renouveler la prise. Son cœur
s'affole, les petites gratteuses râlent. Alex les
imagine recevoir leur douche d'acide et se brûler.
Elles sont calmées, mais ses genoux lui font mal.

Heureusement, dans le métro, un samedi matin, on trouve aisément une place assise. Maintenant, Alex marche doucement, il prend son temps dans les rues d'Aubervilliers. M. Mabouto le reçoit. Il porte un costume blanc crème. Il ne ressemble toujours pas à un marabout.

« Il me faut plus de votre potion magique, lui dit-il d'emblée.

— Ah ! Vous l'avez perdue ? »

Alex lui montre le flacon.

« Non, c'est juste que je n'en ai plus.

— Comment est-ce possible ? Je vous avais donné de quoi tenir trois mois !

— Tout ne s'est pas passé comme vous l'aviez prévu.

— Vous courez un grand danger, M. Fostine. Ce remède est puissant. Il a des effets violents sur votre organisme. Je vous avais mis en garde.

— Vous avez une idée de ce que je vis depuis un mois ? Je suis attaqué en permanence de l'intérieur et je n'ai que ça pour me défendre. Ça me brûle, ça me démange, c'est infernal. Je viens de passer trois jours à l'hôpital, je me suis réveillé dans le corps d'une bestiole de ferme. Je ne pouvais même plus ouvrir les mains. Quand cette fiole sera vide, je n'aurai plus rien pour tenir. Il me restera quelques heures à vivre. Vous êtes mon seul recours.

— Non, c'est si je vous redonne de ce produit que vous ne survivrez pas à cette histoire. Votre chance, c'est d'accomplir votre destin. »

Alex a failli lui dire que son destin, c'était d'atteindre ce soir le lit de la plus belle femme de la planète, d'assouvir son fantasme ultime. À la place, demain, il lui faudra trouver une forêt et apprendre à se creuser un terrier et à éviter les humains. Son téléphone sonne. Damien. *Plus tard.*

« Encore ces histoires mystiques. Je ne crois pas au destin !

— Et je suis persuadé que vous ne croyez pas non plus à la magie. Ne vous dérobez pas et faites ce que vous avez à faire.

— Ça ne dépend pas de moi.

— Bien sûr que si ! »

Sorti du H.L.M., Alex rappelle Damien. Son téléphone sonne dans le vide et Alex finit sur le répondeur.

« Salut Damien, tu as essayé de m'appeler plusieurs fois. Bon, j'espère qu'il n'y a rien de grave, rappelle-moi. Bisous. »

Pourquoi bisous ?

Parce que s'il ne trouve pas de solution d'ici ce soir, Alex n'aura peut-être jamais l'occasion de revoir son frère. Sa mère non plus. Il pourrait aller voir Damien et *Justune*, leur faire ses adieux, les prendre dans ses bras. Il pourrait appeler sa mère, lui dire qu'il l'aime et l'entendre dire une dernière fois qu'elle est fière de lui. M. Mabouto a peut-être raison, il a encore une carte à jouer. Il va dire la vérité à Sonia. Il va la supplier de le croire, quémander un baiser, et ce sera fini. Il rappelle.

« Oui ?

— Merci d'avoir décroché Sonia. Je suis désolé pour tout à l'heure, je suis désolé pour plein de raisons, mais j'ai vraiment besoin de ton aide. J'ai besoin d'une faveur, ça ne te coûtera rien, ça ne prendra qu'un instant.

— Arrête ton cirque Alex, c'est du harcèlement. Je vais devoir porter plainte si tu me rappelles.

— Je vais mourir Sonia ! J'ai besoin de toi, c'est une question de vie ou de mort. Je dois te voir aujourd'hui. Je t'en supplie. Accorde-moi cinq minutes et je ne t'importunerai plus de toute ma vie. Si tu refuses, je ne te dérangerai plus non plus, parce que je serai mort.

— Pourquoi vas-tu mourir ?

— Je ne peux pas te le dire au téléphone, s'il te plaît, crois-moi.

— Aujourd'hui, je ne peux pas. Je vais au mariage de ma cousine Muriel. Demain.

— Demain, ce sera trop tard. Je peux passer avant le mariage ?

— Non, je suis déjà en retard.

— Alors, je peux te rejoindre quelque part, je t'assure, ça ne prendra qu'un instant.

— ... »

Elle hésite. Longuement.

« Devant la mairie de Meaux à quatorze heures.

— Merci, à tout à l'heure. »

Putain, Meaux ! Alex serait même allé jusqu'à Pau pour sauver la sienne, mais pour gagner Meaux, il va lui falloir une voiture. Alex relève la tête et, face à la vitrine d'un magasin de prêt-à-porter, il découvre un problème bien plus urgent. Ses cheveux. Le professeur Maboul lui a arraché plusieurs poignées de cheveux. Alex ressemble à un chat de gouttière qui aurait pris la raclée de sa vie. Il s'inspecte, retire lui-même d'autres mèches. Il ne ressent presque rien. Un simple brossage pourrait tout faire partir. Dans la boutique, une vendeuse le regarde, médusée.

« Bah quoi ? » dit-il dans une grimace.

La vendeuse retourne à ses occupations.

On se sent toujours mieux après une douche bien chaude. Alex a envie d'un café, mais il préfère éviter les excitants, d'autres sources de stimulations viendront remplir sa journée. Une petite bande de cheveux a résisté. Elle va d'une oreille à l'autre. Il serait possible de la recouvrir avec une simple couronne de lauriers. Dans sa chambre, Nico dort toujours. Il est onze heures. Alex doit se calmer, garder la tête froide et trouver les mots justes pour convaincre Sonia. Ensuite, sa vie reprendra son cours normal. Mais il n'a pas de temps à perdre non plus.

II

Le parvis de l'église est désert : juste deux hommes, avec chacun un petit enfant dans les bras. Alex est en retard. Sonia ne l'a pas attendu. Il va patienter à l'extérieur. Que se passerait-il s'il devait entrer dans un lieu saint ? Se consumerait-il ou y trouverait-il un abri. Alex préfère ne pas tenter le diable. Face à l'église St-Étienne se dresse une armurerie. Alex est bien sur ce trottoir.

Il a d'abord opté pour une casquette, mais il a renoncé, il ne serait pas en sécurité. Et la visière le gênerait pour embrasser Sonia. Il a trouvé un spécialiste des prothèses capillaires dans le XIVe arrondissement. Quatre cent quatre-vingt-quinze euros plus tard, le résultat est bluffant. Son crâne le gratte un peu, ce n'est pas le pire de ses problèmes. On y voit que du feu.

Une foule sort de l'église. Une haie d'honneur se forme. On attend les mariés. Ils n'échapperont pas à la pluie de grains de riz ou de pétales de rose. Alex repère Sonia. Elle porte une robe d'été assez simple, agrémentée d'une large ceinture. Ses épaules sont nues. Elle est belle. Alex ne s'avance pas, il ne veut pas perturber le rituel de sortie d'église. Elle le remarque. Son visage se rembrunit. Elle vient à sa rencontre. *Finissons-en* doit-elle se dire.

« Bonjour Sonia.

— Je t'écoute.

— Tout d'abord, je veux te présenter mes excuses.

— Non, Alex, je t'arrête tout de suite, tu ne débarques pas au milieu de ma famille pour me présenter encore tes éternelles excuses. Qu'est-ce que tu veux ? »

Derrière eux, de joyeux « vivent les mariés » se font entendre. Alex observe la scène.

« Donc ?

— Voilà. Il y a un mois, j'ai été… »

« Oh ! Mais Sonia ! Tu ne nous présentes pas ?

— Dans ce cas, on va se présenter nous-même. »

Deux dames, la cinquantaine bien entamée, se sont approchées. Elles portent de ces chapeaux flashy à plumes que l'on ne peut tolérer qu'à l'occasion d'un mariage ou d'un carnaval. L'une a misé sur le monochrome bleu vif, l'autre a choisi une robe improbable sur laquelle des rayures fuchsia côtoient des lignes vertes et blanches.

« Alors, moi, je suis Bérénice, je suis une tante de Sonia, et de Muriel aussi, la mariée.

— Et moi, c'est Claude, mais tout le monde m'appelle tata Claudette. Je suis aussi une sœur de Jacqueline et de Walter.

— Alex, enchanté.

— Ha ! Alex, LE Alex. On a déjà bien entendu parler de toi. »

Sonia n'a échangé que trois textos avec Muriel au sujet d'Alex. C'était en juin. Elle avait sa revanche sur la princesse de la famille. Tout se paye.

Alex leur présente son plus beau sourire. Comme s'il savait qui sont Jacqueline, Walter et autres Muriel. Le groupe devant l'église se disperse. Un homme s'approche. Costume gris, impeccable.

« Allez, venez, on fait les photos.

— Attends, Bernard, on fait connaissance avec le petit ami de notre nièce !

— Ah ! Mais alors, c'était vrai ! Ah ! Ah ! Je suis Bernard, le papa de la mariée.

— Alex, enchanté »

Bernard lui tape les épaules des deux mains. Sonia lève les yeux au ciel. Étreinte virile à laquelle se prête Alex quelque peu désabusé. Puis Bernard se tourne vers Sonia.

« J'étais sûr que tu finirais par trouver. Tu vois, faut toujours garder espoir. »

Sonia fait bonne figure, mais Alex la sait hors d'elle. Elle bout d'indignation. Quand la soupape va lâcher, il vaudra mieux être loin. Il aimerait lui dire combien il regrette, comme il n'a pas le choix. Sans doute calcule-t-elle déjà la somme d'explications qu'il lui faudra fournir à tous ceux qui lui sont cher, le nombre de sarcasmes qu'elle devra essuyer, les justifications interminables, les remarques : *et le garçon du mariage de Muriel, il avait l'air gentil…*

« Allez, venez pour les photos ! Alex, tu viens aussi.

— Non, non, faites les photos de famille, je vous attends.

— Mais tu es de la famille maintenant, il n'y a pas de raison ! »

Sonia est sur le point de hurler, de distribuer des claques à tout le monde. Elle est sur la réserve. Une femme également déguisée pour l'occasion s'approche à son tour.

« Alors Bernard ! Vous venez ?

— Regarde Jacqueline, Sonia est venue avec son ami ! »

Jacqueline le considère, elle semble moins enthousiaste, mais elle le salue avec amabilité.

« Enchanté, je suis Jacqueline, la maman de Muriel.

— Alex. Enchanté, madame.

— Oh ! Non, pas de madame ici ! insiste Bernard. Elle, c'est Jacqueline. Allez, le photographe nous attend. Tu viens avec nous, Alex !

— Non, vraiment, allez-y ! Ce sont des photos de familles.

— Mais...

— Non, allez ! coupe Sonia. Il ne veut pas, il ne veut pas ! Il y en aura d'autres, des photos.

— Alors on y va ! Vous ne bougez pas, jeune homme, on veut tout savoir, dit tata Claudette alors que Jacqueline la tire par le bras.

— Je vous attends. Et soyez tous beaux ! »

Sonia rejoint le groupe, elle entend un murmure : « J'étais persuadée qu'elle finirait vieille fille. » Elle réprime un sanglot. Elle enrage parce que tout le monde pense pareil. La Catherinette de la famille restera Catherinette. Sonia aime profondément chaque membre de sa famille, mais parfois, elle les déteste tous.

L'étape suivante, c'est la mairie. Il faut se dépêcher. On est en retard. Il n'est pas possible d'y échapper. La famille de Sonia se veut ouverte, accueillante. Alex est le bienvenu à une place que l'on imaginait pour toujours libre. Il se retrouve donc à la mairie.

« Je suis désolé Sonia », chuchote-t-il, tandis que Mme l'adjointe au maire se lance dans un discours épique, retraçant l'histoire du petit Toussaint, qu'elle a, malheureusement pour l'assistance, connu bébé

— Si tu redis encore une fois que tu es désolé, je te jure que je hurle. »

« Chut ! » peut-on entendre derrière eux.

Alex extirpe la fiole de sa poche. Il tente de récupérer les gouttes avec la pipette, mais l'instrument ne peut atteindre le petit fond de liquide restant. Alors il referme le flacon le secoue et lèche la pipette. *Ça doit bien faire trois gouttes.*

« C'est quoi ?

— Un médicament. »

« Chuuttt-teuuu ! »

« Bon, alors, pourquoi tu es venu ? murmure Sonia d'une voix à peine audible.

— Je suis venu parce que... »

Une main se pose sur l'épaule d'Alex. Un vieux monsieur agite sa moustache pour lui dire : « Mon garçon, taisez-vous donc. » Alex s'excuse d'un geste de la main.

« Attends ! » susurre-t-il à l'attention de Sonia.

Il fouille dans sa poche. La lettre de la sorcière ne s'y trouve plus. Le sang quitte son visage. Malgré son agitation, Alex fouille doucement chacune de ses poches. *Cette foutue lettre !* Après un petit effort de concentration, il la visualise très bien. Il la revoit dans les mains d'Olivia. Elle l'a posée sur sa table avant de l'embrasser. Il ne l'a pas récupérée.

Quelques rangs devant eux, sur la gauche, un trentenaire brun observe Alex. À bien y regarder,

293

c'est en fait Sonia qu'il dévisage avec insistance. Elle finit par le remarquer. L'*eye contact* dure trois secondes. Alex ne s'y trompe pas, ce type est initié.

En sortant de la mairie, Sonia tire Alex par le bras et l'entraîne sur le côté du bâtiment.

« Bon, tu m'expliques. Maintenant. Tu as une minute.

— OK. C'est difficile à croire, mais on m'a… »

« Elle est là, ma petite Sonia. Bonjour ma belle.

— Bonjour mamie.

— Et alors qui est ce beau jeune homme ?

— C'est Alex.

— Bonjour madame, enchanté de faire votre connaissance.

— Oh ! J'ai passé l'âge d'être une madame, il faut m'appeler Mireille.

— C'est ma grand-mère, précise Sonia.

— Oh ! Comme vous êtes beau tous les deux. Attention de ne pas voler la vedette aux mariés quand même. Je suis tellement heureuse pour toi ma petite Sonia. Tu es une fille tellement gentille. Tu mérites tellement. »

Sonia est à bout. L'émotion monte en elle. Sa grand-mère lui adresse un sourire attendri. Il faut se pencher pour prendre cette petite mamie dans ses bras et pourtant, cette femme est un monument dans la vie de Sonia. Et elle imagine déjà sa peine quand elle devra lui expliquer, à elle aussi, que ça n'a pas fonctionné avec Alex.

L'embrassade se termine, le temps pour Sonia de maîtriser ses émotions. Mireille se recule. Elle pose une main sur l'épaule de sa petite fille. Une main chaude et réconfortante. Elle lui masse l'épaule un court instant. Ce geste a soigné tant de chagrins enfantins que Sonia a de nouveau envie de pleurer.

« D'accord. C'est n'importe quoi, on va arrêter le massacre, je passerai te voir demain. »

Alex va pour s'en aller. Sonia le retient.

« Sûrement pas ! Tu as vu tout ce que tu as fait déjà. Maintenant, tu es mon mec jusqu'à la fin de ce foutu mariage.

— Quoi ?

— Et ne te débine pas, sinon, je pense que je suis capable de t'émasculer sur le parvis. »

« Sonia, Alex, vous avez une voiture ?

— Non !

— Oui !

— Vous pouvez prendre Sabrina et Kévinou avec vous pour aller au vin d'honneur ?

— Bien sûr, dit Alex avec un grand sourire. Aucun problème. »

Alex se concentre sur sa conduite. Il ne faut pas perdre le cortège de vue. Ne s'étant pas garé avec les autres, il a fallu un petit temps pour les retrouver. Les voitures se suivent à grands coups de klaxon. En pareilles circonstances, le Code de la route devient facultatif. Alex a déjà brûlé deux feux rouges et un orange. Quand il a conduit pour la dernière fois, Sonia se tenait déjà sur le siège passager. Ils revenaient de vacances. Ce fut une semaine magnifique, Alex en garde de beaux souvenirs. Il aimerait recommencer. Il voudrait s'arrêter, dégager Sabrina et *Kévinou*, les laisser au bord de la route, et partir avec elle. Il lui expliquerait la situation, elle comprendrait. Elle lui pardonnerait. Ils recommenceraient à zéro.

La petite départementale traverse forêt. La file de voitures bifurque sur la gauche et s'engage dans une petite allée au bout de laquelle se tient un grand domaine. Une bâtisse en pierre de taille s'élève avec solennité au milieu des arbres. Un hôtel aux allures de château. Kévin et Sabrina descendent de voiture et s'empressent de rejoindre leurs parents. Peut-être, l'ambiance n'était-elle pas suffisamment festive à leur goût. Alex et Sonia se retrouvent face à face. Alex peut à peine soupirer qu'un couple vient à leur rencontre. Walter et Valérie. Les parents de Sonia. Embrassades, poignées de main.

« Enchanté !

— Sonia est une cachottière. Vous savez que c'est ma sœur Jacqueline, la maman de la mariée, qui m'a appris votre existence ! Enfin, je suis très heureuse de vous rencontrer.

— Mais tout le plaisir est pour moi, madame !

— Oh ! Non, pas de madame. Sinon, je vous appelle monsieur.

— Très bien, alors disons Valérie et Alex.

— Ça me va. Allez, venez rejoindre tout le monde. »

Tandis qu'elle repart, Valérie donne un petit coup de hanche à Sonia. *Bien joué ma fille.* Alex aimerait que ce soit vrai.

Le vin d'honneur a lieu sur la grande terrasse, à l'arrière du château. Celle-ci donne sur un parc arboré dont on distingue à peine le fond. Une femme énergique appelle les différents invités afin de conclure la partie photo du mariage. Les amis, les grands-parents, les parents, les frères et sœurs, les parents et les frères et sœurs, les amis, la famille du marié, la famille des mariés... Alex sera sur la photo de groupe. Il n'y a pas échappé. Il s'est mis sur le bord, ce sera plus facile à recadrer. Malgré l'hypocrisie de la situation, il se sent bien. Lui qui n'a qu'une mère dont il prend des nouvelles quand il y pense, il est ému de voir à quoi ressemble une famille. Ses oncles, ses cousins à lui habitent à l'autre bout du pays. Au mieux, ils se voient une fois l'an. Chaque fois, Alex est sincèrement heureux, il sent les liens. Et on se dit qu'on est con, qu'il faudra se voir plus souvent à l'avenir. *Allez, on s'appelle, et n'oublie pas de donner des nouvelles.* Mais rien ne change. Heureusement, il reste Damien. Même s'ils ne se comprennent pas vraiment, ils sont frères. Damien ? Alex vérifie son téléphone. Deux nouveaux appels en absence. Un message.

« Salut frangin. »

Il y a une tension inhabituelle dans la voix. Alex s'éloigne un peu.

« Voilà, j'aurais aimé te parler en face, je suis passé chez toi, il n'y avait personne. »

Abrège, merde !

« J'ai décidé de suivre tes conseils. Je n'ai pas su résister à Pénélope, elle m'a envoûté et tu avais raison, j'ai compris que ça ne servait à rien de lutter. Mais je ne suis pas capable de mener une double vie et, depuis que c'est arrivé, je ne suis même plus capable de regarder Justine dans les yeux. Alors j'ai fait un choix. Je pars avec Pénélope. Je change de vie. Je vais *visiter le monde*. Je pense revenir en France au printemps, je te donnerai des nouvelles d'ici-là. Appelle-moi avant que je parte si tu peux. J'espère que tu vas bien ! Je t'aime mon frère, ne me juge pas. Je dois suivre mon instinct, et il n'y a que toi pour me comprendre. »

Sur la terrasse.

« Alors, Sonia, il est où ton amoureux ?

— Hum hum ! Moi je l'ai vu. Il est carrément canon !

— Je demande à voir.

— Je veux bien te le montrer, mais je ne sais pas où il est.

— il est parti derrière les arbres, par là. Il téléphonait, je crois.

— À tout à l'heure la cousine. À mon avis, si tu tiens à lui, tu ferais mieux de garder un œil dessus ! Hi ! Hi ! »

Tout le corps d'Alex est en feu. Les petites gratteuses reviennent à l'attaque. C'est plus intense, plus violent et plus rapide. Alex est obligé de s'asseoir car les douleurs à ses genoux lui feraient presque oublier ses mains et ses membres. Ce ne sont plus des démangeaisons, ce sont des brûlures. Des petites brûleuses. Ses doigts ne sont plus raides, ils semblent vouloir rentrer dans ses mains. Alex est sous le choc après le message de Damien. Il faut lui parler. La petite fiole est vide. Alex l'ouvre et la retourne au-dessus de sa bouche. Il ne reste rien. Il attend. Une goutte finit par tomber. Puis quelques autres, lentement. Il ne les compte pas, il prend tout. Il essaye d'enfoncer la langue dans le flacon, mais il ne peut pas. Il essuie l'intérieur avec son doigt et le lèche. Il n'y aura rien de plus. L'ultime bataille vient de commencer. Les heures sont comptées. Il doit retrouver Sonia, la mettre à l'écart et lui expliquer. Avant, il doit parler à son frère.

« Damien ?

— Salut Alex. J'essaye de t'appeler depuis hier, tout va bien ?

— Oui, rien d'important. J'ai eu ton message. Tu fais quoi au juste ?

— Je pars Alex. Pénélope m'a proposé de venir avec elle. On va traverser l'Amérique du Sud et vivre notre passion. Tu sais, j'ai eu un coup de foudre pour elle, j'ai essayé de le gérer, mais c'est au-dessus de mes forces. Alors voilà, c'est ma décision.

— Et Justine, elle l'a pris comment.

— ...

— Allô ? Allô ?

— Oui, je t'entends... Justine, je n'ai pas réussi à lui dire. Je lui ai écrit une lettre, je vais la poster là, avant de partir, et...

— Tu as encore une hésitation...

— J'irai bien quand l'avion aura décollé. C'est un choix difficile...

— Écoute-moi Damien. Écoute-moi bien. Je ne jugerai jamais tes choix. Tu es mon frère, et mon seul désir, c'est de te voir le plus heureux possible. Si tu veux partir avec cette fille, fais-le. Mais fais-le comme un homme. Avec courage et dignité. Justine mérite mieux qu'une lettre de merde.

— Ce n'est pas...

— Non, tais-toi. Justine et toi, vous êtes mariés, Tu as passé plus de jours sur terre avec elle que tout seul. Elle mérite mieux. Si tu veux partir, dis-lui que tu veux divorcer, les yeux dans les yeux.

— ...

— Quand Mélanie est partie, j'ai fait n'importe quoi. Je n'ai pensé qu'à moi. Mais il m'est arrivé pas mal de choses dernièrement, et j'ai compris que j'avais fait beaucoup de mal autour de moi. Beaucoup trop, à des femmes formidables qui ne le méritaient pas. Je ne peux pas réparer tout ça, j'ai essayé de réparer, c'est trop tard. Toi, ce n'est pas trop encore tard. Je t'en supplie Damien. Tu peux faire ce que tu veux, mais tu ne peux pas le faire ainsi. Va voir Justine avant de partir. Ne la quitte pas comme un lâche. Ne commets pas les mêmes erreurs que moi.

— Mon avion part dans deux heures.

— Il y aura d'autres avions.

— Pénélope sera dans celui-là.

— Si elle ne comprend pas, il vaut mieux ne pas partir avec elle.

— Faut toujours que tu me dises ce que je dois faire, pas vrai ?

— Oublie tous les conseils que je t'ai donnés jusqu'à ce jour, sauf celui-là : Si tu souhaites pouvoir te regarder dans le miroir, ne pars pas comme ça. Donne-moi de tes nouvelles, mon frangin. Bientôt. »

Alex raccroche, le cœur lourd. Damien et Justine, malgré tous leurs côtés décalés de vieux couple, étaient pour lui la preuve que l'homme et la femme peuvent cohabiter dans l'amour et le respect mutuel. Alex était sceptique, mais son frère lui apportait la preuve contradictoire. Jusqu'à aujourd'hui.

« Alors, qu'est-ce que vous faites, on vous attend pour trinquer ! »

Alex se retourne. Une jeune femme vient à sa rencontre, bien décidée à le ramener de force sur la terrasse. Sur le côté, à quelques pas, derrière une rangée de buisson, Sonia apparaît d'un pas hésitant.

« Allez, venez, quoi ! »

Elle s'approche d'Alex et lui tend une joue.

« Moi, c'est Jennifer.

Jennifer !

— Alex, enchanté.

— Je sais déjà qui tu es, Alex. »

Sourires. Alex la suit. Il lui reste une heure ou peut-être deux pour faire bonne figure.

III

Damien porte un simple sac de sport sur son épaule. Au bout de cette allée interminable se trouve le hall IV, point de départ d'une nouvelle vie. La progression est lente, au fil des personnes et des chariots que l'on parvient à éviter. Damien n'oubliera pas Justine, mais il a laissé derrière lui ce qui pourrait lui faire penser à elle. C'est-à-dire tout ! Il n'a emporté que quelques vêtements. C'est Justine qui les a achetés pour la plupart, mais il serait difficile de partir en slip. Damien renouvellera sa garde-robe sur place. Leur avion est tout en bas du panneau d'affichage. Ils pourront embarquer dans une demi-heure.

« On va enregistrer les bagages et on se prend un café ? demande Pénélope.

— Oui. »

Damien suit cette femme, elle le rend fou. Il se tient juste derrière elle et cale ses pas sur les siens. Autour de lui, des gens s'en vont, d'autres reviennent. Il y a des embrassades poignantes, des adieux affolés. Derrière les murs vitrés, des taxis, des bus. Damien passe devant une boîte à lettres. Sa missive est dans sa main. Il serre sur son cœur les mots qu'il a eu tant de mal à coucher.

« Pénélope, Attends-moi une seconde s'il te plait ! »

Il s'approche de la boîte à lettres. Il se sent terroriste. Quand cette bombe explosera, elle anéantira la vie de celle qu'il a tant aimée, et qu'il aime toujours. Alex a raison. Il ne peut pas partir comme ça.

« Que fais-tu ? Viens !

— Non, je ne peux pas. J'ai besoin que tu me donnes trois heures.

— Trois heures ? On va rater l'avion !

— On prendra le suivant, ce n'est pas grave.

— C'est le dernier.

— Alors, on partira demain. Passons la nuit dans un hôtel pas loin, et on prend le premier vol demain.

— Pffff. Bon. C'est important ?

— Ça l'est. Merci de le comprendre.

— Je vais prendre une suite au Pullman. Je t'attends là-bas.

— Parfait. Merci, chérie. Je fais au plus vite. »

Alex est dépassé. Il sollicite toutes les ressources dont il dispose pour cacher son inquiétude. Son masque du *mec-à-l'aise*, sculpté dans des matériaux pourtant solides, va bientôt voler en éclat. Les coutures du costume sont en train de craquer. Les démangeaisons ont diminué, mais elles n'ont pas disparu. Les petites gratteuses livrent leur dernier combat, elles savent qu'Alex n'a plus d'armes. Il ne pense qu'à elles. Il se laisse entraîner d'un groupe à un autre. Il accepte une coupe de champagne tend et trinque avec tous ceux qui lui présentent leur verre. Il est incapable de retenir les prénoms, d'écouter les conversations, il se contente de sourire benoîtement, de serrer les mains, d'embrasser les joues, et de dire qu'il est enchanté. Pour un peu, il en oublierait son nom. *Je m'appelle Alex Enchanté.*

« Dites-moi tout, Alex, professionnellement parlant. »

Il se retrouve face à Valérie, la mère de Sonia. *En ce moment, mon activité principale, c'est essayer d'embrasser mes ex.*

« Laisse-le tranquille, enfin, intervient Walter. Tu ne le connais pas, c'est la première fois que tu lui parles, et tu le mets déjà mal à l'aise. »

Walter est un allié. Pour le moment. Ces gens ont l'air charmant. Ils sont heureux pour leur fille. Walter est protecteur. Il lui lance un clin d'œil complice ; *Ah ! Les femmes ! Hein ?* Évidemment, Valérie et Walter ne sont pas au cœur de sa cible *marketing,* ils risquent de ne pas vraiment comprendre les activités un peu particulières d'Alex. Il s'agit d'arrondir les angles. En général, Alex y parvient très bien.

« Et bien, je suis…

— Ça va bien mon garçon ? »

Alex s'est laissé tomber. Il y avait une chaise derrière lui, mais il ne se souvient pas avoir vérifié. Ses genoux ne le portent plus. Il pose sa flûte de champagne sur la balustrade en pierre dans son dos. Il en a renversé un peu, et elle lui paraît difficile à tenir. Ses jambes et ses bras ne sont que douleurs.

« Un petit souci de santé en ce moment, rien de grave, ça va passer.

— Alex est actuellement à la recherche d'un emploi, lance Sonia.

— Ah ! Bah, ce n'est pas grave. Vous allez bien finir par trouver ! répond Valérie.

— Cesse de l'ennuyer, s'agace Walter. Alex, si on peut vous aider, n'hésitez surtout pas, je connais des gens.

— Vous travaillez dans quel secteur, insiste Valérie. Oh ! Arrête Walter, je peux bien demander quand même.

— Il est intérimaire, explique Sonia. Alex est un grand touche-à-tout, alors il multiplie les expériences, tu vois ?

— Oui, mais j'aimerais bien me fixer, souffle Alex d'une voix morne.

— Mais ça, ça se mérite… chéri !

— Sonia, je te trouve un peu dure avec ton homme. Il y a des périodes de la vie plus difficiles que d'autres, il faut savoir rebondir.

— Tu as sans doute raison, papa. »

Un homme interrompt leur discussion et toutes les autres. Il est monté sur une chaise et fait tinter une grosse cloche en l'agitant au-dessus de sa tête.

« Messieurs, dames, les mariés vous invitent à les rejoindre à l'intérieur. »

Walter tape chaleureusement sur l'épaule d'Alex. *Ça va aller !*

« Bon, alors à table ! » ajoute Valérie.

La mère s'éloigne et entraîne sa fille par le bras.

Alex crie pour retenir Sonia, mais personne ne l'entend. Il hurle de toutes ses forces, rien ne se passe. Sonia disparaît dans la grande salle à manger. Alex ne pourra pas la rejoindre. Ses doigts ont presque disparu. Chaque phalange s'enfonce dans la précédente. Il se lève, mais ses jambes ne se plient pas. Il s'appuie sur la balustrade de la terrasse pour se relever. Il la longe. Il descend lentement le grand escalier en pierre et se retrouve dans le parc. Son torse se couvre de poils. Alex avance. Chaque pas est une torture, alors il finit par se laisser tomber en avant et, à l'aide de ses quatre pattes, parvient à atteindre les rangées d'arbres, tout au fond. La propriété est cernée par un mur haut de plusieurs mètres. Derrière, il y a la forêt. Alex ne pourra jamais franchir le mur. Il ne pourra jamais atteindre la forêt.

Virgile vérifie une dernière fois dans le miroir. Il aimerait faire mieux, mais il ne pourra pas. Les cheveux, les dents, la tenue. Il a acheté une nouvelle chemise. Elle semble lui aller, il n'est pas bien sûr. Lorsqu'il sort de la salle de bains, sa mère l'attend dehors.

« Mais ! Que fais-tu dans cet accoutrement ?

— Je sors, maman.

— Comment ? Tu es déjà sorti samedi dernier !

— Je sais. Et je sortirai peut-être samedi pro-chain.

— Ne me parle pas sur ce ton, Virgile. Ce soir, tu n'iras nulle part. »

Virgile inspire profondément. Il lui vient alors une idée qui ne l'avait jamais traversé : Décider.

« Maman, J'ai vingt-quatre ans, et si je veux sortir, je sors.

— Non, Virgile, tant que tu vivras sous mon toit, tu feras ce que je te dis.

— Non !

— Comment ça, non ? Reviens ici quand je te parle ! » hurle-t-elle.

Virgile est déjà dans l'escalier. Elle lui casse les couilles, c'est l'expression qui lui vient, la seule, mais il se retient de le lui dire. Il descend.

« Virgile ! Si tu franchis cette porte, ce n'est pas la peine de remettre les pieds dans cette maison, tu m'entends ? »

Virgile s'arrête. Une hésitation. Il revient sur ses pas, remonte l'escalier, s'approche de sa mère. Il la sait outrée, dans une colère féroce. Il la prend dans ses bras. Elle ne s'y attendait pas, lui non plus. L'étreinte est gauche, les sentiments sont parfois maladroits quand ils ont été trop longtemps retenus.

« Maman, je t'aime, et je t'aimerai toujours, même si tu décides de me mettre à la porte. Je sais que c'est dur pour toi, mais je dois faire ma vie. Je dois me prendre en main, aller de l'avant. Je deviens un homme. Je ne suis plus un enfant, tu n'as plus le droit de me dire ce que je dois faire. Je vais sortir. Et quand je reviendrai, j'espère que ta porte me sera ouverte. »

Il la serre contre lui. Et enfin, les bras de sa mère se referment sur son dos. Quand ils se séparent, elle pleure. Elle est triste, mais également fière.

Alex s'est allongé contre le mur qu'il ne pourra jamais escalader. Il y a moins de lumière dans le ciel. Il crache du sang, il s'est arraché la lèvre avec l'une de ses canines. Comment doit-on appeler ce qui sort de sa bouche, une défense ? Un crochet ? Des poils gagnent son visage. La partie est perdue.

IV

La porte n'est pas fermée à clé. Donc, elle est là. Sans grande surprise, Justine a toujours été là où on attendait qu'elle soit. Le cœur de Damien fait de véritables bonds. Une balle de jokari dont l'élastique est mis à rude épreuve. Damien n'a jamais éprouvé un tel stress. Même le vernissage de l'exposition avait des allures de cure thermale à côté de cette épreuve. Il entre.

« Chéri, c'est toi ? »

Qui d'autre ? A-t-il envie de répondre. Pourtant, cette phrase entendue à chaque retour à la maison lui apporte une sorte de réconfort. Il ne l'entendra plus. D'ici dix minutes, une heure tout au plus, ce ne sera plus chez lui. Encore un pas. Elle est assise à la table du salon, plongée dans la lecture d'un roman policier. Damien la voit pour la dernière fois. Sa détermination vacille, attaquée à la pioche.

« Tu as passé une bonne journée ? »

Elle paraît émerveillée. Un sourire extatique monte jusqu'aux oreilles.

« Je t'attendais ! »

Quand on prend une décision, il faut savoir s'y tenir. Peu importent les sacrifices, c'est ainsi que l'on avance dans la vie. Il s'en va, c'est fini. Il doit lui dire. Mais avant qu'il ne le fasse, Justine se lève et fond sur lui. Elle le serre, elle lui fait mal à la nuque tant elle le serre. Elle l'embrasse, cherche ses lèvres, les trouve et applique les siennes. Puis elle se recule. Damien est complètement déboussolé.

« Quoi ? se demandent-ils à l'unisson.

— J'ai quelque chose à te dire », répond Damien le premier.

Il a pris un air grave, elle ne réagit pas. Aucune inquiétude ne semble pouvoir la gagner. Elle pose une main sur sa joue.

« Moi aussi, j'ai une annonce. Mais la tienne à l'air triste, alors on commence par la mienne.

— Dis-moi ? »

En guise de réponse, elle se recule et agite un objet que Damien ne reconnaît pas immédiatement. Une sorte de stick, un stylo, ou plutôt à un thermomètre.

« Tu vas être papa ! » dit-elle au moment où Damien réalise qu'il s'agit d'un test de grossesse.

Damien tombe sur ses genoux. Justine s'approche de lui. Il colle sa tête contre le ventre encore plat de sa femme. Il pose ses mains sur les reins de Justine et s'y accroche comme si sa vie en dépendait. Elle caresse ses cheveux, doucement.

« Reconnais que mon annonce était mieux que la tienne, non ? C'est quoi la tienne ?

— Rien, ce n'était pas important. »

V

Virgile est nerveux, mais pas autant qu'il l'aurait imaginé. Il a passé plusieurs heures à choisir le restaurant. N'y connaissant rien en gastronomie, il a pris des étoiles Michelin comme gage de qualité. Il a cherché. Avec son budget, il ne peut s'en payer que deux, c'est suffisant. Ce soir, il compte tout donner. Tout ce qu'il a, tout ce qu'il est, pour Olivia.

Il lui a donné rendez-vous dans une petite rue perpendiculaire au quai des grands Augustins, dans le quartier Saint-Michel. Il arrive sur place, avec une bonne demi-heure d'avance. Alors il marche dans les rues animées en cherchant de futurs sujets de conversation. Le silence ne devra pas s'installer. C'est le moment de mettre en pratique toutes ces connaissances chèrement acquises : Être sûr de soi, mener les débats, la mettre au défi. Avoir de la répartie, être observateur, être drôle. Maintenir le regard. Ne pas céder à la panique.

Dans son cœur agité, il reste une once de sérénité, car Olivia lui a souri, il croit au destin. De nombreux amoureux y ont cru avant lui, et beaucoup se sont trompés, mais une connexion s'est créée entre eux. Il en est sûr. Alors il s'accroche à ce lien pour ne pas sombrer dans l'affolement. Les dieux lui seront-ils favorables, ou seront-ils jaloux de cette déesse ?

« Hey ! Bonsoir ! »

Virgile relève la tête. Elle est face à lui. Elle lui sourit. Il sent la sueur couler dans son dos. Il se reprend et lui dit bonjour.

« Ce n'est pas par là, le restaurant ? demande Olivia en indiquant la direction opposée.

— Si ! J'étais un peu en avance, alors je flânais. »

Merde, pourquoi j'ai dit que j'étais en avance ??!?!!?

Demi-tour. Elle lui jette un regard, il lui sourit. Comme un benêt sans doute, mais il sourit. *Mon Dieu qu'elle est belle.* Sous un léger gilet en coton, elle porte une robe rouge comme un incendie. Ses chaussures à talons galbent ses jambes et c'est un supplice de chaque instant que de ne pas les regarder. Virgile sait qu'il ne doit pas. *Que faut-il dire à cet instant ?*

« C'est juste au bout de la rue, à l'angle là. J'espère que ça te plaira !

— J'en suis persuadée.

— Bon, il y a des grilles aux fenêtres, mais je pense qu'à l'intérieur, c'est accueillant.

— Il n'y a pas de problème Virgile. »

A-t-elle compris qu'il tentait une plaisanterie ? A priori, non. Virgile se sent déjà sous pression, un joker de parti. Il n'a plus le droit à l'erreur. Alors il se comporte comme un *gentleman*. Il dépasse Olivia et lui tient la porte. Elle le remercie d'un hochement de tête.

Un homme en smoking vient à leur rencontre.

« Bonsoir madame, monsieur. Vous avez réservé ?

— Oui, au nom de Cébron, répond Virgile.

— Très bien monsieur. Une table pour deux. Veuillez me suivre. »

L'ambiance est calme. On distingue de la musique classique en fond. Les gens parlent doucement. Le serveur installe Virgile et Olivia dans le coin le plus isolé. Les fenêtres sont constituées de vitraux jaunes et bleus. Les murs en colombages sont décorés de tableaux représentant des rois et des reines de France.

Lorsque Virgile s'assoit, le serveur pousse la chaise. Il n'avait jamais vu ça. À la lumière des bougies, le visage d'Olivia rayonne. Il y a une chaleur supplémentaire dans ses yeux. Un mystère encore plus attirant. Virgile se redresse. La tête haute, le regard droit. Il pose bien ses mains sur la table. Olivia s'est accoudée. Elle le regarde sans rien dire. Elle porte sur son visage une expression énigmatique. Elle le fixe, elle attend qu'il lance la conversation. Ils échangent un petit rire gêné.

Le serveur apporte les cartes et leur propose un apéritif. Virgile a failli dire oui, mais il s'est souvenu du conseil d'Alex : *Attention avec l'alcool.* Alors il consulte Olivia du regard. Cela fait de lui un homme hésitant. (Au secours !) Elle lui répond d'une petite moue, elle se laisserait bien tenter. Comme il aimerait embrasser cette bouche ! Elle choisit un kir.

« Deux kirs », commande Virgile.

Le serveur se retire. Olivia consulte la carte. Elle ne semble pas si enthousiaste que Virgile l'espérait.

« Alors, ton fils, Hugo, c'est ça ?

— Oui. Hugo.

— Quelqu'un... s'en occupe ?

— Oui, (la question l'amuse.) Il est tout petit. ma voisine du dessous est étudiante, elle le garde de temps en temps.

— D'accord, le… papa… n'est… »

Virgile s'arrête. Comme il aimerait recommencer !

« Excuse-moi, ça ne me regarde pas. »

Bien sûr que si, ça le regarde. Il ne l'invite pas dans un restaurant romantique pour qu'elle devienne une amie. Cette question le brûle depuis le début. Où se trouve le père d'Hugo ? Aurait-elle accepté de dîner avec lui en toute amitié, sans y voir de sous-entendus ? Virgile redevient tout à coup le minable asexué qu'il a toujours été.

« Ce n'est pas un secret. Disons que le papa est parti vivre loin de ses responsabilités.

— D'accord… »

Elle lui lance encore ce sourire enchanteur et s'en retourne à son menu. Les jambes de Virgile tremblent.

« Tu m'excuses, je vais me laver les mains.

— Bien sûr. »

Virgile se lève. Sans précipitation, il s'enfuit. Dans le refuge des toilettes où, il le sait, il ne pourra pas se cacher longtemps sans éveiller des pensées défavorables, Virgile se regarde dans le miroir. Il est au bord des larmes, complètement démuni. Sur son téléphone portable, il retrouve le dernier message de son *coach* :

Peux pas répondre, désolé. Pas de conseils à te donner, tu sais déjà tout. Ne te mets pas de pression, si cette date ne marche pas, il y en aura d'autres ! Ce n'est qu'un jeu. N'oublie pas, TU domines, c'est elle qui doit passer le test !

Alex ne bouge pas. Il ne peut pas bouger. Sa peau se consume, les os sont en train de fondre. Son corps se dissout. Les cellules éclatent et se recomposent pour former d'autres cellules, différentes. Ce n'est plus vraiment douloureux. La conscience d'Alex se réduit également. Allongé dans l'herbe, sa principale préoccupation est de franchir le mur. Il faut gagner la forêt. Il ne sait pas pourquoi, mais il sera en sécurité quand il aura franchi le mur. Ensuite, il faudra se nourrir. Alex est affamé. Il doit trouver à manger, c'est une question de survie. D'abord, il faut se reposer un peu. Cette chaleur en lui est maintenant agréable. C'est réconfortant, comme une couette épaisse. Lorsque son nouveau corps sera prêt, il vivra en harmonie avec les gratteuses. Elles ne l'importuneront plus. Il n'y aura plus de démangeaisons, plus de douleurs. Autant en finir au plus vite. Alex est couché sur son flanc. Il ferme les yeux. Il respire les odeurs du bois. La mousse, les feuilles en décomposition. Les animaux. Il sent tout ça.

Le discours des mariés a été interminable. dix-minutes pour dire qu'ils s'aiment, qu'ils sont heureux d'être heureux et que partager leur bonheur avec tous ceux qu'ils aiment, c'est vraiment trop de bonheur. C'est affligeant, se dit Sonia. Mais elle n'est pas très réceptrice. La place à sa gauche est vide. Un petit écriteau en carton au nom d'Alex est posé devant le verre à vin.

Dernier supplice avant que le repas ne commence, le toujours très inattendu diaporama de photos d'enfances. Toussaint, le marié, trois ans, à poil sur une plage. Muriel, même âge, se tient fièrement sur la cuvette des W.C.

Que fait Alex ? On lui a déjà posé la question trois fois. Sonia décide d'aller chercher la réponse. Profitant de l'obscurité de la pièce, Sonia se lève discrètement et se faufile vers l'extérieur. Sur la terrasse, Vincent fume une cigarette. En la voyant, il hoche la tête et lui adresse un sourire charmeur. Comme à la mairie.

« Salut », répond-elle sans s'arrêter.

Alex a quitté la terrasse. Sonia descend les marches en pierre et gagne le parc. Elle trouve une chaussure. Elle croit la reconnaître. C'est celle d'Alex. Devant elle, la pénombre. Elle distingue encore les feuillages respirant avec langueur sous l'effet de la brise, mais l'herbe est devenue noire. Les lumières du château n'atteignent pas cette partie de la propriété qui prend alors un aspect sauvage. Sonia s'enfonce. Elle avance doucement. Ses talons se tordent à chaque pas dans les mottes de terre et les petits cailloux. Au loin, elle aperçoit un mur. La limite du domaine. Son instinct lui dit de continuer.

Les mots d'Alex reviennent à son esprit. *Une question de vie ou de mort.* Sa chaussure dans la main, Sonia se demande si elle n'a pas pris ses propos à la légère. Que pourrait-il lui arriver de si grave ? Et surtout, en quoi sa vie pourrait-elle dépendre d'elle ? Non, ce n'était qu'un énième stratagème pour tenter de la revoir. Dans quel but ? En dépit des circonstances, elle a aimé le revoir.

Au pied du mur gît une masse informe. La nuit est presque tombée, et Sonia l'aperçoit à peine. Immédiatement, elle reconnaît la chemise blanche d'Alex et son pantalon sombre, mais la position de son corps lui paraît impossible. La forme aussi. Le pantalon semble vide, comme si l'on avait coupé les jambes sous les genoux. La chemise est déchirée.

Sonia se précipite. Elle pose la main sur son épaule, mais il n'y a plus d'épaule. Elle le retourne et étouffe un cri d'effroi. Ce n'est pas Alex, c'est une sorte de monstre hideux. Un animal repoussant à l'agonie. Sonia est écœurée. Quand la bête ouvre les yeux, elle les reconnaît. Sans aucun doute possible. Elle ne comprend rien. Elle a envie de secouer ce corps, mais elle a peur de le toucher. *Ça* gémit. Un son sort de cette gueule horrible. Un bruit tente de s'échapper entre ces crocs de porc.

« Le...

— Quoi, le... ? Le quoi ?

— Le sort...

— Le sort ? »

Seigneur ! ça a marché. Le sort a fonctionné. Ce sortilège à la con jeté pour rigoler après avoir picolé devant l'amour est dans le prés, a transformé Alex en... ça. Le sang claque ses tempes comme une digue un soir de grandes marées. Sonia revoit la vieille sorcière dans sa boutique sur les grands boulevards. Elle se souvient très bien, pendant le rituel, avoir souhaité cette malédiction. Elle voulait le faire souffrir. Mais elle n'avait pas envisagé que cela pouvait être vrai. Comment aurait-elle su que cela existait ?

Un sentiment amer vient se mêler au flot de ses émotions : Alex n'est jamais revenu pour elle. Tous ses regrets formulés, ses mots sur la beauté de leur histoire, la sincérité de ses sentiments, le *quelque chose en plus* dont il a parlé. Tout cela n'était pas vrai, il s'agissait seulement pour lui d'obtenir son pardon. D'obtenir un baiser d'elle.

Et maintenant, elle doit lui donner ce baiser. Le doit-elle ? Aura-t-elle le courage d'approcher ses lèvres de ce qui se tient en face d'elle. Que se passera-t-il quand son nez touchera ce groin ? Lui arrachera-t-il la joue avec ses défenses. Que deviendra-t-il si elle le laisse à son sort ? Elle s'approche de lui. Il l'implore du regard. La bête pose son bras sur le dos de Sonia, mais il n'y a plus de main pour se tenir, alors le bras glisse et retombe au sol.

Sonia touche la joue rugueuse de ce qui reste d'Alex. Sa bouche s'avance. Ses yeux se ferment. Leurs lèvres entrent en contact. Elle lui donne ce baiser repoussant en se disant que si Alex accepte de lui pardonner, elle en fera volontiers de même.

Sonia a été projetée en arrière, comme par le souffle d'une explosion. Elle passe ses doigts sur ses yeux, mais une étincelle reste imprimée sur ses rétines. Un grand point blanc devant un paysage obscur. Elle entend le bruit d'une colonie d'insectes. Un bourdonnement infect. Le corps d'Alex ressemble à un comprimé effervescent plongé dans l'eau. Il bouillonne, écume. *Qu'ai-je fait ?*

Quelques instants plus tard, tout s'arrête. Le corps d'Alex dégouline d'une matière gluante. L'odeur est nauséabonde. En s'approchant, Sonia voit sa main. Elle compte les doigts, en trouve cinq. Elle s'accroche à cette idée. *Il a cinq doigts, comme les humains*. Sur les genoux, elle s'avance jusqu'à lui, pose sa main sur son épaule et y trouve une épaule. Elle secoue le corps. Alex semble émerger d'un rêve. Un mauvais rêve. La tête renfrognée, les sourcils froncés, il l'interroge :

« Quoi ? »

Sonia ne sait pas par où commencer. Lui raconter que son cauchemar est fini ? Lui expliquer qu'il est libre ? qu'elle est désolée ?

« Sonia ? SO-NIA ? Ça ne sert à rien de te cacher, on va te trouver ! »

« Merde, jamais moyen d'être tranquille ! » dit-elle à mi-voix.

Elle essaye de voir la situation dans son ensemble. Alex est à moitié inconscient, il a des yeux de drogué, et surtout, un *look* de naufragé. Personne ne doit le voir dans cet état.

« Alex ? Alex ? Ça va ? chuchote-t-elle.

— Oui, pleine forme ! Pourquoi ?

— Je te laisse deux minutes, ça va aller ?

— Mais oui ! s'agace-t-il. »

Manifestement, il ne comprend rien, ne sait pas où il est ni qui lui parle. Le parfait adolescent du lendemain de beuverie. Sonia se relève d'un bond. Elle essuie ses mains gluantes dans l'herbe, frotte ses genoux qu'elle imagine crasseux. Elle retire ses chaussures pour partir plus vite et quitter cette scène improbable. Quelques pas plus loin, elle aperçoit trois silhouettes qui se détachent des éclairages de la terrasse.

« Sonia, qu'est-ce que tu fais ? On te cherche partout depuis dix minutes !

— Désolé, Élodie, besoin de prendre un peu l'air.

— Ouais, bah maintenant on est en retard, on attend plus que toi pour la chorégraphie.

— Et bien, allons-y.

— Oui, dépêchons-nous, ajoute Élodie. Jennifer nous attend. »

Alex dormirait bien, s'il n'avait pas aussi froid. Il cherche la couverture de la main, tâtonne. Il ouvre les yeux. Dans un effort de concentration, il essaye de comprendre pourquoi il est allongé dans un jardin. Les derniers mots qu'il vient d'entendre résonnent. *Jennifer nous attend*. Il regarde autour de lui et ne voit que les ombres de la nuit. Au loin, une musique de fête. Son esprit recompose les éléments petit à petit. Les petites gratteuses, elles sont parties. Ses mains, ce sont des mains. Alex tâte son visage. Sa lèvre saigne à la commissure, mais son nez a la bonne forme, ses oreilles ont repris leur place. Il essaye de se lever. Il n'a plus de chaussures, mais ses genoux le portent. Ils sont douloureux, mais ils tiennent. Sa chemise est en lambeaux. Alex cherche ses chaussures. Il en retrouve une. Il y a un petit animal par terre, à côté de la seconde. C'est sa perruque. Alex touche son crâne. Pas un poil sur le caillou. Il doit partir. Jennifer l'attend.

VI

Virgile s'est décidé à sortir des toilettes. Il y a passé un temps raisonnable à en juger l'expression d'Olivia quand il revient à sa table. Elle n'a toujours pas fermé le menu. On leur a apporté les kirs. Virgile prend le sien et le tend à Olivia. Les verres tintent. Ils boivent. C'est très bon. Au prix qu'il coûte, il peut être fameux. Quand Virgile repose son verre, il ne se rend pas compte qu'il vient de le vider d'un trait. Olivia semble surprise. Virgile prend une grande inspiration, il déglutit. Pose ses coudes sur la table et appuie son menton sur ses mains jointes. Olivia lève un sourcil étonné.

« Je dois t'avouer que… je ne me sens pas bien.

— Tu es souffrant ?

— Non, pas du tout. Voilà, j'ai choisi ce restaurant pour t'impressionner. »

Virgile s'arrête deux secondes pour profiter du sourire d'Olivia. S'il pouvait passer le reste de sa vie avec elle, alors chacun de ces sourires serait un bonbon au miel qu'il croquerait avec un plaisir infini. Il se reprend.

« La vérité, c'est que je ne suis pas à l'aise dans ce genre d'endroit. Ce n'est pas moi, tout ça, Louis XVI ou je ne sais qui sur les murs. Je ne comprends même pas le menu sur la carte. Tu sais ce que c'est toi, *confit en parmentier* ? J'ai l'impression que si je ne choisis pas le bon couteau, on va appeler ma mère. Et, je suis désolé, ça me rend nerveux.

— On s'en va ?

— Quoi ?

— Moi aussi, je trouve que c'est un peu guindé ici. Un panini me conviendrait aussi. On mange vite fait et après, on voit ce que l'on fait.

— Oui, ce serait… parfait. Tu aimerais aller voir un film.

— J'aimerais beaucoup. »

Virgile se lève, réconforté. Il demande à payer les kirs sous l'œil déconcerté du serveur. Olivia peine à contenir un fou rire.

En quittant le restaurant, Virgile se retourne et voit les barreaux aux fenêtres. Il se sent mieux dehors. Léger. Serein. Olivia continue de rire.

« Le pauvre. Je pense qu'il n'a jamais vu ça, dit Olivia.

— Quoi, on est des rustres ? s'inquiète faussement Virgile.

— À ses yeux, sûrement, on ne doit pas être du même monde.

— À choisir, je préfère être de ton monde que du sien. »

Virgile a parlé sans réfléchir. Elle s'est arrêtée, l'a fixé de ses grands yeux noirs et, un instant, il l'a sentie vulnérable. Elle se ressaisit vite. La voilà déjà repartie en direction des quais. Il la suit, et, tout à coup, avec une acuité jamais approchée, il voit exactement ce qu'il doit faire. Il n'y a plus aucun doute dans son esprit. Il attrape sa main et la stoppe dans son élan. Il la tire vers elle. Olivia ne se défend pas. Leurs corps se frôlent. Les yeux d'Olivia l'encouragent. Il se jette dans le vide. Il s'approche d'elle. Il ferme les yeux. Il l'embrasse. Du bout des lèvres d'abord. Il pose une main sur sa taille. Elle pose une main sur sa joue. Il voudrait que le temps se fige. Ils se séparent. Elle le regarde, émue. C'est ainsi qu'il devrait agir, il le sait, mais ce n'est pas encore le bon moment. Plus tard, dans la soirée, il pourra prendre sa main, l'attirer vers elle. Pour le moment, il se contente de la suivre jusqu'à la place St-Michel.

« Tu veux manger quoi ? demande-t-il.

— Tu serais partant pour une pizza ? »

Virgile acquiesce. Plus que jamais, il a envie de l'embrasser.

Sonia est abasourdie. Le sortilège a fonctionné. Elle reste fixée à cette idée. Elle a dirigé sur Alex des forces démoniaques dont elle ne soupçonnait même pas l'existence. Elle vit depuis quelques minutes dans un monde effrayant. Sonia essaye de se figurer la violence de ce qu'Alex a pu endurer. L'image de cette bête mourante dans le fond du jardin la terrorise. Elle revoit l'effroi dans les yeux d'Alex. Autour d'elle, les invités semblent parler des langues étrangères. Sonia ne les comprend pas. Une vraie tour de Babel. Elle entend que l'on s'adresse parfois à elle, mais sa perception des sons est déformée comme un paysage au-dessus d'une route brûlante. Elle regrette.

« Je peux m'asseoir ici ? »

Sonia met un temps avant de comprendre que la question lui est adressée. L'homme de la terrasse se tient devant elle.

« Les anciens viennent de se rebeller contre le plan de table, ils se sont mis ensemble là-bas, et je me dis que je serai peut-être mieux avec vous. »

Sonia le fixe, sans réaction. De l'autre côté de la table, Élodie la prend de vitesse :

« C'est la place d'Alex.

— D'accord. Alex, c'est celui qui vient de partir avec la Peugeot de location ? »

« C'est vrai Sonia ? s'inquiète Élodie.

— Oui, il est un peu souffrant, il a la santé fragile. Quand c'est comme ça, il faut qu'il se repose.

— Ah bon ? Il aurait pu dire au revoir quand même !

— Oui, c'est un peu cavalier... ajoute une deuxième voix.

— Vous ne dormez pas sur place ? enchérit une troisième.

— Non, Alex n'était pas sous son meilleur jour, il a préféré être discret... Ce n'est pas évident non plus pour lui... il ne connaît personne, vous êtes nombreux. » répond Sonia, agacée de devoir se justifier.

« Moi c'est Vincent, enchaîne l'homme en prenant place. Si Alex décide de revenir, je lui rendrai sa chaise. »

Puis il ajoute tout bas en se penchant vers Sonia :

« Mais je ne pense pas qu'il reviendra. »

VII

Arrivé chez lui, Alex a l'impression de rentrer d'un long voyage. Les lumières sont éteintes. Il est seul. Bien entendu, ce n'est pas dans les habitudes de Nicolas que de rester chez lui un samedi soir. Alex rêve de ce moment depuis des semaines. Sa chemise est en lambeaux. Il se défait de ces guenilles et les jette directement à la poubelle. Nu, il se regarde dans miroir. Il est redevenu Alex. Musclé, les dents blanches, peau de bébé. Mais chauve.

La douche est courte. Alex l'apprécie, mais il est pressé. Ce soir, son destin lui a donné rendez-vous. Il brosse ses dents déjà irréprochables, applique une crème hydratante sur son visage. Elle relèvera un peu son teint. Déodorant, parfum. Alex est beau, il se sent homme. Il recolle minutieusement sa perruque et, après hésitation, renonce au gel. Il ne sait pas comment les cheveux artificiels évolueraient dans la soirée et il ne peut pas se permettre le moindre doute. Il doit être sûr de lui, alors il opte pour un look naturel.

Il choisit ses vêtements avec soin. Dans moins d'une heure, il sera face à Jennifer. Sa Jennifer. Sur son lit traîne son ordinateur portable. Par association d'idées, Alex se rend compte que Jennifer va être sa centième conquête. Ce sera elle la centième. Il voulait une femme exceptionnelle, il aura la plus belle femme du monde. La plus convoitée de l'univers. Cela arrivera. Et dès demain, ce cap franchi, il sera un homme aux yeux de Nicolas. C'est anecdotique. Alex est pressé de partir au combat, mais il est rappelé à l'ordre par ses fonctions primaires. Il est affamé. Il pourrait manger un jambon entier, mais il se demande s'il pourra un jour manger à nouveau du porc comme avant. Le frigo est vide. Des pâtes feront l'affaire.

Le bilan de cette histoire, c'est qu'Alex a surmonté toutes ces épreuves. Il se sent plus fort, plus irrésistible. Alex a aimé plusieurs femmes. Il a aimé Mélanie. Autant qu'il en était capable. Et même aujourd'hui, il peut difficilement parler d'elle sans une boule dans sa gorge. Il a éprouvé des sentiments pour Vanessa, pour Olivia également. Un peu pour Géraldine. Il a aimé Sonia. Il aurait pu l'aimer davantage. Mais il a toujours gardé l'image de Jennifer dans un coin de sa tête. Elle a toujours été son fantasme, son rêve, sa quête. Pendant dix ans, il s'est vu comme un perdant, rongé par les regrets, ivre d'amertume et de frustration. Pendant dix ans, il s'est demandé *ce qui se serait passé si*. Ce soir, il tient sa revanche. Alex va régler ses comptes avec le minable qu'il a été. Cette nuit, Jennifer sera sienne. Des millions d'hommes de par le monde s'endormiront en pensant à cette Vénus enchanteresse, et lui, il la possédera. Et après ? Que se passera-t-il demain. Aura-t-elle une place pour lui dans son monde ? Aura-t-il envie de la suivre ou pourra-t-il se contenter de passer à d'autres femmes ?

La *Grenouille Jaune* est un petit bar dans le XVIIᵉ arrondissement aux allures de vieux pub irlandais. Passé la lourde porte, on pénètre dans une grande pièce sombre aux poutres noires. La lumière est jaune. On entend à peine la musique par-dessus les conversations enthousiastes. C'est à celui qui parlera le plus fort. En arrivant, Alex commence par penser qu'il s'est trompé d'adresse. Il se faufile entre les clients pour atteindre le bar et évite de peu un joueur de fléchettes. Le barman ressemble à un surfeur australien. Alex peine à entendre sa réponse. Il finit par comprendre qu'on lui demande le carton d'invitation. Il ne l'a pas.

« Si vous êtes invité, vous l'avez reçu sur Facebook !

— Quoi ?

— Faceboook !! »

Alex regarde son téléphone. Il y retrouve l'invitation et la montre au serveur.

« C'est à l'étage !

— Quoi ?

— L'escalier, là-bas. »

Alex se dirige vers l'escalier au pied duquel se tient un homme habillé de noir et pesant certainement plus de cent cinquante kilos. Alex s'approche de lui. Le gorille adresse un regard au barman et reçoit l'approbation. Alex salue le colosse qui s'écarte pour le laisser passer. Face à lui, il se sent vraiment petit et faible.

En haut, changement d'univers, ambiance *lounge.* La musique est bien plus faible, les discussions plus civilisées. Au fond, sur la gauche, un petit groupe s'est formé autour d'une table de billard. Sur la droite, une grande table en *U* a été dressée pour une trentaine de personnes. Certains sont encore assis, ils discutent. Le repas est terminé. Alex avait réservé une place à cette table. Tant pis, il payera sa part. Véronique le voit, elle se détache d'un petit cercle pour venir à sa rencontre.

« Hey ! Alex ! Tu n'as pas changé, comment ça va ? »

Pas changé ? Toujours aussi conne, la véronique.

« Super bien ! Et toi ? Tu es resplendissante ! *Laideron !*

— Ça-va-ça-va ! Je suis contente que tu sois venue, il y a presque tout le monde !

— Ah oui ! Bravo d'avoir organisé cette soirée, je suis désolé, je pensais pouvoir dîner avec vous, et…

— Oh ! T'inquiète pas, ce n'est pas un souci ! Fais comme chez toi, si tu veux quelque chose à boire, tu te sers, ou tu demandes aux serveurs. Bonne soirée. »

Elle repart. Voilà, ils se sont dits tout ce qu'ils avaient à se dire après dix années. Alex s'en moque, il n'est pas venu pour elle. En observant de plus près les joueurs de billard, Alex remarque une femme de dos et il la reconnaît immédiatement. Jennifer est là. La petite équipe d'excités autour d'elle aurait pu lui mettre la puce à l'oreille au premier coup d'œil ; Régis et Christophe se collent. Ils essayent de lui montrer comment tenir la queue, comment taper les boules. Les deux types aux abois improvisent un petit cours de géométrie appliquée. Et hop, les mains sur les hanches, l'air de rien. Alex imagine très bien ce que Régis est en train de lui dire « Mets toi bien dans l'axe. » Jennifer reste polie, ignore ces attouchements. Elle doit avoir l'habitude. Alex ne veut pas faire le premier pas. Ce soir est le soir de sa vie. Il va devoir être au top, il faut tout calculer. C'est elle qui fera le premier pas.

« Hey ! Salut Alex !

— Dimitri ? C'est toi ? »

L'accolade est franche. Pourquoi Dimitri le prend-il dans ses bras ? *Dimitri, souviens-toi ? Au lycée, tu ne savais pas qui j'étais, et moi, je te détestais.*

« Et oui ! Ça me fait bien plaisir de te voir !

— À moi aussi, qu'est-ce que tu deviens ? »

Dimitri avait manifestement prévu cette question, et il a travaillé sa réponse. Il se lance aussitôt dans la version longue et détaillée des dix dernières années de sa vie. Alex l'écoute distraitement. Il est content, car Dimitri lui fournit la contenance dont il avait besoin le temps que Jennifer remarque sa présence. Dimitri est devenu grassouillet. L'athlète au sourire ravageur, le fantasme des adolescentes a fait place à un garçon ne sachant ni s'habiller ni prendre soin de son corps. Alex savoure cette revanche.

Un joueur de billard a levé sa main dans sa direction pour le saluer. Il n'a pas estimé nécessaire d'en faire plus. Alex lui répond avec le même enthousiasme. *Qui est-ce ?* Mais voilà que Jennifer tourne la tête vers lui.

« Bon, ensuite, mon patron, je lui ai dit : si ça te plait pas, tu n'as qu'à aller te faire…

— Excuse-moi un instant, Dimitri. »

Jennifer est magnifique. Alex encaisse le choc. C'est un véritable séisme dans sa tête. La secousse résonne dans tout son corps. Jennifer est plus belle encore que dans les magazines, plus belle que dans ses souvenirs. Elle porte un maquillage discret, une robe sobre. Elle est venue incognito, et pourtant, elle dégage un charisme et une assurance qu'Alex n'a jamais vus. Elle pose la queue de billard dans le râtelier et lui offre un sourire dévastateur. Il y a comme de la lumière autour d'elle, une aura l'enveloppe. Malgré la simplicité de sa démarche, malgré cette apparente gentillesse, Alex ne s'y trompe pas, elle est bien de ces êtres supérieurs face auxquels le reste du monde n'a qu'à se prosterner. Il va devoir se hisser à son niveau. Il est entraîné, il peut le faire. Tout ce qu'il a appris durant sa vie de *Pick up artist*, il l'a appris pour ce jour. *Respire, Alex, c'est une femme comme les autres. Tout ce que tu sais sur les femmes s'applique à elle aussi. On se détend !*

Elle vient vers lui, il ne fait que le dernier pas. Au grand damne des professeurs de billard dont Alex perçoit la jalousie. Le monde s'éteint. Autour d'eux, les gens sont subitement aspirés dans une dimension parallèle. Encore un pas.

Il s'apprête à lui faire la bise avec une retenue calculée, mais elle lève les bras et le serre contre elle. Il pose ses mains sur son dos et la presse à son tour. Il s'enivre de son parfum. Ce n'est plus celui qu'il lui connaissait, bien sûr. C'est Channel.

« Tu es… éblouissante.

— Merci ! Si tu savais comme je suis heureuse de te voir.

— Moi aussi. Très heureux.

— Tu as changé, tu as l'air en forme.

— Oui, je le suis… »

— Alors, Jennifer ? Salut Alex, Tu viens finir la partie ? »

Poignée de main molle de Régis.

« J'arrive, j'arrive. Excuse-moi Alex. Je suis à toi dans un instant.

— Bien sûr ! »

Elle est déjà repartie. Seulement par politesse. Comment pourrait-elle avoir envie de jouer avec ces deux abrutis ? Alex pourrait se mêler à la partie, mais il ne joue pas bien au billard et il ne doit pas la coller. Elle devra rechercher son contact. C'est le seul moyen d'équilibrer le rapport de force. Alex est pris d'une hésitation. De quoi parle-t-il ? Quel rapport de force peut exister entre la femme la plus désirée de la planète et le petit *coach* en séduction ? *C'est ce soir ou jamais, Alex, tu attends ce moment depuis dix ans ? Ne pas douter, ne rien regretter.* En pareilles circonstances, Alex a une théorie implacable pour dédramatiser la situation. Il ne s'agit que d'un *game*. Des filles, il y en a plein d'autres. Mais combien de Jennifer ?

« Jolie femme, hein ! Quand je pense que je suis sorti avec elle !

Alex avait oublié la présence de Dimitri. À l'évocation de ce flirt, il aimerait lui enfoncer le crâne. Lors de cette fameuse soirée, dix ans plus tôt, c'est lui que Jennifer a embrassé. Alex voulait le tuer. Dimitri lui envoie une petite claque dans le dos comme pour ponctuer un bon mot qu'Alex n'a pas entendu. Il se retire.

Alex ne doit pas rester seul, ce serait mauvais pour son image. Il s'approche de la grande table. Deux filles viennent à sa rencontre.

« Salut Alex ?

— Hey ! Vous êtes là, vous aussi ! »

Elles ne se présentent pas. Celle de droite, Alex s'en souvient, mais impossible de se rappeler son prénom. L'autre, il n'a aucune idée. Ce n'est pas étonnant si elle était aussi vilaine à l'époque. Commence alors une séance d'évocation du passé :

« Tu te souviens de la prof d'allemand, comment elle s'appelait, déjà ? »

Les souvenirs défilent.

« Et quand Pierre a renversé l'acide sur son sac en cours de chimie. »

« Oui, la fameuse course d'orientation, on était tous rentrés se planquer en salle de perm, et le prof qui était resté tout seul sous la pluie... »

Alex a oublié. Ces anecdotes ont été rangées avec tout le reste dans une boîte. Il n'aime pas l'ouvrir Ce n'était pas une période heureuse pour lui. Il était seul, il se sentait différent. Un peu comme ce soir. Les groupes de discussion se font et se défont, l'un arrive, l'autre part, il y a toujours un nouveau verre qui se présente pour trinquer, fêter ces retrouvailles. Mais Alex ne s'y trompe pas. Il est seul. Jennifer est le centre de l'attention globale. Quoi qu'elle fasse, on s'attroupe autour d'elle. Il n'y a pas d'air, pas de répit pour elle. C'est une star ! Toutes les excuses sont bonnes pour faire une photo. Des photos trophées, à accrocher sur des murs Facebook. Pourtant, elle semble s'amuser, se détendre. Jennifer ne peut se laisser aller qu'en de très rares occasions. Une simple partie de billard, loin de tout jugement, loin de la presse, c'est un bonheur précieux. Ce soir, elle n'est pas sous contrat. Alors elle apprécie le moment à sa juste valeur.

Alex a fini par s'approcher du billard. Jennifer est penchée de tout son long, et Alex imagine que des milliers d'hommes accepteraient de brûler en enfer pour assister à ce spectacle. Elle rentre la noire. Jennifer vient de battre sèchement Régis qui, s'il essaye de faire bonne figure, est terriblement vexé.

« Tu veux jouer Alex ?

— Non, merci. »

« Oh ! J'arrête un peu, dit Jennifer. Puis, se tournant vers Alex. Tu veux un café ?

— Volontiers. »

Pour Alex, le café est associé à la fatigue. En dehors du petit déjeuner, il n'en boit pas. La proposition de Jennifer lui rappelle tout à coup son réveil, un peu avant six heures ce matin. Depuis, il a essayé de convaincre un sorcier de l'aider, il a ensuite passé la journée à deviser avec les membres d'une famille qui n'est pas la sienne à Meaux. Il y a deux heures, il se transformait en une bête affreuse et, maintenant, il doit conquérir la femme de sa vie. Alors oui, un petit café ne serait pas de refus.

Ils s'installent à une table laissée à l'abandon. Un serveur se précipite aux pieds de Jennifer. Elle demande deux cafés, et le garçon s'en va battre un record de vitesse.

« Ce n'est pas trop compliqué de sortir comme ça ?

— Tu rigoles ? C'est l'enfer ! L'homme que tu vois là-haut (Jennifer désigne un homme entièrement vêtu de noir, les mains dans le dos, à l'entrée de la salle.) c'est Boris, mon garde du corps. En dehors de lui, personne ne sait que je suis là. Officiellement, je suis prise de migraines et je me repose dans ma suite au *George V*.

— Le *George V*, rien que ça. »

Elle lui répond d'un sourire. Il n'y a aucune prétention dans ses propos. Il s'agit d'un quotidien qui en vaut sans doute un autre. Elle côtoie chaque jour des gens habitués à ce train de vie, qui lui demanderaient pourquoi elle ne va pas plutôt au *Bristol* ou au *Fouquet's*. Mais elle n'a rien renié de ses origines, et si elle illumine ce monde huppé de sa classe, elle n'en fait pas partie.

« Ta maman va bien ?

— Oui ! Elle est dans le Sud, maintenant. Et tes parents, comment vont-ils ?

— Mon père est à la retraite, il s'ennuie. Ma mère va bientôt le rejoindre. J'ai peur qu'ils se chamaillent un peu quand ils devront passer leurs journées ensemble. En attendant, ils se portent bien.

— Tant mieux. Et toi, que deviens-tu ?

— Tu ne lis pas les journaux ?

— Si ! Bien sûr. Mais aucun journal n'a jamais dit si tu étais vraiment heureuse ! »

Alex a fait mouche. Il voulait lui envoyer un *neg*, c'est une petite vanne sur le physique, bien sentie. Cela permet de déstabiliser une *target* un peut trop sûre de sa beauté, et de montrer que l'on n'est pas impressionné. Mais il est impossible d'employer cette stratégie avec Jennifer. Il n'y a pas en elle la moindre imperfection sur laquelle s'appuyer. Alex a beau chercher, il ne voit pas. Son teint, ses cheveux, ses proportions, son visage. Rien. Ses oreilles, son nez, ses mains, la couleur de son vernis, ses bijoux, sa ceinture. Tout est sublime. Ne trouvant pas le *neg*, Alex a décidé de placer la conversation dans l'émotion. Il n'a pas beaucoup de temps pour la séduire. Il va devoir se montrer protecteur, puis sexualiser la conversation. Il sait comment s'y prendre.

Jennifer a réfléchi avant de donner une réponse. Tout n'est jamais aussi lumineux qu'il y paraît au pays des étoiles.

« Oui. Je suis heureuse ; je voyage tout le temps, je rencontre des gens formidables, je gagne bien ma vie. Je m'en sors bien.

— Il te reste des rêves à atteindre ? »

Elle le regarde avec un peu plus d'intensité. Elle est troublée. Elle s'apprête à répondre quand le serveur dépose deux tasses devant eux. Elle le remercie d'un sourire, et il s'en va, amoureux.

« Ah ! Bonne idée, moi aussi, je boirais bien un café. »

Sans y être invité, Régis s'est assis en face de Jennifer.

« Régis, excuse-nous, j'aimerais discuter un peu avec Alex, si ça ne te dérange pas. »

Régis encaisse. Il se lève de sa chaise et se retire en marmonnant quelques mots incompréhensibles.

« Il est gentil, mais un peu collant...

— L'occasion de passer la soirée avec un mannequin international ne doit pas se présenter à lui très souvent.

— Je sais bien, je n'y peux rien, moi. »

Elle soupire. Il voulait l'amener à des pensées agréables, la faire parler de ses rêves, et la voilà désolée, à se justifier de son attitude vis-à-vis d'un admirateur éconduit.

« Et alors comment tu as fait pour t'échapper du *George V*, tu es passée par la fenêtre ?

— Pas loin, figure-toi. Il y a un agent de sécurité qui me suit partout, c'est dans mon contrat avec Wonderbra. Je me suis enfermée dans ma chambre, lui, il reste dans le couloir. Toutes les deux heures, il fait une petite ronde, il inspecte les deux cages d'escaliers. C'est là que je suis sortie, j'ai attendu qu'il soit à gauche pour partir à droite. J'avais demandé à Boris de m'acheter un costume d'homme avec une gabardine et un chapeau. Alors je me suis déguisée. J'ai traversé le hall...

— Déguisée en homme.

— Oui. Boris m'a commandé un taxi, et on est arrivé ici. Je me suis changée dans les toilettes.

— Tu as dû faire ça, juste pour venir à une soirée avec tes anciens camarades de classe.

— Non.

— Comment ça, non ? »

— Ce n'est pas pour eux que je suis venue, Alex. C'est pour toi. »

Le regard de Jennifer vient de changer. Les reflets sont différents. Les neurones d'Alex explosent les uns après les autres, comme les fusées d'un feu d'artifice. Son cœur s'est certainement arrêté, et ses chairs viennent de se pétrifier. Une vague d'adrénaline le submerge. Il veut la questionner, lui demander confirmation. Il veut lui dire que lui aussi, est venu exclusivement pour elle. Sa mâchoire est bloquée. Il aimerait déglutir, mais ce n'est pas un chat dans sa gorge, c'est un hérisson de la taille d'un ballon de foot.

« Tu n'as pas changé, Alex.

— Tu trouves ? » articule-t-il péniblement.

Il se sent penaud, le voilà retombé en enfance. Il aimerait se redresser, bomber le torse, mais au fond de lui, il ne mesure qu'un mètre. Jennifer est immense, elle dégage une assurance qu'il n'aura jamais. Il doit se ressaisir. *Ce n'est qu'un jeu.*

« Non, tu n'as pas changé. Tu es beau, plus beau qu'avant, tu as dû travailler dur pour devenir aussi séduisant, mais malgré ton armure, tu es toujours terrorisé par ce que les autres vont penser de toi.

— Non, tu sais le jugement des autres…

— Si, je le vois dans ton regard. Tu as toujours eu peur de n'être que toi. Mais je t'assure que tu te sentirais mieux sans cette perruque. »

Alex est piqué. Elle ne se moque pas. Elle le regarde d'un œil brillant et son sourire est plein de promesses.

« Quand j'ai commencé, j'espérais faire l'unanimité. Il y a eu des critiques injustes, des mensonges sur moi, des photos volées, des diffamations, des remarques blessantes. Alors j'ai appris qu'on ne pouvait pas plaire à tout le monde. Je n'accorde plus d'importance au regard des autres. Je suis comme je suis, et tant pis si certains ne sont pas contents. Ce qui compte, c'est l'avis de mes amis, de ma famille, des gens importants. Toi, Alex, je te vois depuis tout à l'heure, tu passes ton temps à vérifier ton apparence, à observer ceux qui t'observent. Pour ça, tu n'as pas changé. »

Alex se sent mis à nu. Il ne peut que sourire pour acquiescer. Elle a raison, pourquoi le nier ?

« Il y a dix ans, à cette soirée, c'est toi que j'attendais », ajoute-t-elle.

— Je suis venu, tu étais avec Dimitri. Tu m'as vu. Je le sais, j'ai croisé ton regard quand tu dansais avec lui.

— Je voulais que tu viennes m'arracher à lui. Pourquoi ne t'es-tu pas battu pour moi ?

— Mais il était beau, et je ne l'étais pas.

— À mes yeux, tu étais beau.

— Il était plus musclé que moi. J'étais affreusement maigre.

— Ça n'avait pas d'importance.

— C'est lui qui avait la cote, c'est lui que les filles voulaient.

— Il ne s'agit pas de trophée, Alex, il s'agit d'être bien, et c'est avec toi que j'étais bien.

— Qu'est-ce qui te plaisait en moi ?

— Toi, justement. Parce que tu faisais ce que tu avais envie, tu ne cherchais pas à plaire, tu n'essayais pas de correspondre aux attentes de gens, et surtout, parce que les autres cherchaient à séduire, toi, tu ne cherchais qu'à aimer. C'est ta sincérité que j'aimais, ta générosité.

— C'est dommage. J'étais demeuré à cette époque. J'étais maladroit.

— Oui. (Elle rit). C'est le moins que l'on puisse dire. »

Alex s'est ressasi. Il a repris le contrôle. Elle vient de lui donner toutes les cartes dont il avait besoin. Véronique s'approche d'eux et pose sa main sur l'épaule de Jennifer.

« On va dans une boîte latino, à deux pas d'ici. Vous venez ?

— Non, répond Jennifer. C'était déjà compliqué de venir ici, alors si on me reconnaît dans une boîte, ça va être impossible à gérer. Je suis désolée…

— D'accord. Bon, je vais essayer de rassembler les troupes. Et bien, je suis contente de t'avoir revue. »

Ne mens pas, pense Alex. Tu es surtout contente de te débarasser de cette concurrente qui vous eclipse toutes !

« Et toi Alex ?

— Je vais vous rejoindre. Tout à l'heure. »

Véronique s'éloigne. Alex regarde Jennifer.

« Je suis désolée de te dire tout ça, Alex, tu as vécu ta vie, toi aussi, mais la vérité c'est que tu as toujours eu une place particulière dans mon cœur. »

Alex est figé. C'est comme s'il avait en face de lui tous les Alex d'avant, tous ceux qui ont raté, échoué, cassé, comme si tous les *loser*, les abrutis qu'il a été se tenaient en face de lui et lui disaient simplement « ce n'est pas grave, tu as fait ce que tu as pu, sans rancune ! »

Alex sent monter les larmes. De nombreux regards sont tournés vers lui, il parle à la fille dont il rêve depuis dix ans. Tout ceci est incontrôlable, et ce barrage façonné pendant une décennie finit par céder. Alex pleure. Des larmes silencieuses, calmes. Jennifer lui sourit. Il hausse les épaules, comme pour s'excuser, lui dire qu'il n'y peut rien. Le

sourire de Jennifer s'accentue. *Comme elle est belle* !
Elle est somptueuse, sa grande bouche, ses grands
yeux, ses cheveux blonds, son corps. Jennifer est
une fille intelligente, sensée, simple. Millionnaire,
engagée dans la défense de l'environnement. Que
pourrait-on espérer de plus ? Elle le prend dans ses
bras, et leur étreinte est tendre. Ils se serrent. On les
observe, mais ils s'en moquent. Alex sent les seins
lourds de Jennifer contre sa poitrine. Il sent
également son cœur qui bat. Elle lui murmure à
l'oreille :

« Et maintenant, Alex, sais-tu ce que tu veux ? »

Alex prête tout à coup attention à la musique en
arrière plan. Mano négra. *Mala vida*. Un flot de
lumière apparaît devant ses yeux, le brouillard
dans lequel il s'est débattu toute sa vie se dissipe.
Tout est limpide, simple, éclatant. Un visage se
dessine. Ce n'est pas Jennifer. Cette femme est un
tour de magie, le formidable résultat d'une
expérience impossible ; on a empilé un ensemble de
qualités physiques et morales, et on a façonné un
esprit supérieur dans un corps d'exception, un
diamant unique dans un écrin de cristal. Alex en
tremble, mais la vérité est implacable : Jennifer est
un symbole, celui de ses échecs. Alex s'est évertué à
combattre une part de lui-même, et Jennifer est un
emblème de ce combat. Il pourrait la conquérir, par
orgueil, elle serait sa centième. Un tel trophée
permettrait à Alex de tirer un trait définitif sur ses
remords, mais il n'en a plus besoin. Il préfère la
respecter, et pour cela, il se doit d'être sincère : ce
n'est pas elle. La musique le ramène à ce départ en
vacances, avec Sonia. Jennifer scrute son visage,
cherche à déceler les émotions et les sentiments
dans les expressions d'Alex, mais à ce moment
précis, il est indéchiffrable.

« Je sais ce que je veux, finit-il par dire. Il y a une femme que j'aime. Je suis désolé.

— Ne sois pas désolé, c'est bien, je suis heureuse pour toi.

— Je dois partir maintenant, Jennifer.

— Alors file, ne sois pas en retard.

— Je... »

Elle a posé son doigt sur la bouche d'Alex. Elle s'est rapproché et pose délicatement sa bouche sur ses lèvres. Quand il se retire, elle garde ce sourire qui ravage le cœur des hommes. Alex la regarde, il ne peut pas détacher ses yeux de Jennifer. Il a envie de la prendre dans ses bras, de lui dire comme elle est précieuse, mais il vient de prendre conscience que son destin ne se situe pas à cet endroit. Il n'y a plus aucun doute dans son esprit. Il sait ce qu'il lui reste à faire. Et soudain, il se sent libéré d'un poids qu'il a porté toute sa vie.

VIII

Les lumières de la salle se rallument. Le générique commence à peine, la plupart des spectateurs
sont debout. Virgile ne se lève pas. Il aime écouter
la musique, regarder les noms défiler. Parfois, il
profite seul des scènes bonus. Et maintenant, que
doit-il faire ? Olivia ne bouge pas non plus. Depuis
plus d'une heure, ils se partagent l'accoudoir qui
les sépare. Quand Virgile a posé son bras, ce n'était
pas prémédité. Il a senti celui d'Olivia. Elle lui a
laissé un peu de place, mais elle ne s'est pas retirée.
Virgile y a vu une invitation, alors il s'est collé à
elle. Sous le prétexte de pouvoir regarder le film
confortablement, Virgile est resté au contact de ce
bras. Peau contre peau, il a senti la douceur
d'Olivia, la chaleur d'Olivia. Alex lui avait dit
qu'un film n'était pas une bonne stratégie parce
qu'ils ne pourraient pas discuter, mais Virgile a
l'impression de s'être un peu rapprochés d'elle.

Ils ont dîné d'une pizza. Ils ont parlé. Virgile
pensait qu'Olivia exerçait la profession de maman,
il a été surpris de la savoir associée dans une
entreprise de développement d'applications
mobiles. Il a tenté de présenter son statut d'étudiant
en informatique sous le jour le plus favorable,

Olivia s'est montrée enthousiaste. Ils n'ont parlé que d'ordinateurs pendant tout le repas. Alex aurait été scandalisé. Des connexions se faisaient entre eux. Indéniablement, il y en a eu, au moins dans le sens Virgile-Olivia. Ensuite. Olivia était contente, elle n'avait pas mis les pieds dans une salle de cinéma depuis des mois. Elle ne se souvenait même plus de son dernier film. Virgile, cinéphile inconditionnel, a trouvé que c'était triste. Il lui a laissé choisir le film. Elle s'est tournée vers un film d'aventures. « J'adore, a-t-elle dit, quand un héros a traversé la planète, ou parfois même l'espace, et qu'il doit choisir entre sauver le monde ou la femme qu'il aime. » Le film préféré d'Olivia, c'est *Indiana Jones*. Quand elle lui a fait cette confidence, Virgile s'est dit qu'elle était la femme de sa vie. Elle a ajouté, comme pour s'excuser, qu'elle était un peu *geek* sur les bords.

Et maintenant, le générique est fini, Virgile se dit que son histoire commence, c'est à lui de la mettre en scène. Ils sortent. Virgile tient la porte. Olivia le remercie. Ils traversent un long couloir et se retrouvent dans la rue, derrière le cinéma. Ils marchent en direction du métro. Ils ne se disent rien. Virgile sent la terreur le gagner. Elle est là, à côté de lui, et il ne sait pas comment s'y prendre. Comment réagira-t-elle ? Pourquoi est-il incapable de décrypter son attitude, d'y déceler ses désirs ? Virgile est frappé par une malédiction qui le rend imperméable à la psyché féminine. Il ne comprend rien. Il repense aux conseils d'Alex : *Ce n'est qu'un jeu. Des filles, il y en a d'autres, ce n'est pas grave.* Pourtant, si Olivia le repousse, Virgile voudra mourir.

Ligne 4. Ils descendent tous deux l'escalier de la station. Comme s'ils rentraient chez eux, ensemble. Passés les portiques, une avancée surplombe les voix. À gauche, Porte d'Orléans, à droite, Porte de Clignancourt.

« Tu prends quelle direction ? » demande Olivia.

Virgile perçoit un peu de fébrilité dans sa voix. Mais il n'est pas certain de sa signification.

« Porte de Clignancourt, jusqu'aux Halles, et après, je prends le RER A jusqu'à Nogent.

— Moi, je vais direction Porte d'Orléans jusqu'à Montparnasse, puis la 12 jusqu'à Daumesnil.

— D'accord.

— Bon.

— …

— Alors, bonne… bonne nuit. Rentre bien, dit-elle.

— Oui, toi aussi.

— J'ai passé une très bonne soirée. Ça faisait longtemps. Merci Virgile.

— Moi aussi. C'était parfait. »

Il parle d'une voix si basse qu'elle n'est pas certaine de l'avoir bien compris.

« Alors, on s'appelle ? ajoute Olivia.

— Ah ! Oui. Avec plaisir.

— Je… te fais la bise. »

Elle avance d'un pas et pose sa main sur l'épaule de Virgile pour l'attirer vers elle. Il se penche. Embrasse une joue, puis l'autre. *Mais comme je suis con !* a-t-il envie de hurler. Dans un instant, elle sera partie, il pourra se relâcher. Il pourra analyser les événements de ce soir. Repasser le film dans sa tête, voir ce qui a cloché. Il pourra tirer des leçons de cette expérience. Olivia l'abandonne. Elle s'en va doucement. Elle descend l'escalier, et il la regarde partir. Seront-ils amis ? Ce serait la pire solution. Elle est maintenant sur le quai. Virgile emprunte le chemin qui le ramène à sa solitude. Il gagne son quai. Et pendant un instant, ils se font face, séparés par les voies. Un petit signe de la main, et le cœur de Virgile chavire une fois de plus. La rame en direction de Clignancourt arrive. Il voit ses phares dans le tunnel. Elle ralentit, puis s'arrête. Les portes s'ouvrent. Virgile ne bouge pas. À travers les vitres du métro, il voit la rame d'Olivia arriver aussi. Elle monte dedans. Elle s'installe sur un siège. Elle paraît déçue. Mélancolique. Un signal sonore retentit. Olivia tourne la tête. Virgile, toujours sur le quai attrape son regard.

« Attends ! » a-t-il crié comme un réflexe.

Il se met à courir. Escalade l'escalier, puis dévale celui d'en face. Son métro est parti sans lui. L'autre se ferme. Sur le quai se tient une femme magnifique dans sa robe rouge comme un incendie. Elle lui sourit. Elle vient à sa rencontre. Il court toujours, ils se percutent presque. Virgile embrasse Olivia. Avec fougue. Elle a mis ses bras autour de son cou et le serre contre elle. Il la soulève et la fait tourner. Ils sont seuls au monde. Au bout d'un long baiser, ils se regardent, étourdis.

« J'ai cru que je ne te plaisais pas », finit-elle par dire.

Il ne répond rien et pense qu'elle est aussi nulle que lui dans l'interprétation des attitudes, que vraiment, même si elle est bien trop belle pour lui, ils vont bien ensemble.

Arrivé chez Olivia, Virgile tremble de peur. C'est incontrôlable. Des frissons secouent son corps, ses bras gigotent d'une façon stupide. Il essaye de les cacher. Olivia lui propose de regarder son travail sur quelques applications mobiles. Il accepte.

« Et ton fils ?

— Il dort chez la voisine, juste en dessous. »

Ils sont installés sur le canapé du salon. Virgile a l'impression d'avoir basculé dans la quatrième dimension. Il observe les applications. Il les trouve superbes. Olivia lui confie sa tablette pour qu'il évalue une variante de *Candy crush saga*. Virgile s'exécute. Olivia touche son dos. Virgile lui lance un petit regard complice, mais s'en retourne vers l'application, tant il est terrorisé. La main d'Olivia descend le long de sa colonne. Elle descend, lentement, inexorablement. Elle perçoit sans doute les battements affolés de son cœur. La main d'Olivia atteint la ceinture de Virgile. Elle tire le bas de sa chemise, la fait sortir de son pantalon et se glisse dessous. La main d'Olivia est chaude. Sa caresse est délicieuse. Virgile la regarde. Elle le désire, lui. Maintenant. Il pose la tablette, se tourne vers elle et l'embrasse. Sa langue s'introduit dans sa bouche. Il caresse ses lèvres. Puis il touche la langue d'Olivia. Leurs langues dansent ensemble dans un ballet au goût de paradis. Virgile touche les reins d'Olivia. Il cherche sa peau, mais elle porte une robe, alors il descend, caresse ses cuisses, descend encore et trouve la limite du tissu. Maladroitement, de façon empressée, il remonte le long de sa jambe. Le contact n'est pas agréable. Elle porte des bas dont il trouve le bout. Il touche sa fesse. Elle continue de l'embrasser. De ses mains, elle déboutonne sa chemise. Elle était douce, elle devient fiévreuse. Elle arrache sa chemise. Elle le pousse. Virgile se laisse faire. Il s'allonge sur le canapé, et elle est bientôt sur lui. Elle enlève sa robe et Virgile découvre un spectacle qu'il n'imaginait pas possible sur cette Terre. Le corps d'Olivia. Elle défait la boucle de sa ceinture, descend la fermeture de sa braguette et lui jette un regard de braise. Virgile enlève son pantalon. Elle retire son soutien-gorge. Il a le souffle coupé. Elle est sur lui. Il sent ses seins contre lui, ses mains qui continuent de le déshabiller. Il veut la serrer davantage, il s'agrippe à son dos, embrasse son cou. Il passe ses doigts dans ses cheveux et l'attire contre lui pour l'embrasser. Elle baise sa bouche, puis son cou, puis son torse. Son ventre. *Oh ! Mon Dieu*. Elle descend. Il ouvre les yeux. Elle est nue…

IX

Muriel et Toussaint ont ouvert le bal. Ils ont dansé un slow. Toussaint n'a pas un corps adapté à une autre danse. Ses petites jambes s'agiteraient, il aurait l'air d'une marionnette démantibulée. Sonia est amère. Elle se demande pourquoi elle focalise ainsi sur les proportions de Toussaint. Peut-être pour se rassurer, se dire qu'il est parfois préférable d'être seule.

Et l'on danse. Et l'on tourne. Sonia aime danser, mais pas ce soir. Elle reste dans son coin et observe ceux qui s'amusent au rythme des tangos et autres valses. Puis c'est l'interlude animation. Tonton Richard, déjà salement éméché, tente de réaliser un tour de magie dans lequel un lapin en peluche, celui-là même qui réconfortait bébé Toussaint, va disparaître dans une caisse dont tout le monde a déjà compris le mécanisme de double fond. Rien ne marche comme prévu, les enfants se moquent, papi pleure de rire, et Tonton Richard manque de se vautrer dans les marches en quittant l'estrade sous les applaudissements enthousiastes de l'assistance.

On redanse, ça n'en finira jamais. Sonia échange quelques mots à droite à gauche. Mamie Mireille vient la rejoindre et s'inquiète de l'absence d'Alex.

Alex est souffrant. Mamie espère qu'il se rétablira vite et lui redit à quel point ils sont beaux tous les deux.

Trois enfants récitent un poème de leur composition. Sonia se surprend à chercher Vincent du regard. Plusieurs fois, il a tourné la tête quand elle le regardait. Il va finir par croire qu'il lui plait.

On passe à la traditionnelle jarretière. Muriel monte sur la scène et offre sa cuisse à un public conquis. Le brouhaha est insupportable, on se croirait au marché. Ça gueule dans tous les sens. Bernard est fin fait, lui aussi. Il vient de mettre un billet de cent pour que sa fille dévoile un supplément d'intimité à tout le monde. Jacqueline riposte. Cent euros aussi.

Une question obsède Sonia : Alex serait-il revenu vers elle sans cette histoire de sortilège ? Il lui a demandé une seconde chance à plusieurs reprises. Il semblait profondément sincère. Jouait-il un rôle pour obtenir sa libération ? Comme elle regrette de lui avoir fait subir cette histoire.

Il est minuit. Dans un conte, elle sortirait dans le jardin, et il serait là. Au lieu de ça, le gâteau arrive sur un chariot roulant. Une pièce montée, reflet du conformisme, et de l'absence totale d'imagination des mariés : un gâteau blanc, à la crème, sur trois étages. Au sommet, un petit couple en plastique. Mais le marié du gâteau est mieux proportionné. À une autre table, une pyramide de coupes a été dressée. Plusieurs serveurs relaient des bouteilles et remplissent la montagne. La cascade de champagne ne doit jamais s'arrêter de couler. Les bouchons sautent les uns après les autres. Sous la table, plusieurs litres ont déjà été perdus. Sonia est dépitée. On distribue les coupes. Dans son cauchemar, Vincent lui offrira un verre avant qu'elle ait compté jusqu'à dix. Elle sera ensuite obligée de discuter avec lui, peut-être de danser. Il est trop tôt pour partir, ce serait mal perçu.

1 – 2 – 3 – 4 – 5 – 6…

« Champagne ? »

Ce n'est pas la bonne voix. C'est Muriel.

« Tchin quoi ! »

Sonia prend la coupe et trinque avec sa cousine. Elle fait bonne figure.

« Alors, il est où, Apollon ? J'en ai entendu parler toute l'après-midi, et je ne l'ai pas encore vu !

— Il est parti, il était malade.

— Ah ! C'est dommage. Tant pis, partie remise ! En tout cas, je suis heureuse pour toi. »

Muriel la serre contre elle de sa main libre.

« Moi aussi, je suis heureuse pour toi. Félicitations, c'est un beau mariage.

— Oui ! Tu as vu comme il est beau, mon mari. (Elle prononce mâaaari.)

— Humm… Oui, il est au mieux !

— Demain, on part aux Seychelles.

— Je suis jalouse. Éclatez-vous bien ! »

C'est ce que Muriel a toujours voulu entendre. Sonia a failli ajouter : *je ne sais même pas où c'est, les Seychelles. C'est sûrement l'endroit où se rendent tous les mariés qui ne savent pas où aller. Et j'imagine qu'en rentrant, tu seras enceinte. Bravo, tu fais tout comme il faut.* Mais elle s'est retenue. Muriel est heureuse, c'est ce qui compte. Si ce n'était pas avec Toussaint, Sonia pourrait vraiment être jalouse.

La musique revient. Cette fois, elle ne sera plus parasitée par les protocoles de la cérémonie de mariage. Jusqu'au bout, il n'y aura plus que danses et gesticulations. Sonia pourrait partir, si elle avait un chauffeur. Elle va devoir commander un taxi. Après la robe, le coiffeur et la participation au voyage de noces, voilà qui finira de plomber ses finances. *Quelle journée de merde ! Comment ça pourrait être pire ?*

« Tu danses ? »

Le sourire de Vincent est très travaillé. Au point que Sonia se demande s'il n'a pas suivi les cours d'Alex. Vincent n'a pas été dupe. C'est bien le seul. Elle en est certaine, à la façon qu'il a de la regarder. Il sait. Il lui prend la main et elle se laisse entraîner sur la piste. Du rock :

You can burn my house,
Steal my car,
Drink my liquor from an old fruitjar,
Do anything that you wanna do,
But Honey, lay off my shoes,
Dont step on my blue suede shoes.

Sonia s'interroge sur les curieuses priorités d'Elvis Presley. Vincent la fait tourner. Il se débrouille bien. Sonia fait le vide. Il ne reste bientôt que le rythme des guitares. La danse lui a toujours fait cet effet. Quand elle danse, les idées noires s'enfuient, les mauvaises pensées s'évanouissent. Elle ferme les yeux un instant. Vincent la fait basculer. De son bras musclé, il la retient.

Alex gare sa voiture de location. Il est une heure passée. Des fumeurs l'observent. Parmi eux, Walter.

« Alors, Alex, Sonia nous a dit que vous étiez malade.

— Je vais mieux, merci. Je ne suis pas encore au top, mais je m'en rapproche grandement. Excusez-moi Walter. »

Curieux jeune homme, se dit Walter en frottant sa pipe électronique du bout des doigts. Tout à l'heure il semblait agonisant, le voilà survolté. J'espère qu'il ne se drogue pas…

Alex entre dans le salon. Malgré la pénombre, il repère Sonia en un instant. Elle danse avec le type de la mairie. Ils s'enlacent sur une vieille chanson des *Bangles*. Ça existe encore les slows ?

Close your eyes, give me your hand, darling.

Sonia a posé sa tête sur l'épaule du type. Elle est abandonnée contre lui. Il la serre comme le feraient deux amoureux. C'est insupportable. Ils tournent lentement, comme s'ils étaient seuls. Alex est pris de jalousie. La colère monte en lui. Ils tournent. Aucun doute. C'est elle qu'il veut. Il reste paralysé. La chanson se termine, le couple continue de tourner. Une autre commence. Brian Adams. *Putain, Festival* ! Vincent est plus grand qu'elle. Il est penché sur elle, c'est obscène. Un tour de plus, et Alex aperçoit le visage de Sonia. Elle ouvre les yeux. Leurs regards se croisent. Il en est persuadé. Elle l'a vu. Elle n'a pas esquissé le moindre geste. Pas la plus petite réaction. Alex demeure figé. Il se demande comment ses jambes lui permettent de rester debout.

Il s'avance d'un pas décidé, pose sa main sur l'épaule de Vincent et l'écarte. Sans brutalité, mais avec fermeté.

« Excuse, vieux. »

Vincent s'écarte, Alex prend sa place dans les bras de Sonia.

« Pourquoi es-tu revenu ? » demande-t-elle, sans agressivité.

« Parce que c'est toi que je veux. »

Elle n'a pas contrôlé son éclat de rire. Elle s'est écartée de lui, il la ramène dans ses bras.

« Serais-tu revenue pour moi s'il n'y avait pas eu ce sortilège ? »

Bonne question ! Alex n'a plus envie de lui mentir, mais, pour plein de raisons, il ne serait sans doute pas revenu. Par fierté, d'abord. Et aussi parce que, encore quelques jours en arrière, il voyait ses relations avec les femmes comme un jeu.

« Je ne sais pas, finit-il par répondre honnêtement. Ce soir, il n'y a plus de sortilège, et je suis là.

— Comment pourrais-je te faire confiance ? J'ai l'impression de ne même pas te connaître.

— On a vécu de beaux moments ensemble, quand même !

— Comment savoir quand tu étais sincère ?

— Tu es injuste, Sonia. Tout ce que j'ai partagé avec toi, je l'ai partagé sincèrement.

— Et tu me demandes de te croire sur parole. Tu joues des rôles, tu portes des costumes. Je ne sais pas qui tu es. »

Alex s'arrête de tourner. Elle a évité son regard jusqu'à présent. Il s'écarte d'un pas. Elle lève les yeux sur lui. Il pose la main sur le haut de sa tête. Il retire une poignée de cheveux, et toute sa coiffure s'en va. Alex est parfaitement chauve. Crâne rasé. Sonia est consternée. Autour d'eux, plusieurs personnes ont émis des *Oh !* de surprise. Certains se sont arrêtés de danser un instant. Deux enfants rigolent.

« Voilà. Tu me vois comme je suis, sans artifices, sans tricherie. Je suis Alex Fostine, je suis chauve, et c'est toi que j'aime Sonia. »

Ils se remettent à tourner. Elle pleure et colle son visage contre le torse d'Alex.

« Que s'est-il passé ? demande-t-elle d'une voix éteinte.

— Trois fois rien, un marabout d'Aubervilliers m'a préparé une potion magique pour lutter contre un sortilège lancé par une folle qui voulait sans doute venger la condition féminine en s'en prenant à moi. Je pense que ce sont les effets secondaires de mon remède miracle. J'ai failli mourir, mais au final, je n'ai perdu que mes cheveux.

— C'est moi qui t'ai jeté ce sort.

— Quoi ?

— C'était pour rire, et pour me défouler. J'étais persuadée que ça ne marcherait jamais.

— Viens avec moi. »

Alex entraîne Sonia dans le jardin. Elle peine à le suivre avec ses talons. Ils dépassent une première rangée d'arbres.

« Tu m'en veux ?

— Au contraire. Je dois te remercier.

— Me remercier ?

— Oui. J'ai vécu une vraie galère depuis un mois, mais j'en ai tiré des leçons. J'ai compris qui je suis et, surtout, ce que je veux. Et ce que je veux, c'est toi, Sonia Je suis persuadé que toi et moi, on pourrait… »

Sonia a posé sa main sur sa joue et sa bouche a formé un bâillon sur celle d'Alex. Il caresse son visage.

« Tu m'as jeté un second sort, mais celui-là, j'espère ne jamais m'en défaire. »

ÉPILOGUE

Sonia ouvre les yeux dans une lueur laiteuse. La nuit a été courte. Très courte. Mal de tête. Un peu forcé sur le champagne. Elle se tourne vers Alex pour l'enlacer, mais la place est vide. Froide. Sonia se redresse d'un coup. Le premier mot de sa journée sera donc : *Salaud* ! Autour d'elle, rien d'identifiable. La décoration de sa chambre a changé. Elle se rappelle : elle est chez lui. Sonia entend la porte de l'appartement s'ouvrir doucement. Puis un jeu de clés que l'on accroche à un mur et qui tintent. La porte de la chambre s'ouvre.

« Croissant ou pains au chocolat ? »

Ils déjeunent. Sans se parler. Ils échangent simplement des sourires.

« Tu veux faire quoi aujourd'hui ?

— Rien… J'ai des courbatures, figure-toi.

— Tu as trop dansé.

— Sans doute…

— Et si on allait se manger une glace au jardin des Tuileries ?

— D'ac. Avant, il faudrait que je repasse chez moi.

— Pas de problème.

— Je peux prendre une douche ?
— Je vais te chercher une serviette.
— Merci. »

La porte s'ouvre brutalement. Nicolas semble surpris de trouver Alex dans la cuisine.

« Déjà debout ? Oh ! Putain !! Fabien Barthez, c'est quoi cette coupe ?

— C'est provisoire, ment Alex.

— Et, à part les cheveux, ça va ?

— Très bien. Mieux que tu peux l'imaginer.

— C'est qui dans la douche, une fille ? demande Nicolas en tendant ostensiblement l'oreille.

— Oui. Ne fais pas cette tête-là, je connais la règle. C'est exceptionnel.

— C'est pas bon, Alex, c'est pas bon. On commence par ramener une femme chez soi, on s'attache, trois mois après, on parle d'emménager, et on finit avec l'anneau de l'esclave au doigt. Tu files un mauvais coton. Tu me déçois beaucoup. »

Nicolas sourit, mais ils savent tous les deux que derrière ces paroles se cache une philosophie très sérieuse. Alex prend un air grave.

« Humm. Et je crois que je n'ai pas fini de te décevoir.

— Pourquoi ?

— Je ne serai jamais un homme à tes yeux.

— Comment ça ?

— Je ne franchirai jamais la barre des cent, mon compteur va rester bloqué à quatre-vingt-dix-neuf filles. »

Fin

ISBN-13 : 978-2-36610-033-4
Impression en Sept 2014 par Createspace
4900 LaCross road
North Charleston, SC 29406 U.S.A.
Éditions Aurélien Poilleaux,
10 rue Henry de Bournazel, 75014 Paris France
Tous droits réservés
Couverture : Anne-Cécile Delpeuch.
Dépôt légal : troisième trimestre 2014